O VERÃO DAS LANTERNAS CELESTIAIS

天灯の夏

Também de Eliel Barberino:

A misteriosa livraria Yokai

ELIEL BARBERINO

O VERÃO DAS LANTERNAS CELESTIAIS

FARO EDITORIAL

Diretor editorial **PEDRO ALMEIDA**

Coordenação editorial **RENATA ALVES**

Editora-assistente **LETÍCIA CANEVER**

Preparação **CARLA SACRATO**

Revisão **BÁRBARA PARENTE E CRIS NEGRÃO**

Capa e diagramação **OSMANE GARCIA FILHO**

Imagens de capa e miolo **ESTÚDIO FARO E SHUTTERSTOCK**

Dados Internacionais de Catalogação na Publicação (CIP)
Jéssica de Oliveira Molinari CRB-8/9852

Barberino, Eliel
O verão das lanternas celestiais / Eliel Barberino — São Paulo : Faro Editorial, 2025.
256 p. : il.

ISBN 978-65-5957-856-6

1. Ficção brasileira 2. Literatura fantástica 3. Folclore japonês I. Título

25-2870 CDD-B869.3

Índice para catálogo sistemático:
1. Ficção brasileira

FARO EDITORIAL

1ª edição brasileira: 2025
Direitos de edição em língua portuguesa, para o Brasil, adquiridos por FARO EDITORIAL

Avenida Andrômeda, 885 — Sala 310
Alphaville — Barueri — SP — Brasil
CEP: 06473-000
www.faroeditorial.com.br

Você nunca tem consciência do quanto de fato acredita em alguma coisa enquanto a verdade ou falsidade dessa coisa não se torna uma questão de vida ou morte para você.

C. S. Lewis – A Anatomia de uma Dor

Para as almas que se reconheceram tarde demais.
E para todos que ainda esperam,
mesmo sem saber por quem.

Nota do Autor

ESTE LIVRO CONTA COM UM GLOSSÁRIO NO FINAL, criado para enriquecer a experiência do leitor e explicar alguns termos japoneses que aparecem na história. Fiz o possível para que os conceitos mais importantes fossem apresentados diretamente no texto ou pudessem ser entendidos pelo contexto. Algumas palavras menos cruciais estão explicadas em notas de rodapé, enquanto outras, mais conhecidas ou de menor relevância, ficaram apenas no glossário, evitando que a leitura fique sobrecarregada.

A história é profundamente enraizada na cultura, religião e folclore japoneses. Muitas das crenças apresentadas podem ser bem diferentes da visão ocidental sobre o mundo espiritual, pois derivam principalmente do xintoísmo e do budismo. No Japão, a relação com espíritos, divindades e o além não se limita a lendas ou histórias assustadoras, mas influencia a forma como as pessoas entendem a morte, a honra e o destino.

Ao longo do livro, os personagens lidam com os yurei, que poderiam ser traduzidos como "fantasmas", mas essa palavra não representa completamente o que eles são. Diferente da visão ocidental de espíritos errantes, os yurei fazem parte de um sistema de crenças muito específico, que envolve rituais, obrigações familiares e uma relação profunda com os sentimentos que uma pessoa carrega ao morrer.

No Japão, acredita-se que, depois da morte, a alma deve seguir seu caminho para o anoyo — o "outro lado" — onde pode reencarnar ou alcançar a iluminação. Para isso, precisa atravessar o rio Sanzu, uma espécie de barreira entre os mundos. Assim como na mitologia grega, a travessia desse rio depende da vida que a pessoa levou. Mas algumas almas nunca chegam lá. Se alguém morre carregando rancor, tristeza ou apego, pode acabar preso ao mundo dos vivos como um yurei, assombrando o lugar de sua morte ou aqueles ligados à sua história inacabada.

Isso os diferencia dos fantasmas da cultura ocidental. Enquanto, no Ocidente, um espírito pode vagar sem um motivo claro, no Japão, os yurei estão diretamente ligados ao conceito de on (dívida emocional) e giri (obrigações sociais e familiares). Se não conseguem cumprir um dever, receber um pedido de desculpas ou ter um último desejo atendido, sua alma fica presa. Isso explica por que existem tantos rituais voltados para guiar os mortos e evitar que eles se tornem espíritos errantes.

O mesmo acontece com outras criaturas do folclore japonês. Por exemplo, o termo oni costuma ser traduzido como "demônio", mas essa equivalência não é exata. Os oni não representam o mal absoluto, como os demônios cristãos, e podem ter diferentes papéis na mitologia, desde seres destrutivos até guardiões do submundo ou mesmo figuras que aprenderam a conviver entre os humanos.

Para preservar essas nuances culturais, escolhi manter certos termos em japonês ao longo do livro. Em alguns momentos, usarei palavras como "fantasma" ou "espírito" apenas para dar fluidez ao texto e evitar repetições, mas é importante saber que essas traduções são aproximações. Além disso, os termos japoneses não serão flexionados no plural. Por isso, yurei pode se referir tanto a um espírito quanto a vários, dependendo do contexto.

Durante a história, os personagens falam sobre esses conceitos sem explicações muito detalhadas, já que, para eles, essas crenças fazem parte do dia a dia. Por isso, achei importante apresentar essas informações logo no início, para que você possa acompanhar a leitura sem estranhamento. Claro, essa é uma versão simplificada das crenças japonesas sobre o pós-vida, já que as tradições budistas e xintoístas são complexas e variam conforme a época e a região.

Por fim, tomei o cuidado de representar a cultura e o folclore japoneses com fidelidade. Porém, em alguns momentos, fiz pequenas adaptações para que a trama ficasse mais coesa, como ajustes em datas de festivais ou na forma como certas lendas se conectam entre si. Essas mudanças foram feitas com carinho, sempre respeitando o espírito das tradições.

Dito isso, desejo a você uma ótima leitura.

ELIEL BARBERINO

1

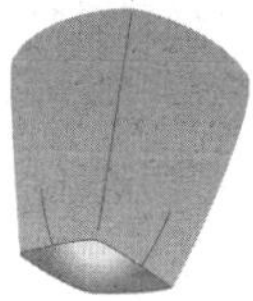

O RUGIDO ENSURDECEDOR DA ÁGUA ME ENVOLVIA, engolindo tudo ao meu redor. Casas, árvores, até pessoas eram arrancadas do chão e tragadas pela onda violenta. O frio cortante invadia minhas vias aéreas como lâminas afiadas enquanto o sal queimava meus olhos. Tentava lutar, mas cada movimento parecia inútil, pois era incapaz de vencer a pressão de toneladas de água me esmagando. Fui arrastado mais para o fundo, o som mudou: abafado, distorcido, eu podia ouvir os ecos da destruição de longe, a vida escapando de mim nas bolhas de ar que saíam da minha boca.

Minhas mãos agarravam o nada, buscando terra, galhos, qualquer coisa sólida. A luz do sol, antes ofuscante, agora era um brilho opaco e distante, filtrado pelas sombras turvas da correnteza. Minha cabeça golpeava algo — uma parede, um tronco, uma outra pessoa... eu não sabia, — a dor era breve, logo substituída pela falta de ar. Meus pulmões ardiam, implorando por oxigênio.

Eu sempre sabia como acabaria... mesmo assim, o desespero era novo a cada vez: um momento de luta, uma rendição inevitável. Depois, o silêncio. Um vazio escuro que me abraçava como o fim de tudo, uma espécie de paz que dizia: *calma, já acabou*. E então, eu acordava de supetão, com o falso gosto de sal ainda na língua, molhado pelo suor e o peito arfando como se tivesse, de fato, acabado de ser arrastado por uma onda gigante.

Os sonhos começaram pouco antes do verão. E neles, eu morria quase toda noite. Talvez aquilo fosse resultado de uma preocupação desmedida que meu corpo estava me dando sobre o fim das férias. Nunca fui do tipo supersticioso, que vê sentido em sonhos. Para mim, aquilo tinha alguma explicação, mesmo que fosse inconsciente.

Aqueles últimos dias de férias tinham uma monotonia familiar. Aokigahama era uma dessas cidadezinhas da costa japonesa onde toda economia girava em torno da pesca e da agricultura. O lugar parecia ter parado no tempo, com caixinhas de som no alto dos postes onde anúncios importantes eram feitos e ecoavam por largos campos de arroz. Em cada esquina, nos deparávamos com um hokora, pequenos santuários dedicados a divindades que, certamente, só eram reverenciadas nesses cantos distantes do mundo. Até chegávamos a receber um ou outro turista, principalmente nos festivais de verão, mas, para mim, a cidade era uma mera prisão que fedia a peixe.

Era meu último dia de férias. Enquanto meus colegas viajavam para Tóquio ou até mesmo para a Coreia, eu passava a tarde varrendo o pátio do velho santuário xintoísta onde morava com meu pai. O som ritmado da palha deslizando pelo chão, misturado ao cair suave das pétalas de cerejeira, era quase hipnótico. Por mais que eu me esforçasse, as pétalas continuavam a cair, como se insistissem em mostrar que meu trabalho era inútil. Às vezes, eu me perguntava se aquilo não seria coisa das raposas — aquelas estátuas enigmáticas, cravadas ao lado do portão torii, que pareciam me observar em silêncio. Dizem que elas são servas de Inari, a divindade a quem o santuário era dedicado, e que adoram pregar peças nos humanos.

Ou talvez fosse só o universo brincando comigo.

Admitir que nada faz sentido, que as coisas simplesmente acontecem, sempre me pareceu mais honesto. Mas, aqui no Japão, especialmente no interior, as pessoas preferem personificar o acaso. Um corte na pele? Culpa de um kamaitachi. Morte por afogamento? Um kappa. Um utensílio que desaparece? Certamente um yokai disfarçado que resolveu dar uma escapada. Quanto menor a cidade, mais assombrada ela parece ser por essas crenças. E, para meu azar, acabei crescendo justamente aqui. Tantos lugares no mundo onde eu poderia estar, mas o destino me colocou num dos cantos mais supersticiosos do planeta.

Deixei a velha vassoura de bambu ao lado da fonte de purificação e fui para minha casa, que ficava num prédio anexo nos fundos do santuário. O lugar era uma mistura esquisita de arquitetura japonesa tradicional com uns toques ocidentais. Meu quarto, já não tinha quase nada de japonês — a não ser a porta de correr, que meu pai insistia em manter. Quando fiz doze anos, não descansei até convencer meu pai a deixar eu modernizar tudo. Troquei o futon por uma cama de verdade e o tatame virou um carpete fofinho, igualzinho aos que eu via nos filmes ocidentais. Agora, aos dezesseis, nem sei se ainda gosto dessa decoração.

Entrei na cozinha. Meu pai já me aguardava para o jantar, arrumando os hashis em uma pequena bandeja de madeira. Sobre a mesa estavam dois pratos de donburi, ainda quentes, com o aroma de shoyu e gengibre se espalhando pelo ar.

— Parece que hoje as cerejeiras decidiram que eu ia varrer o pátio por mais tempo do que o necessário... — comentei, exausto.

Meu pai riu baixinho, com aquele jeito calmo e imperturbável de sempre.

— Talvez seja um teste de paciência. Você deveria agradecer a Inari-sama pela oportunidade.

— Oportunidade do quê? — perguntei, franzindo as sobrancelhas e apertando os lábios, como se estivesse tentando decifrar uma piada sem graça.

— De moldar seu caráter...

Tentei não revirar os olhos e não dizer nada. Após alguns segundos, ele colocou os hashis de lado e me olhou com aquele olhar que dizia que tinha algo importante a dizer.

— Ah, quase esqueci de te contar. Fui convidado para um grande evento no final do verão. — Ele limpou a boca com um guardanapo e continuou. — Uma cerimônia em homenagem aos deuses do mar, lá em Ise. Algo especial, com outros sacerdotes de santuários importantes.

— Deve ser algo grande… — Tentei parecer interessado, pois ele parecia.

Ele riu novamente, dessa vez com um brilho nos olhos.

— Será uma honra representar nosso santuário num evento desses. Você deveria considerar vir comigo, Takeru.

Minha primeira reação foi negar imediatamente, mas me contive. Algo na expressão dele me fez hesitar. Mesmo que eu não acreditasse em nada daquilo, sabia o quão importante era para ele.

— Vamos ver… — disse, sem me comprometer.

Meu pai apenas sorriu, como se já soubesse a resposta antes mesmo de mim.

— Não se esqueça de arrumar suas coisas, as aulas começam amanhã.

Apenas concordei com a cabeça enquanto levava uma porção generosa de comida à boca.

No primeiro dia de aula, cheguei bem no horário limite. Apressei os passos cruzando o pátio principal, que parecia maior do que de costume. Olhei para o relógio no alto da entrada do prédio e constatei que estava mais atrasado do que imaginava. Comecei a correr. Era um dia quente, e minha testa estava úmida pelo suor, deixando minha franja encharcada. Troquei às pressas meus tênis na entrada pelo uwabaki — os sapatos que usamos dentro da escola — e me dirigi à sala de aula em disparada.

Uma das minhas resoluções para o novo ano era me dedicar mais aos estudos. Mas já havia quebrado a promessa logo no primeiro dia. Meu pai sempre dizia que, se eu quisesse me dedicar ao santuário, precisava ser um homem de palavra e honesto. O problema é que essa não era minha ambição e, para ser sincero, eu não era exatamente o exemplo de virtude. Porém, admitir isso o decepcionaria ainda mais... Já bastava ele sofrer com a perda da minha mãe, eu não queria piorar as coisas. Às vezes acho que ele pensa que eu não me importei quando a mamãe se foi, mas não é verdade, eu só não sou bom em demonstrar sentimentos. Aquilo me destruiu tanto quanto destruiu ele.

Houve uma cerimônia de despedida para ela, mas eu não tive coragem de ir. Ver todo mundo chorando, aceitar que era um adeus definitivo... Eu não estava pronto. Em vez disso, fiquei no quarto, sozinho, tentando fingir que nada daquilo estava acontecendo. E, por não ter visto o que aconteceu, na minha cabeça era como se ela simplesmente tivesse desaparecido.

Com o tempo, percebi que essa ausência sem explicação deixou algo em mim, uma inquietação difícil de nomear. Sempre que alguém sumia por um tempo, sem aviso, uma sensação incômoda tomava conta de mim. Era irracional, eu sabia, mas parte de mim se recusava a aceitar que as pessoas pudessem simplesmente ir embora. Como se, ao perder alguém de vista, eu corresse o risco de nunca mais vê-lo de novo.

Entrei na aula tentando disfarçar minha ansiedade. Tanaka, que seria o nosso professor representante daquele ano já estava à frente da turma, prestes a dar os avisos matinais, tão sonolento quanto os alunos que se acomodavam em suas carteiras. Yusuke dormia sem nenhuma cerimônia com a cabeça apoiada nos braços sobre a mesa. Um dos garotos deu um tapa em sua nuca, fazendo-o despertar assustado, quase caindo da cadeira, completamente desorientado.

A turma do segundo ano era praticamente a mesma do primeiro. Os mesmos rostos ocupavam as carteiras, mas com pequenas mudanças aqui e ali. Férias são assim: transformam as pessoas. Makoto apareceu com o cabelo mais curto, um corte que a deixava com um ar mais decidido. Já o Dai... bem, teve uma mudança radical. O garoto voltou das férias parecendo ter saído direto de um filme dos anos 1970. O cabelo bagunçado, o uniforme desalinhado, a postura relaxada... ele estava mais alto, mais musculoso, e tinha um jeito de andar que parecia dizer: *Eu não ligo pra nada*. Dava para jurar que ele tinha passado o fim de ano inteiro treinando e assistindo a filmes antigos de gangues. O tímido do primeiro ano, que corava só de olhar para as garotas, agora parecia um bancho de carteirinha. Até o jeito que ele se sentou na cadeira, com uma perna esticada e os braços cruzados, parecia uma declaração de independência ou de afronta à escola.

Por sua vez, o professor Tanaka parecia ter envelhecido dez anos em um único recesso. As entradas do cabelo estavam mais acentuadas, e ele tinha um ar de quem contava os dias para a aposentadoria. Ele olhou para a turma com aquela expressão cansada de sempre, como se já soubesse que o ano seria longo.

Enquanto observava a classe, percebi que, apesar de reconhecer quase todos, havia duas novas presenças que chamavam a atenção. Embora minha turma fosse familiar, eu nunca havia estabelecido laços reais de amizade com nenhuma daquelas pessoas, e ver rostos novos me acendeu a esperança de que talvez eu pudesse me aproximar deles.

Logo eles se apresentaram na frente da sala. Hinata Yamata foi a primeira. Seu cabelo curto, num tom castanho suave, caía perfeitamente rente ao rosto, e ela o ajeitava atrás da orelha com um gesto quase inconsciente enquanto falava. Os olhos grandes, de um castanho-claro, pareciam captar a luz do lugar. Ela falou com uma voz suave, mas firme, e, apesar de parecer nervosa no início, conquistou a turma com uma naturalidade que surpreendeu a todos. Quando terminou, alguns garotos trocaram olhares discretos, e até mesmo Yuna, sentada na frente, virou-se para dar uma segunda olhada.

Quando chegou a vez do garoto novo, ele se levantou devagar. De pé, era mais alto do que parecia quando sentado, com um porte levemente atlético, embora magro. Os ombros largos e a postura ereta davam a ele uma presença imponente, mas havia algo em seu olhar que parecia distante, um tanto inexpressivo. O rosto era quase perfeito, com traços afiados e uma pele impecável, mas os olhos escuros, quase negros, não se fixavam em ninguém. Eles vagavam pela sala e pareciam enxergar algo além das paredes, como se estivessem focados em um ponto invisível no horizonte, talvez pela timidez. Quando falou, a voz era baixa e quase desinteressada. "Yoshiro Sasaki", foi tudo o que ele disse, seguido de uma leve mesura, quase formal. Em seguida, voltou ao seu lugar em silêncio, sem olhar para trás. A turma ficou quieta por um momento, como se tentasse processar o que acabara de acontecer. Ele era uma contradição ambulante: a aparência de um idol, mas com um comportamento que parecia repelir qualquer tentativa de aproximação.

Enquanto os outros alunos conversavam alto, riam ou se viravam para cutucar os amigos, Yoshiro parecia existir em um mundo à parte. Os olhos se fixavam no pátio lá fora com uma calma quase desconcertante, como a de um monge budista em meditação. O cabelo, escuro e sedoso, caía perfeitamente repartido ao meio, e ele mantinha as costas impecavelmente eretas, as mãos cruzadas sobre a carteira com uma postura que parecia desafiar a desordem ao redor. Nada parecia perturbá-lo: nem o barulho, nem as risadas, nem mesmo o professor Tanaka, que tentava em vão chamar a atenção da turma. Era como se ele estivesse deliberadamente nos ignorando, ou talvez simplesmente não nos enxergasse. A luz da manhã entrava pela janela e iluminava seu perfil, criando uma aura quase surreal ao seu redor. Eu não conseguia parar de olhar para ele, tentando decifrar o que se passava por trás daquela postura ascética.

Mas logo minha atenção se diluiu na aula, e o dia seguiu normalmente.

O relógio na parede marcava nove e meia quando o professor Tanaka saudou a turma e saiu da sala tropeçando, deixando cair os pertences e se desculpando por ser tão desajeitado. Durante o intervalo, o silêncio respeitoso que predominava deu lugar a um mar de murmúrios tímidos que fora crescendo até se tornar um falatório que envolveu toda a escola. Conversas ecoavam pelos corredores, risadas enchiam o ar, e os alunos se espalhavam pelo pátio como formigas em busca de sombra, pois os dias estavam ficando cada vez mais quentes.

Makoto e Yusuke estavam encostados na grade que separava o corredor do jardim interno, enquanto eu estava por perto, fingindo mexer no celular, mas ouvindo cada palavra que trocavam. Hinata estava sentada no banco mais próximo, com uma marmita delicadamente decorada, mas também parecia prestar atenção, embora não dissesse nada.

— Vocês ouviram falar da menina da janela do terceiro andar? — perguntou Makoto, com os braços cruzados e uma expressão conspiratória.

— Ouviram o quê? — quis saber, me ajeitando, curioso com o assunto.

— Ah, é só mais uma das lendas urbanas da Yamabuki. Não tem um ano que passe sem uma história dessas por aqui — explicou Yusuke, com um sorriso de quem já estava acostumado com isso. — Dizem que, se você deixar uma carta na janela do terceiro andar e repetir três vezes "Aiko, me ajude a conquistar meu amor", o espírito de uma ex-aluna aparece e... realiza o seu desejo.

Ele fez uma pausa, como se estivesse saboreando o suspense, e então completou, com um sorriso travesso:

— Acho que vou deixar uma carta lá em breve.

— Dizem que ela estudava aqui no Período Showa. Era apaixonada por um garoto, mas tímida demais para se declarar. Um dia, escreveu uma carta e foi deixá-la na janela, mas o vento a levou. Quando tentou pegá-la, se desequilibrou e caiu. Trágico, né? — Makoto complementou.

— Ah, mas não acaba aí — Yusuke continuou, se inclinando para mais perto. — O garoto recebeu a carta e se sentiu tão culpado que... bem, vocês sabem. — Ele fez um gesto dramático com a mão no pescoço.

— Tá, mas alguém realmente viu o espírito dela? — indagou Hinata.

— Ou dele. — Yusuke riu. — Acreditam que as meninas do clube de mangá já espalharam uma versão da lenda que diz que Aiko era um garoto apaixonado por um dos atletas da escola?

— Nossa, que interessante — expressou Hinata, mas ao notar o olhar de Makoto, desviou rapidamente. Em silêncio, voltou a focar na sua marmita, como se nunca tivesse falado nada.

— As aulas mal começaram! Como uma história dessas já se espalhou desse jeito? — questionei assustado com a velocidade que um boato se espalhava na Yamabuki.

— Você não está em nenhum grupo da escola, Hoshino? — Makoto insistia em me chamar pelo sobrenome, como se colocasse propositalmente uma distância entre nós.

— Não — respondi baixinho.

— Tá na hora de se enturmar mais, Takeru — interveio Yusuke ao me ver sem jeito. — O Line* está abarrotado de menções sobre a lenda. Dizem que já até apareceram cartas de amor na janela.

Makoto e Yusuke adoravam essas histórias, assim como quase todo mundo na escola. Todo ano surgia uma nova lenda, e os alunos compravam a ideia como se fosse a coisa mais óbvia do mundo. Dessa vez, era a menina da janela do terceiro andar. No ano passado, foi o akamane, o yokai que supostamente limpava banheiros com a língua. O sanitário masculino do primeiro andar chegou a ser interditado por uma semana porque juravam ter visto algo lá dentro — no fim, era só um vazamento no encanamento, mas ninguém quis admitir.

Enquanto os dois falavam animados, me perguntava como tanta gente podia acreditar nessas coisas. Era como se a escola inteira concordasse em fingir que as lendas eram reais só para ter algo interessante para conversar. Para mim, não passava de invenção — talvez um jeito de espantar o tédio das aulas, mas nada além disso.

O sinal tocou anunciando o fim do intervalo. Aos poucos, os alunos começaram a voltar para a sala, arrastando os pés como se cada passo fosse uma tortura. A maioria tinha aproveitado o tempo para ir ao banheiro, beber água ou simplesmente vagar pelo corredor, enquanto os casais sempre iam para o terraço para ficar longe dos olhares curiosos dos professores. Porém, Yoshiro permaneceu na sala, imóvel. Sentado em sua carteira, ele parecia tão estático quanto uma das estátuas komainu na entrada de um santuário.

A aula de literatura começou com uma introdução às obras de Natsume Sōseki, um dos grandes autores do período Meiji. Enquanto o professor

* Aplicativo de mensagens semelhante ao WhatsApp utilizado no Japão.

falava, minha mente insistia em vagar, presa entre a lenda de Aiko e a figura do garoto ao meu lado. Havia algo diferente nele — a beleza exótica, o comportamento sereno, como se ele existisse em um mundo à parte. Eu não sabia dizer ainda o que era, mas me peguei olhando para ele mais do que devia. Yoshiro permaneceu calado até o fim do dia, e, assim que o sinal tocou, se levantou e deixou a sala sem se despedir de ninguém.

No caminho para casa, Makoto me acompanhou, como de costume. Morávamos relativamente perto, e sempre acabávamos andando juntos até o cruzamento onde ficava o 7-Eleven perto da ponte do rio Karasu. Era ali que nossos caminhos se separavam: ela virava à esquerda em direção à área residencial mais próxima do templo Dai-Kannon, enquanto eu seguia reto para o outro lado do bairro. Para mim, era um alívio.

Eu não gostava muito da companhia dela, mas Makoto parecia não perceber, ou simplesmente não se importava. Talvez eu não demonstrasse minha indiferença com clareza, ou talvez ela estivesse acostumada a ser ouvida, independentemente da resposta. Afinal, era uma das garotas mais populares da escola. Por que se importaria com a minha opinião ou amizade?

Eu, por outro lado, sempre fui um dos mais ignorados da turma. Mas, naquele ano, parecia que alguém havia assumido esse posto no meu lugar.

— Você viu o menino novo? — ela perguntou, sem tirar os olhos do celular.

— Yoshiro?

— Esse é o nome dele?

— Sim. Foi a única coisa que ele disse na apresentação.

— Nem reparei.

Previsível, pensei, mas não comentei.

— Mas o que tem ele?

— Ele me dá medo. É meio estranho, não acha? Calado demais, indiferente demais… e aquela postura toda certinha. Uma pena ele ser tão bonito. Imagina namorar um esquisitão daquele?

— Ah, sim... também percebi isso. Mas, de perto, quem não é estranho?

Ela me olhou como se eu tivesse dito a maior idiotice do mundo.

— Aquele olhar medonho dele — completou ela, fazendo uma careta e imitando um zumbi com as mãos estendidas.

— Não reparei nisso. — Mentira. Eu tinha reparado.

— Yuna tentou se aproximar dele e foi ignorada. Tadinha. Mas ela também tem uns gostos estranhos, né? Dizem que ela foi vista chorando no banheiro depois dessa tentativa. Acredita que ela já pode estar apaixonada pelo novato? Como pode? Não tem um pingo de amor-próprio, a coitada.

Era muita informação para a minha cabeça.

— Disseram que *Yashiro* foi visto falando sozinho no intervalo — ela continuou, rindo.

— Yoshiro — corrigi, e ela deu de ombros.

— Vai ver ele estava conversando com o espírito da Aiko ou tentando se comunicar com alienígenas. — Ela fez uma pausa, como se estivesse respondendo a algo importante no celular, e depois continuou. — Aposto que a Yuna vai recorrer ao fantasma da Aiko para conquistar o garoto novo. Essa garota precisa de uns amigos para dizer a ela que está passando vergonha. Imagina se amanhã ela se declara, deixando uma carta para ele. Credo, que cafonice. Você não tem pena dela?

— Ahn... você está só supondo que ela fará isso...

— Seja realista, Hoshino. Você acha mesmo que ela vai perder a oportunidade?

Parecia bem conveniente ter um yurei na escola que ajudava a arrumar um namorado justamente quando você estava apaixonado. Era horrível admitir, mas ela tinha um pouco de razão sobre Yuna. Para meu alívio, chegamos ao ponto onde nos separávamos. Ela apenas murmurou um "até mais" e seguiu seu rumo, digitando algo no celular.

2

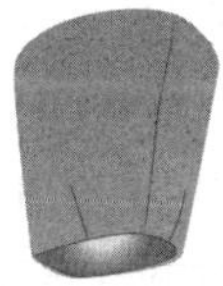

A CARTEIRA DE YOSHIRO ESTAVA LÁ, VAZIA, RECOS-tada junto à parede da janela. Parecia estranhamente deslocada sem ele. Enquanto isso, a professora Takagawa se esforçava em transformar equações de segundo grau em uma forma de tortura medieval. *Será que ele tinha ficado doente?* O restante da turma parecia não notar ou não se importar com a ausência dele, e eu resolvi tentar fazer o mesmo. Afinal, não era como se eu o conhecesse.

— H-Hoshino-kun? — uma voz suave me chamou.

Virei para o lado e dei de cara com Hinata com o caderno apertado contra o peito. Ela tinha um jeito de se aproximar que parecia um pedido de desculpas por existir, como se temesse incomodar.

— Oi, Yamata-san. — Sorri. — O que foi? — perguntei, tentando parecer mais atento do que realmente estava.

Ela hesitou, mexendo nos fios do cabelo curto, que logo prendeu atrás da orelha.

— E-eu... Não entendi direito a explicação da professora sobre a fórmula de Bhaskara. Você... você poderia me ajudar?

Olhei para o quadro. Era a mesma fórmula que a professora Takagawa vinha repetindo nos últimos dez minutos, mas a confusão nos olhos dela parecia genuína.

— Claro, sem problema — respondi indicando o espaço ao lado da minha mesa para que ela arrastasse uma cadeira e se sentasse ali.

Hinata titubeou, mas então puxou a cadeira e se sentou, ajeitando o caderno. Enquanto eu explicava, percebi que ela me olhava com tanta atenção que me senti um pouco desconcertado.

— Ah, então é assim! — exclamou de repente, com um sorriso tímido. — Obrigada, Hoshino-kun. Você é muito bom nisso.

— Não é nada, sério. É só prática — respondi, coçando a nuca.

Ela riu baixinho. Levantou-se, deu dois passos e parou por alguns segundos como se tivesse esquecido onde era seu lugar. Então, se virou novamente para mim, o caderno nas mãos, semiescondendo o rosto.

— Caso eu precise de novo, você se importaria em me ajudar?

— De maneira nenhuma, será um prazer — confirmei.

Mesmo com o caderno escondendo a boca, o sorriso em seus olhos foi visível.

No fim da aula, ajeitei minhas coisas e saí o mais rápido que pude. Evitei a todo custo Makoto, pois não estava nem um pouco a fim de ir mais um dia para casa na companhia dela. Resolvi seguir por um caminho alternativo, mais rural, com plantações de arroz separadas da estrada por pequenos muros de pedra. Alguns alunos do primeiro ano passaram por mim de bicicleta, conversando e gritando um com o outro, como se tivessem algum problema de audição. Mas, à medida que se afastavam, a gritaria se tornou um som suave, misturado ao coaxar dos sapos, que proliferavam no terreno pantanoso das plantações.

Um pouco à frente no caminho, a imagem de uma pessoa repousando sob uma árvore começou a ganhar forma. De início, achei que pudesse estar vendo coisas, ou então que estava preenchendo as informações do ambiente com base nos meus pensamentos. Só quando me aproximei, percebi que não era uma miragem ou devaneio da minha mente.

Lá estava ele, largado no chão, deitado rígido de costas sob a sombra de uma árvore, de olhos fechados, as mãos cruzadas, como um cadáver. O tórax se movia para cima e para baixo, em movimentos lentos, fazendo um pequeno livro aberto sobre o peito balançar levemente. Parei e o encarei de longe, como se não acreditasse no que estava vendo. O garoto tinha matado aula para ficar lendo ali, debaixo da árvore. Quis me aproximar, perguntar se estava tudo bem, mas não tive coragem. Ele abriu os olhos e me encarou por alguns segundos. Depois, se ajeitou recostado no tronco da árvore; se espreguiçou e guardou o livro na mochila, que estava largada na grama ao seu lado. Ele permaneceu estático, como uma entidade rupestre se mesclando à natureza.

Era muita ousadia matar aula para ficar lendo ali, largado no campo. Uma ousadia poética que me fez sentir uma estranha sensação de atração por aquela figura. Yoshiro era como um ser mitológico que se escondia no meu inconsciente e me instigava a procurá-lo. Quando menos percebi, já estava falando com ele.

— Não te vi na aula hoje — comentei para minha própria surpresa.

Yoshiro semicerrou os olhos, como se eu tivesse interrompido um momento sagrado. Ele me encarou por um instante, confuso, antes de responder com uma calma que parecia quase indiferente:

— Talvez porque eu não tenha ido.

Fechei os olhos por um segundo, tentando não deixar que a frieza da resposta me atingisse. Normalmente, eu teria desistido ali mesmo, mas algo dentro de mim insistia em continuar. Talvez fosse aquele ar de mistério que ele carregava, ou talvez apenas a minha teimosia. Insisti.

— Se precisar copiar as tarefas de hoje, posso emprestar meu caderno.

Ele suspirou, como se eu estivesse sendo inconveniente, e respondeu sem abrir os olhos:

— Obrigado, mas tá tudo bem. Não preciso.

A conversa estava morrendo, e eu sabia que, se não fizesse algo, ele simplesmente voltaria a ignorar o mundo ao redor. Então, decidi arriscar a pergunta que realmente queria fazer:

— Por que você não foi à aula hoje?

Dessa vez, ele abriu os olhos de verdade. Me encarou em silêncio por breves segundos. Parecia que eu tinha tocado em algo que não devia.

— Você por acaso é da polícia? — retrucou.

— Não, não é isso. — Tentei me explicar, mas as palavras pareciam não sair direito. — É só que... não é comum faltar logo no início das aulas, ainda mais... — Pensei em dizer "para ficar deitado debaixo de uma árvore", mas parecia tão ridículo que engoli a frase. — ... Só fiquei curioso.

Ele me encarou por um momento, como se estivesse decidindo se valia a pena, ou não, continuar aquilo. Então, finalmente, respondeu:

— Obrigado pela preocupação, Hoshino. Mas não é da sua conta.

Espera aí. Ele sabia meu nome?

— Como você sabe meu nome? — perguntei, surpreso.

Ele levantou uma sobrancelha, como se a resposta fosse óbvia.

— Você sabe o meu, não sabe?

Por que as pessoas respondem perguntas com outras perguntas? E, sim, eu sabia seu nome. Não deveria saber? Pensando bem, Makoto não sabia, então por que aquela informação ficou guardada na minha cabeça como se fosse algo realmente importante?

— Eu tenho uma memória boa, apenas isso — desconversei. — Mas já entendi, não está mais aqui quem perguntou. Eu só tinha me preocupado por você não ter ido à aula, mas já vi que tá tudo bem, então ... até.

Me virei e comecei a caminhar segurando as alças da mochila rente ao peito e me perguntando o que tinha me dado na cabeça para puxar assunto com ele naquele momento. Eu devia ter apenas passado direto, o ignorado, como toda a turma estava fazendo. Meus olhos marejaram por me sentir um completo idiota. Alguma coisa borbulhava ali dentro de mim, um misto de orgulho ferido com vergonha.

Dei apenas meia dúzia de passos quando senti algo acertando minha nuca. Uma leve pressão e um som oco reverberou enquanto a coisa caía rolando pelo chão. Era uma ameixa pequena, de um vermelho-amarelado que refletia o brilho suave da tarde. Eu fiquei paralisado por um instante, tentando processar o que havia acontecido.

Yoshiro havia me acertado... com uma fruta?

Movi a cabeça lentamente para trás, com os olhos cerrados e o vi de pé, com as mãos sobre a boca e os olhos arregalados.

— Era pra acertar sua mochila. Me desculpa.

Você é maluco?, pensei em perguntar, mas a pergunta ficou presa na minha garganta. Eu não sabia se devia rir ou ficar bravo. Aquilo era tão absurdo que parecia uma cena de um filme ruim. Ele deu alguns passos curtos na minha direção, hesitante. Então se curvou levemente, pedindo mais desculpas.

— Não era pra acertar sua cabeça. Me desculpe. — Ele apertava os punhos com tanta força que as veias das mãos saltavam. Parecia genuinamente arrependido, mas também completamente perdido.

Continuei o encarando como se pedisse mais explicações, mas ele parecia tão desconcertado quanto eu.

— Eu... só queria chamar sua atenção. Você saiu tão depressa. Só queria me desculpar por ter sido ríspido agora pouco, mas... — Ele travou, como se não soubesse como continuar.

— Achou que a melhor maneira de se desculpar era me acertando com uma ameixa... na cabeça?

— Não, já disse, era pra ter acertado a mochila...

— Que diferença faz?

Ele parecia quase desesperado para se explicar.

— Eu não sei por que fiz isso. Me desculpe, Hoshino-kun. — Ele fez novamente uma breve mesura, quase automática, e se virou de costas, andando como se não tivesse mais nada para dizer.

— Ei, você acha que pode simplesmente sair andando depois disso?

Aquilo não ia ficar assim.

Olhei para o chão, onde a ameixa repousava tranquila, e a ideia surgiu de imediato. Peguei a fruta e a lancei em suas costas acertando-o em cheio.

Ele parou, virou-se devagar e me encarou. Sua expressão era séria. Por um momento tive medo. *O que eu tinha na cabeça pra fazer aquilo?* Mas, então, sua feição mudou, e um sorriso inocente surgiu no rosto.

— Estamos quites, Hoshino.

Ele se virou novamente e continuou andando, sumindo no horizonte, atrás de algumas casas. Fiquei parado ali, olhando para o nada, enquanto um misto de confusão e curiosidade borbulhava dentro de mim.

Que garoto estranho.

A manhã no Colégio Secundário Yamabuki começou como qualquer outra. Ou, pelo menos, parecia. Eu ainda estava sonolento quando entrei na sala e notei Yoshiro já sentado em sua carteira, olhando para fora da janela com aquela expressão de esfinge. Hinata, por outro lado, veio direto na minha direção, radiante como o sol lá fora.

— Takeru-kun! Consegue acreditar que o Tanaka-sensei nos colocou juntos no trabalho? — ela falou com um sorriso. Hinata usava uma presilha de abelha no cabelo, que jogava a franja de lado, deixando o rosto mais exposto. Eu invejei seu ânimo, especialmente tão cedo. Pensei em perguntar o que ela tinha tomado no café da manhã, porque eu também queria um pouco daquela energia, mas fiquei com receio de que meu humor parecesse inconveniente naquele momento.

— Trabalho? — perguntei, surpreso, enquanto me acomodava na cadeira.

— Sim, sobre as invasões mongóis. Em grupos de três! Eu, você e Yoshiro-kun — disse ela olhando para o rapaz que ainda encarava a janela.

Quando notou nossos olhares, ele apenas arqueou as sobrancelhas, como se demonstrasse surpresa, mas logo voltou a admirar a paisagem. Sua expressão não trazia qualquer menção ao que aconteceu no dia anterior, fazendo a história da ameixa parecer uma falsa lembrança. Quando o professor Tanaka finalmente começou a explicar o trabalho, me peguei dividido entre a empolgação de Hinata e a apatia de Yoshiro. Nosso tema seria a resistência japonesa às invasões mongóis, e precisávamos fazer um painel com mapas e ilustrações.

— Eu posso cuidar das ilustrações! — disse Hinata. — Sou ótima desenhando. — Ela mostrou alguns rascunhos em seu caderno. Pude reconhecer personagens famosos de mangás. Ela realmente tinha talento.

— Tudo bem. Posso ficar com os mapas e a linha do tempo — respondi, tentando contribuir.

— E você, Yoshiro? — questionou Hinata, forçando um tom amigável.

— Tanto faz. Me digam o que fazer e eu faço — disse ele, sem tirar os olhos do livro que estava folheando.

Hinata me lançou um olhar rápido, como se esperasse que eu dissesse algo para engajar o rapaz.

— Que tal você ficar com a parte escrita? — sugeri, tentando incluí-lo de alguma forma.

Yoshiro deu de ombros, mas não protestou.

O professor Tanaka parou ao nosso lado, ajustando os óculos enquanto analisava rapidamente nossas anotações espalhadas sobre a mesa.

— Como estamos por aqui? — indagou, com seu tom sempre descontraído.

— Tudo fluindo, Tanaka-sensei — salientei, tentando parecer mais organizados do que realmente estávamos.

— Ótimo. Agora, tenho uma sugestão para o grupo de vocês. Deem um destaque especial no trabalho para falar dos kamikazes.

Hinata piscou, confusa.

— Os aviões da Segunda Guerra?

Tanaka-sensei riu.

— Não, não. Estou falando dos ventos divinos, os kamikazes originais. Segundo a lenda, foram tempestades enviadas pelos *kami* para proteger o Japão das frotas mongóis, destruindo boa parte dos navios inimigos. — Tanaka-sensei pegou um dos livros que estavam sobre as nossas mesas e abriu numa página que citava o episódio.

Hinata pareceu interessada.

— Então quer dizer que só vencemos as batalhas por causa de uma ajuda sobrenatural? — perguntei.

— As tempestades tiveram um papel decisivo e foram vistas como um sinal da proteção divina. Isso fortaleceu a crença de que o nosso país era uma terra sagrada, protegida pelos deuses. Uma ideia que moldou nossa cultura por séculos. Foi só depois da Segunda Guerra que essa visão começou a perder força.

— Professor... — começou Yoshiro, sua voz inesperadamente animada, algo que eu nunca tinha percebido nele antes. — Se os kami enviaram aquelas tempestades para proteger o Japão dos mongóis, será que foram eles também que causaram o tsunâmi de 2011?

Tanaka parou, pensativo, e então soltou uma risada breve, contrastando com a seriedade da pergunta.

— Você me colocou numa sinuca de bico, garoto — disse ele, ainda sorrindo. — Essa questão que você trouxe não é simples, nem mesmo os grandes filósofos e religiosos chegaram a uma resposta definitiva. Isso se chama "problema do mal", e é um tema que aparece em várias culturas. Não se preocupe em resolver isso agora, mas sua observação foi muito perspicaz.

Ele fez uma pausa, olhando distraidamente para o quadro enquanto seu dedo indicador batia suavemente nos lábios.

— Talvez Takeru possa falar melhor sobre isso — continuou Tanaka, lançando um olhar na minha direção. — Afinal, ele vive num santuário...

Balancei a cabeça rapidamente, negando.

— Não, professor, eu não sei nada sobre isso — respondi, tentando me esquivar. — Eu nem sei... se acredito mesmo nessas coisas — confessei abaixando a cabeça.

Tanaka sorriu e voltou a atenção para todos nós.

— Atribuir a causa de uma tragédia a uma divindade pode ser uma saída fácil demais. Nem sempre um desastre natural precisa ter uma explicação sobrenatural por trás. Pode ser que aquelas tempestades contra os mongóis tenham sido só coincidência, e nossos antepassados tenham interpretado o evento como intervenção divina porque fazia sentido para eles na época. Às vezes, tragédias simplesmente acontecem, sem motivo maior. E muitas vezes, nós, humanos, buscamos explicações para dar sentido ao que não entendemos.

Ele cruzou os braços, parecendo satisfeito com a própria linha de raciocínio.

— Além disso, histórias como essa servem a propósitos. Para o Japão, reforçou nossa identidade e orgulho nacional. Para os mongóis, ajudou a justificar sua derrota diante do próprio povo. No fim, tanto faz se foi verdade ou não: ambas as sociedades aceitaram a narrativa porque ela era útil. Acho que essa é uma boa nota para encerrar a discussão. Agora, mãos à obra! Quero um trabalho que me faça pensar tanto quanto vocês estão pensando agora.

Com isso, ele se afastou, nos deixando com mais perguntas do que respostas. Olhei para Yoshiro, esperando que dissesse algo, mas ele estava folheando o livro de história, aparentemente interessado em toda aquela discussão.

— Você não acredita, Takeru? — Yoshiro questionou, deixando de lado o livro.

— No que exatamente?

— Que existam divindades, fantasmas, yokais...

— Como sensei falou, é bom enxergarmos o mundo como nossa responsabilidade. Não acredito que precisamos de yokais para explicar tragédias...

Um silêncio se estabeleceu momentaneamente. Yoshiro deu de ombros, mas não pareceu contrariado.

Nosso trabalho avançava devagar, mas Hinata estava cheia de ideias, apontando detalhes interessantes sobre os navios mongóis e as estratégias japonesas. A cada comentário dela, eu me via relaxando, quase esquecendo que Yoshiro estava ali conosco.

Até que algo chamou minha atenção: toda vez que Hinata se inclinava na minha direção para mostrar algo no livro ou fazer uma observação, eu percebia o olhar de Yoshiro desviar brevemente para nós. Não era nada óbvio, ele disfarçava bem, mas havia algo estranho na forma como parecia medir a distância entre nós dois.

Em determinado momento, Hinata riu de algo que eu disse, algo bobo, na verdade, mas o som daquela risada pareceu incomodá-lo de alguma maneira. Ele fechou o livro com mais força do que o necessário e o empurrou para o canto da mesa.

— Minha parte já está pronta — comentou, num tom impassível. — Se vocês não conversassem tanto, talvez já tivéssemos acabado.

Hinata parou de rir e olhou para ele, surpresa.

— Só estamos tentando tornar o trabalho menos chato, Yoshiro — disse ela, ainda sorrindo, mas agora com um toque de hesitação. — Talvez você devesse se juntar a nós.

Ele não respondeu. Em vez disso, puxou o livro de volta se concentrando nele.

A dinâmica mudou depois disso. Hinata continuou tentando manter o clima leve, mas Yoshiro parecia cada vez mais distante, absorto em revisar suas anotações ou apenas olhando para o vazio. Era como se ele tivesse erguido uma barreira invisível entre nós.

O sinal tocou, indicando o fim da aula; Hinata começou a guardar os materiais com um sorriso amigável.

— Vamos terminar isso amanhã, então? — perguntou ela, animada.

— Claro. Até amanhã, Hinata — concordei, enquanto ela acenava se despedindo.

Yoshiro já estava saindo quando o alcancei.

— Yoshiro, espera aí.

Ele parou na porta, mas não se virou.

— Algum problema? — indaguei, tentando soar casual.

Por um momento, achei que ele fosse simplesmente sair sem dizer nada. Mas então ele se virou lentamente, com um pequeno sorriso nos lábios que não combinava com a frieza em seus olhos.

— Qual problema teria? — retrucou, a voz calma demais. — Até amanhã, Takeru-kun.

Antes que eu pudesse esboçar alguma reação, ele já tinha desaparecido no corredor. Fiquei parado, olhei para os lados como se mentalmente procurasse alguém me filmando. Aquilo só podia ser uma pegadinha. Não era possível que alguém pudesse ter atitudes tão estranhas como as daquele garoto. Fiquei me perguntando por que diabos eu ainda me importava com aquilo.

3

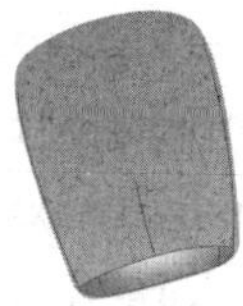

LANTERNAS DE PAPEL DELICADAMENTE DECORADAS com flores de ameixeira balançavam suavemente no pátio da escola. Um corredor vibrante de barracas coloridas cobria toda a área externa, dispostas de forma organizada como as ruas de uma pequena vila festiva. Era como uma versão em miniatura de um autêntico matsuri, mas com o toque peculiar dos estudantes da Yamabuki. O som das risadas ecoava pelo espaço, misturando-se ao tilintar distante de sinos de vento e às melodias de tambores improvisados.

No entanto, o verdadeiro destaque do festival eram as barracas dos clubes escolares. Espalhadas estrategicamente pelo pátio, cada uma se esforçava para atrair os visitantes, exibindo decorações chamativas, cartazes coloridos e apresentações animadas. Os membros do Clube de Cerimônia do Chá vestiam quimonos simples, servindo chá verde em xícaras delicadas, enquanto o Clube de Artes Marciais impressionava com demonstrações de kendô e karatê. Yusuke era um dos membros mais ativos desse clube e naquele dia parecia ainda mais descontraído do que o normal. Mais adiante, o Clube de Fotografia exibia painéis cheios de imagens capturadas pelos alunos, desde paisagens serenas até retratos carregados de emoção. Fotos em preto e branco de construções antigas disputavam espaço com caretas de alunos da Yamabuki.

Havia também clubes mais inusitados, como o de Ocultismo. No ano anterior, sua principal atração havia sido a prática de "revelar o futuro", com os membros inventando previsões absurdas que arrancavam risadas dos visitantes — algo como "Você será perseguido por um polvo às 3 da manhã" ou "Encontrará o amor em um pote de missô". Era impossível levar aquilo a sério, mas era exatamente isso que tornava o clube tão peculiar.

O Clube de Leitura de Mangá era outro que disputava o título de clube mais malvisto da escola. Pois era basicamente um ponto de encontro das fujoshis*. Era a desculpa perfeita para se reunirem e devorarem os amados BL sem ninguém por perto para julgá-las. Não que os comentários maldosos não existissem, mas elas simplesmente não ligavam. Eu adorava mangás, mas entrar para esse clube seria praticamente um suicídio social.

O tema do festival daquele ano era Sugawara no Michizane, o patrono dos estudantes japoneses. Sugawara fora uma das figuras mais emblemáticas do nosso país. Um erudito do período Heian que foi injustiçado e, ao morrer, se tornou um onryo, um espírito vingativo. Dizem que ele começou a atormentar aqueles que o haviam exilado, até que sua raiva se espalhou por todo o império. Uma série de desastres acometeu a capital logo após sua morte, o que foi instantaneamente interpretado como uma

* Termo japonês que pode ser traduzido como "garota podre" ou "garota corrupta", usado para descrever fãs — geralmente mulheres — que consomem e criam conteúdo focado em relacionamentos românticos ou emocionais entre personagens masculinos, frequentemente em mangás, animes ou outras mídias. O termo é carinhosamente autodepreciativo, sugerindo que essas fãs têm um "olhar corrompido" por enxergar potencial para histórias de amor onde elas não foram explicitamente escritas. A cultura fujoshi é especialmente associada ao gênero Boys' Love (BL), que explora narrativas homoafetivas entre homens. *Seriam o autor e os leitores deste livro possíveis membros desse clube? Fica aí o questionamento.*

vingança pessoal de seu fantasma. Serviços espirituais foram então oferecidos para apaziguar seu espírito e, assim, Sugawara no Michizane foi divinizado, transformando-se em Tenjin, o deus da sabedoria e do aprendizado. Independentemente de acreditar ou não nessa história, eu gostava de pensar que ela era um bom exemplo de como superar o *bullying*.

— Espíritos vingativos? Maldições? Não me surpreende que os ocidentais nos enxerguem como antiquados — comentou Kotaro, quando parei de frente à barraca do clube de ciências. — É um insulto nosso clube fazer parte de uma instituição que leva a sério essa coisa de divindade. Não à toa os alunos daqui são completamente obcecados por essas histórias de assombração. Como pode uma escola que se diz científica dar lugar a um clube de ocultismo? Homenagear um kami? Sinceramente...

Enquanto Kotaro continuava o discurso em defesa da ciência, sua voz parecia se dissolver em um ruído distante, incapaz de prender minha atenção. Meus olhos vagaram pelos elementos dispostos na barraca: frascos de ensaio cuidadosamente alinhados, maquetes de átomos com hastes de arame e esferas coloridas e, ao lado da barraca, um esqueleto humano em tamanho real. Era o mesmo que ficava na sala de biologia, agora posicionado de forma quase teatral segurando uma placa escrita: junte-se a nós.

— Vocês já ouviram a lenda de que esse esqueleto é de um ex-aluno da escola que ficou trancado no armário durante as férias de verão e só teve o corpo achado meses depois? — comentou uma aluna do primeiro ano para desespero de Kotaro, que lançou a ela um olhar fulminante. Ela apenas ergueu as sobrancelhas com desdém e seguiu para a barraca seguinte.

— E você, Takeru?

— O que tem eu? — respondi saindo do meu estado de distração.

— Você não quer se juntar ao clube? Quem sabe não se torne um grande cientista algum dia. Sei que você também, assim como eu, acha uma bobagem essas histórias de deuses e fantasmas que assombram a cidade e nossa escola. Vejo muito potencial em você...

Uma menina do clube o cutucou e sussurrou:

— Ele vai ser um sacerdote. O pai dele é o kannushi* do santuário onde eles moram.

Kotaro piscou, surpreso com a informação. Era evidente que ele estava tentando conciliar aquela revelação com a imagem que tinha de mim. Sua expressão mudou lentamente, os cantos da boca se ergueram em um sorriso amarelo. Havia algo de pesaroso naquele gesto, como se ele sentisse pena da situação paradoxal em que eu me encontrava: alguém cético, criado no coração de um lugar profundamente ligado à espiritualidade.

Eu apenas dei de ombros e respondi que tinha outros interesses aquele ano. Kotaro ficou sem jeito e fingiu estar arrumando algo sobre a mesa, quando para seu alívio um menino chegou e ele rapidamente entregou um dos folhetos e o convidou para o clube.

Apenas saí de fininho.

Embora concordasse com Kotaro sobre as lendas urbanas, ainda assim achava suas posições um tanto exageradas. Sua visão era materialista demais para meu gosto. Talvez minha visão negativa sobre o mundo sobrenatural estivesse muito mais ligada ao tédio da rotina de ser filho de um sacerdote do que necessariamente a uma crença firme sobre deuses e fantasmas. Tentei não pensar naquilo naquele momento. Esses pensamentos sempre me deixavam apreensivos e não me levavam a lugar algum; eram meras perturbações para as quais eu não tinha respostas adequadas. Forcei então minha mente a voltar ao plano presente e tentei apreciar o evento que ali acontecia.

Caminhar pelo festival era uma experiência agradável. Além de ser uma ótima desculpa para não estarmos enfiados numa sala de aula ouvindo sobre catetos, hipotenusa e equações que davam dor de cabeça. Alguns alunos estavam vestidos com quimonos cerimoniais fantasiados de Tenjin e simulavam uma batalha com leques. Imaginei que logo um dos

* O kannushi é o sacerdote responsável pela administração, manutenção e realização de rituais de um santuário xintoísta.

professores chegaria e os repreenderia pela falta de respeito com a figura a quem representavam.

Um pouco adiante notei que Yoshiro estava parado em frente à barraca do clube de ocultismo. Somente uma pessoa estranha como ele para se interessar por um clube daquele tipo.

A barraca estava decorada com máscaras tradicionais de tengus e ofudas — amuletos de papel com kanjis impressos — penduradas ao lado de bonecas de palha conhecidas como wara ningyo, usadas em rituais de maldição. Eu sabia sobre essas coisas porque, segundo a tradição, essas bonecas devem ser pregadas em árvores de templos xintoístas na *hora do boi,* por volta de uma da madrugada. Meu pai costumava encontrar essas coisas medonhas no santuário uma ou duas vezes por ano. Quando isso acontecia, ele as removia e realizava uma cerimônia de purificação no local.

O ambiente exótico chamava a atenção de todos que passavam. Eles realmente conseguiam fazer aquilo parecer interessante de alguma maneira. Me aproximei de Yoshiro, que examinava um panfleto com informações sobre o clube, mencionando óvnis, lendas urbanas e fenômenos paranormais.

Ele percebeu minha presença, ergueu as sobrancelhas em um cumprimento discreto e voltou a olhar para o panfleto. Ele de fato estava lendo toda aquela ladainha impressa no folder.

Ali parado, Yoshiro parecia um aluno normal, como qualquer outro. Mas essa normalidade tinha algo de ilusório. Havia lacunas em sua personalidade que eu preenchia sempre de maneira otimista. Isso me incentivou a insistir em uma nova tentativa de aproximação.

— Você se interessa por isso? — perguntei, curioso.

— Você não se interessa? — rebateu.

— Talvez diria que isso não figura entre meus assuntos favoritos. — Tentei me manter neutro para criar algum vínculo.

Ele deu um breve sorriso que se sustentou por milésimos de segundo. Eu estava fazendo algum avanço pelo visto.

Mieruko, a líder do clube naquele ano, me encarava com as mãos na cintura do outro lado da barraca. Seu olhar, meio curioso, deixava difícil ignorá-la. Ela era uma menina esbelta, com um longo cabelo liso descolorido e com uma franja curtíssima, como se tivesse cortado por engano. Usava sempre acessórios e roupas espalhafatosas como se gostasse de ser o centro das atenções.

— Takeru-kun, por acaso vai apenas ficar olhando ou gostaria de se juntar ao clube? Ano passado você não se inscreveu em nenhum. Fica difícil construir uma reputação na escola sem se filiar a alguma atividade extracurricular — ela falou, com um leve tom de deboche, enquanto me estendia um panfleto, o mesmo que Yoshiro lia. Fiquei me perguntando que reputação eu construiria entrando para um clube como aquele. Até o clube de mangá era mais bem-visto.

Peguei o papel por educação, mas para minha surpresa logo me vi imerso no conteúdo. Li, mentalmente:

Se você, assim como nós, gosta de lendas urbanas, óvnis, divinação e histórias sobrenaturais, o clube de ocultismo do colégio Yamabuki é o seu lugar. Venha conosco participar das nossas reuniões em que este ano encenaremos o histórico ***Hyaku Monogatari*** *– O Grande Encontro das Sombras.*

Eu li novamente aquele termo, com cada sílaba bem marcada na minha mente: Hyaku Monogatari. Onde eu já havia ouvido falar disso? A resposta estava ali, mas não se mostrava com clareza. Por mais que eu tentasse, não conseguia lembrar por que o termo me era tão familiar.

— *Hyaku Monogatari kandakai*, que interessante... — disse o professor Tanaka, que se aproximava por trás de mim enquanto ajeitava os óculos para enxergar melhor as letrinhas miúdas do papel.

Foi aí que me lembrei. O professor Tanaka havia comentado sobre isso em uma de suas aulas no ano passado.

— Sensei, o que é mesmo esse termo? — questionei, curioso.

— Ora, Takeru, já esqueceu? — Ele se aproximou da barraca, se inclinando levemente enquanto observava os cristais espalhados pela mesa. — Hyaku Monogatari, ou *Cem Histórias*, foi uma brincadeira bem famosa no período Edo. As pessoas se reuniam à noite para contar histórias de fantasmas e assombrações. Cada história era acompanhada por uma lanterna a óleo, e, depois de cada relato, uma das lanternas era apagada. Aos poucos, o ambiente ia ficando mais escuro, até que só restasse a escuridão total.

Ele fez uma pausa, como se estivesse vivendo mentalmente a cena.

— No começo, era algo que acontecia entre a nobreza, mas logo virou uma febre em toda a capital. Até os samurais usavam isso como um teste de coragem para seus discípulos. Imagine só: jovens guerreiros tentando manter a calma enquanto as luzes se apagavam, e as histórias ficavam cada vez mais assustadoras. Essa tradição acabou inspirando muitos livros de terror, que ajudaram a popularizar essas narrativas na nossa cultura. — Ele sorriu, com um brilho nos olhos. — E, graças a isso, hoje temos um clube de ocultismo aqui na escola. Curioso, não?

— Você acredita nessas coisas, sensei? — Yoshiro perguntou, tirando pela primeira vez os olhos do panfleto. Ele o dobrou e guardou no bolso da calça, aparentemente mais interessado no tema agora.

— Acreditar? Não sei se essa é a palavra certa. — Tanaka refletiu, cruzando os braços e olhando para o céu, como se buscasse alguma inspiração. — O sábio é aquele que conhece seus limites. E, nós, obviamente, temos um limite quando se trata desse tipo de assunto. Não podemos saber o que realmente existe do outro lado.

Yoshiro assentiu.

— Mas se muitas dessas histórias de fantasmas surgiram de livros que alimentavam essa brincadeira, então tudo isso não passa de invenção — eu disse com firmeza.

— A coisa é um pouco mais complexa do que isso. — Tanaka sorriu, como se eu tivesse dito algo ingênuo. — Mas talvez esse seja um tema para outra aula. Apenas entendam que o modo como uma crença surge não diz nada sobre sua verdade ou mentira. Um pouco de magia torna a vida mais interessante, não concordam?

Aquilo me pegou de surpresa. Ouvir de um professor, ainda mais o professor Tanaka, que talvez fenômenos sobrenaturais pudessem ser reais, abalou completamente a imagem racional e cética que eu tinha dele.

— E, vocês, acreditam? É por isso que vieram se inscrever no clube de ocultismo? — perguntou o professor, levando um dos cristais rente ao rosto. Com um olho fechado, olhava através da pedra translúcida como se procurasse algo escondido ali.

— Eu não vim me inscrever! — neguei prontamente.

Mieruko tomou o panfleto da minha mão em um movimento rápido, lançando um olhar para Yoshiro.

— E quanto a você, Yoshiro-kun? — ela perguntou.

— Ainda estou analisando com calma todos os clubes. Não quero decidir de forma precipitada — justificou com uma tranquilidade educada que não parecia coisa de adolescente.

— Tudo bem. Caso queiram se juntar a nós... — Mieruko gesticulou para os outros membros do clube, que se reuniram em volta dela, sorrindo de maneira quase sincronizada. — Estamos esperando por vocês. Venham nos visitar em uma de nossas reuniões das *Cem Histórias* qualquer dia. Elas acontecerão toda semana e serão abertas para toda a escola.

Yoshiro agradeceu com uma leve mesura e seguiu para a barraca seguinte: o clube de literatura.

— Qualquer dia passo pelo clube para prestigiar o evento. Seria interessante trazer o tema para uma aula de história. Quem sabe combinamos algo em conjunto? — disse o professor Tanaka. — Até mais.

Ele se despediu de mim e, em poucos segundos, desapareceu no meio da multidão de alunos, como se tivesse sido engolido por uma areia movediça de adolescentes.

4

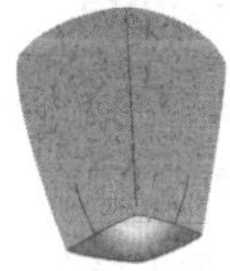

OS BOATOS SOBRE A FANTASMA DO TERCEIRO ANDAR se espalharam como fogo em palha pela escola, alimentados por sussurros nos corredores e mensagens virais pelas redes sociais dos alunos. Os professores tentaram sufocar a lenda de Aiko, proibindo que cartas fossem deixadas na janela do terceiro andar, mas era tarde demais. O mito havia escapado ao controle — e, com ele, a imaginação dos alunos.

Fascinados pelo mistério, os estudantes começaram a replicar o ritual em outros cantos da escola. Cartas surgiam em janelas, armários e até debaixo das carteiras. Nem todos realmente acreditavam na história de Aiko, mas isso pouco importava. Era uma desculpa perfeita: sob o pretexto de invocar um fantasma, os mais tímidos encontravam coragem para se declarar. E, mesmo com os professores patrulhando os corredores e recolhendo as cartas diariamente, os alunos criaram um sistema clandestino. Eles as resgatavam antes que fossem destruídas e as entregavam pessoalmente aos destinatários, transformando o ritual em uma rede secreta de correspondência amorosa.

Numa manhã ensolarada, enquanto eu e os outros garotos da turma discutíamos nossos planos para o fim de semana, a porta da sala se abriu abruptamente, chamando a atenção de toda a turma. Um garoto do primeiro ano colocou a cara para dentro da sala e seus olhos percorreram todo o ambiente, como se ele procurasse alguém específico. Ele segurava uma carta acima da cabeça e a balançava de um lado ao outro como uma bandeira.

— Takeru da turma 2-B! Quem é Takeru do segundo ano? — chamou ele.

De repente todos os olhos se voltaram para mim. Um coro de gritinhos agudos escapou das garotas da turma, e até os rapazes me olharam com sorrisos de zombaria.

Uma carta da janela da Aiko. Para mim?

Eu me levantei sem graça, com o rosto corado e fui até a porta pegar a carta. O garoto me entregou rapidamente e, logo após, saiu correndo pelo corredor como se não quisesse deixar pistas do que havia feito. Os alunos mantinham uma cumplicidade em torno dessa prática, pois todos estavam curiosos com os possíveis romances que estavam surgindo na escola, mas tinham receio de serem pegos pelos professores.

Guardei o envelope no bolso e voltei para a minha carteira. Logo uma multidão se juntou em cima de mim, curiosos tentando saber quem havia me enviado uma declaração.

— O Takeru tem uma namorada — gritou Yusuke com a sutileza de um megafone.

— Grande Takeru, finalmente vai beijar uma menina — bradou Dai enquanto eu enfiava minha cara na carteira, completamente tomado pela vergonha.

Um burburinho eufórico tomou conta da sala enquanto os rapazes à minha volta gritavam ensandecidos, abraçados como uma torcida num jogo de futebol.

— Takeru, se precisar treinar o beijo, eu te ajudo — disse Yusuke, fazendo uma careta e um biquinho ao se aproximar de mim. Aquilo fez com que a turma inteira se alvoroçasse ainda mais, e após isso todos estavam gargalhando graças à sua encenação.

Bom, quase todos.

Enquanto o caos reinava, meus olhos se voltaram para Yoshiro, que estava sentado ao meu lado. Ele não riu nem fez qualquer comentário. Apenas abaixou a cabeça e focou no caderno à sua frente, como se de repente lembrasse de uma tarefa urgente a qual havia esquecido.

Aquele detalhe me deixou inquieto, mas não tive tempo de pensar mais sobre isso, pois naquele instante eu era o centro das atenções e comentários da turma.

— Vamos lá, Takeru! Leia a carta! — insistiu Dai, agora pendurado no meu ombro.

— Nem pensar — resmunguei, enfiando a carta no meio do meu caderno e empurrando tudo para dentro da mochila às pressas, como se pudesse enterrar o assunto ali. Obviamente as coisas não funcionavam assim.

De pés ao meu lado, Dai e Yusuke começaram a se abraçar, fingindo darem uns amassos.

— *Ai, Takeruzinho, eu te amo!* — zombou Dai, com uma voz melosa e afetada, enquanto Yusuke fingia suspirar dramaticamente.

A sala inteira desmoronou em gargalhadas. Só que o barulho foi longe demais.

Do corredor, a figura de um professor que monitorava o corredor apareceu na porta, a expressão dele demonstrava irritação. Era possível ler em seu rosto o quanto ele se arrependia de trabalhar com adolescentes.

— Silêncio! — ele gritou, dando tapas na parede para chamar a atenção.

O aviso fez todos correrem para seus lugares e o caos diminuir, mas as risadinhas não desapareceram por completo.

Eu me recostei na cadeira, deixando metade do corpo escorrer para debaixo da mesa e sentindo um misto de alívio e desconforto. A carta ainda parecia pesar no fundo da minha mochila, e, por mais que tentasse ignorar, minha mente voltava para ela. Quem poderia ter escrito para mim?

Decidi que leria a carta a sós num momento mais apropriado e isso significava o intervalo para o almoço. Aproveitei que todos foram comer e subi de fininho ao terraço da escola. Durante esse horário, ele ficava sempre vazio e era o lugar ideal para que eu pudesse desvendar o que estava naquele papel.

O terraço era uma das minhas partes favoritas da escola; além de ser mais tranquilo, tinha uma vista panorâmica de toda a região. Por entre as frestas da grade de segurança, Aokigahama se estendia pelo vale de Tohoku a se perder de vista no horizonte. Florestas se estendiam como um tapete verde ao redor da cidade, junto de plantações de arroz em estratos que pareciam escadinhas das montanhas. Os prédios pareciam brinquedos vistos lá de cima. E bem mais distante era possível ver o mar no qual meu pai me levava para pescar quando eu era criança.

Retirei a carta do meu bolso e a abri com certo receio, olhando para todos os lados para ver se Dai ou Yusuke não haviam me seguido. Ensaiei abrir, desfazendo a primeira dobra do papel, mas logo hesitei. *E se aquilo fosse apenas uma brincadeira de mau gosto dos outros garotos?* Imaginar por um momento que outro aluno pudesse ter feito aquilo para zombar de mim fez meu estômago embrulhar. Abri a carta de uma única vez e, em uma caligrafia delicada, li para minha surpresa as palavras:

Takeru, só queria dizer que admiro você. Quando vejo você sorrir, meu dia sempre melhora. Obrigada por ser tão incrível. — Hinata.

Fiquei olhando para o papel por alguns segundos, sentindo o calor subir ao meu rosto. Uma declaração tão direta e genuína que me deixou sem palavras.

Hinata?

Aquilo me pegou de surpresa. Reli o conteúdo, e a assinatura continuava lá. O que será que ela via em mim? Eu não me achava feio, mas Dai e Yusuke se destacavam muito mais que eu.

O vento suave do terraço parecia rir da minha confusão enquanto eu dobrava a carta com cuidado e a guardava no bolso novamente.

Quando ia descer a escada, percebi que não estava sozinho lá em cima. Para meu espanto, Yoshiro também estivera parado, do outro lado, o tempo todo, com o rosto quase colado na grade de segurança apreciando o horizonte. O garoto parecia uma gárgula ornando o terraço, imóvel e com olhar distante. Ele olhou para mim. Apenas fiz um breve aceno e desci as escadas para enfim almoçar.

Ao colocar meu pé no último degrau das escadas, fui jogado de supetão contra a parede. O baque fez meus pulmões arderem.

Era Makoto, com a delicadeza de uma mula.

— Ele está lá em cima, não está? — sussurrou ela, pressionando a mão contra meu peito como se me desse um ultimato.

— De quem você está falando? — questionei, tentando recuperar o fôlego.

— Como assim, *de quem*? Do garoto mais estranho dessa escola. E, pasme, não é você. — Ela inclinou a cabeça, como se avaliasse se aquilo era um elogio ou uma ofensa.

— Está falando do Yoshiro?

— Fale baixo! — Ela me puxou pela gola da camisa e me arrastou para longe da escada, olhando ao redor como se temesse ser ouvida.

Naquele momento, um funcionário da escola passou por nós, recolhendo uma carta deixada na janela. Ele nos encarou desconfiado, como se achasse que também deixaríamos algo para Aiko. Makoto sorriu docemente e emitiu um som como se limpasse a garganta. Assim que ele entrou em uma sala, ela voltou sua atenção para mim, agora com uma expressão séria.

— Você estava lá em cima com ele. Me falaram que os dois subiram juntos para o terraço...

— Juntos, não. Quando subi, ele já estava lá.

— O que não muda muita coisa, Hoshino. Foi tudo combinado: ele ia primeiro para não levantar suspeitas, e você o seguiria logo depois.

— Mas espera aí... Como assim? Do que você está falando?

— Não se faça de bobo. Isso explicaria tudo. — Ela estalou os dedos, como se tivesse acabado de ter uma epifania. — Aposto que a carta que você recebeu dizia para vocês se encontrarem no terraço da escola no intervalo do almoço.

Ela me encarava com intensidade, como se estivesse desvendando algum grande mistério. Antes que eu pudesse responder, ela continuou:

— Isso só prova que os boatos sobre vocês dois são verdadeiros.

— B-boatos? Que boatos? — gaguejei, sentindo meu rosto esquentar.

— De que Yoshiro gosta de você. Vai dizer que você não percebeu?

Meu olho direito piscou involuntariamente. Se eu fosse mais velho, diria que estava tendo um AVC naquele exato momento. Que história era essa de que Yoshiro gostava de mim?

— Você por acaso é uma fujoshi?

— O quê?! — Ela pareceu genuinamente ofendida. — Como ousa? Estou apenas deduzindo os fatos. Não lhe parece óbvio?

A única coisa óbvia ali era que Makoto estava começando a perder o juízo.

— De onde você tirou essa ideia absurda de que Yoshiro gosta de mim?

Ela me lançou um olhar preocupado, como se eu fosse o único incapaz de ver algo evidente.

— Como assim, você não percebe?

— Não percebo o quê?

Ela abaixou a cabeça, segurou o osso do nariz e começou a rir baixinho.

— Bom, como você já deve saber, Yoshiro recusou o convite da Yuna. É por isso que ela andava chorando pelos cantos esses dias. Mas, relaxe, parece que ela já superou e se declarou para outro garoto hoje mesmo. Tempos modernos, amores líquidos... Foi isso que nosso professor de estudos sociais mencionou outro dia, não foi? Enfim, voltemos ao ponto. O que estão comentando por aí é que Yoshiro gosta de você. E sabe por quê? Porque vocês foram vistos juntos várias vezes. Inclusive no dia em que ele faltou à aula. Vocês estavam conversando, e, convenhamos, ninguém além de você consegue essa proeza. Então, claro, não demorou muito para que começassem a espalhar o boato de que vocês estão juntos.

— Como assim, quem está falando isso?

— Umas meninas, mas isso não vem ao caso. — Ela revirou os olhos.

Do clube de mangá, certeza.

— Espera, espera. A coisa evoluiu em dez segundos de ele *estar a fim de mim* para *estarmos namorando*? Como isso é possível? — Eu estava quase gritando, mas me contive ao ver um grupo de alunos passar por nós. — As pessoas não têm mais o que fazer? Cadê o bom senso dessa escola?

— Não faça essa cara de pamonha, Hoshino. Se quer acabar com essa história, basta mostrar quem te enviou a carta. Se não fizer isso, vai continuar alimentando o boato.

— E como vou saber se isso não é apenas uma história que você está inventando para descobrir quem me enviou a carta?

— O que eu ganharia com isso?

Status de maior fofoqueira da escola?

— A decisão é sua. — Ela deu de ombros. — Mas, olha... Se não mostrar a carta, as pessoas vão continuar acreditando no que querem.

— Isso não é problema meu.

— Ah, claro. Você realmente não se importa se todo mundo achar que vocês dois estão juntos?

Trinquei os dentes. Claro que me importava. Só odiava mais que tudo dar razão a ela.

— Se você estiver mentindo só para arrancar essa informação de mim, eu juro que...

— Relaxa, Hoshino. Só estou tentando te ajudar.

Ela cruzou os braços, triunfante. Eu hesitei, analisando seu rosto em busca de algum traço de segundas intenções. Bufei. Se eu não mostrasse, não somente ela, mas toda a escola não largaria do meu pé.

Com um suspiro, puxei a carta e a ergui na altura dos olhos dela, sem soltá-la.

— Feliz?

Makoto estreitou os olhos, lendo o nome.

— Hinata? — Sua voz saiu carregada de surpresa. — Então a novata está caidinha por você?

— Olha, não pense em dizer nada disso a ninguém, tá bom? Isso é coisa minha. Depois que eu conversar com ela, eu penso se conto a mais alguém.

— Se quer acabar com esses rumores maldosos, basta tornar tudo público. Olha, Hoshino, sei que você está me julgando horrores, mas o que tô fazendo é para seu próprio bem. Só digo uma coisa: tome cuidado. Rumores podem ser inofensivos no começo, mas… — Ela pausou, como se escolhesse as palavras cuidadosamente. — Às vezes, eles acabam criando vida própria.

Ela se afastou, me deixando sozinho no corredor, com a sensação incômoda de que fui completamente manipulado.

A última aula daquele dia parecia um teste de resistência para minha concentração. Minha mente estava a quilômetros de distância dos livros, perdida em pensamentos inquietos. Cumprir minha promessa de ser um bom aluno estava se tornando uma tarefa cada vez mais complicada. Eu queria conversar com Hinata sobre a carta — e, principalmente, descobrir se havia alguma verdade naquela baboseira de Yoshiro estar a fim de mim. Mas nenhum dos dois sequer me olhou durante o restante do dia.

Ao fim da aula, esperei a turma sair da sala. Hinata tirava alguma dúvida com o professor, e eu fiquei parado no corredor, recostado na porta, tentando parecer casual enquanto observava o movimento dos alunos que deixavam suas salas. Quando ela finalmente se despediu e começou a caminhar em minha direção, senti meu estômago se revirar. Sua postura era reservada, mas havia algo em sua timidez que a tornava incrivelmente simpática. Decidi que precisava esclarecer as coisas de uma vez por todas.

Nossos olhares se cruzaram, Hinata sorriu mais retraída do que de costume.

— Oi — disse baixinho, um tanto desajeitado.

Nunca fui bom com garotas, e, naquele momento, isso era mais evidente do que nunca.

— Takeru-kun — ela respondeu, fazendo uma mesura leve. As bochechas estavam ainda mais rosadas.

— Então... foi você quem me enviou a carta? — indaguei, indo direto ao ponto.

Hinata hesitou, apertando os dedos contra a saia antes de confirmar lentamente.

— Sim... — Sua voz era quase um sussurro, como se ela temesse minha reação. — Você... ficou incomodado?

— O quê? Não, claro que não! — respondi rapidamente, talvez até rápido demais. — Fiquei só... surpreso. Por que não me contou diretamente?

Ela levantou o rosto, mas seus olhos ainda evitavam os meus. Havia uma mistura de nervosismo e sinceridade em sua expressão.

— Você acha que não pensei nisso? — disse ela, baixando a cabeça novamente. — É muito mais difícil do que parece. Escrever foi mais fácil... — Ela respirou fundo, parecendo reunir coragem. — Talvez eu e Aiko não sejamos tão diferentes assim... — acrescentou, quase para si mesma, antes de erguer o olhar novamente. — Então... tá tudo bem entre a gente? Não quero te pressionar.

— C-claro, tá tudo bem, sim. Não se preocupe — frisei, tentando soar confiante, embora minhas palavras saíssem meio atrapalhadas.

— Tive medo de que você pudesse mudar comigo.

— De maneira nenhuma... — afirmei. Queria dizer algo mais, algo reconfortante, mas as palavras simplesmente não vinham.

Houve um breve silêncio constrangedor. Então, ela se apressou em perguntar:

— Você vai fazer algo agora?

— Na verdade, estava indo para casa. Ainda não escolhi nenhum clube, então minha tarde está livre.

— Também não — disse ela, aliviada por ter algo em comum para compartilhar. — Mas a Mieruko-chan me convidou para uma atividade do clube de ocultismo hoje. Eu vou só para não ser indelicada, até porque essas coisas me assustam. Ela disse que é uma espécie de apresentação especial.

Enquanto caminhávamos lado a lado, Hinata desviou o olhar para os pés, como se estivesse envergonhada, antes de completar:

— Takeru-kun, você gostaria de me acompanhar?

Abri a boca para recusar. Clubes não eram minha prioridade, muito menos um sobre ocultismo. Além disso, parecia um lugar péssimo para um encontro, e eu não queria dar falsas esperanças para Hinata. Estava prestes a dizer "não", mas, ao nos aproximarmos de uma curva no corredor, algo chamou minha atenção. Yoshiro havia acabado de entrar na sala onde a reunião aconteceria.

Por que ele estaria lá? Ele nunca parecia interessado em se misturar com os outros. Aquilo me intrigou, e, antes que percebesse, mudei de ideia.

— Tudo bem — respondi, tentando soar natural. — Eu vou com você. — Hinata sorriu, visivelmente aliviada, mas minha mente já estava em outro lugar. No fundo, sabia que não estava ali por ela.

Seus olhos se iluminaram de entusiasmo, e ela segurou minha mão com firmeza, me puxando pelo corredor. Ao olhar rapidamente para trás, percebi Yusuke parado ali, observando a cena. Um alívio discreto me invadiu — aquilo certamente ajudaria a espalhar a ideia de que eu estava "saindo" com Hinata, o que poderia, quem sabe, abafar um pouco os rumores sobre mim e Yoshiro.

Ao entrarmos na sala, fui surpreendido pelo ambiente. O espaço tinha sido preparado para parecer sombrio de propósito: as janelas estavam parcialmente cobertas por cortinas escuras, criando uma penumbra que me transportou de volta às apresentações de teatro Nô da infância. Meu pai costumava me levar a essas encenações, mas eu nunca havia entendido direito o que acontecia nelas. Só me lembrava dos longos diálogos estranhos e do medo que sentia ao ver os atores com máscaras assustadoras de yurei. Talvez tenha sido justamente essa experiência que alimentou parte do meu desinteresse por temas sobrenaturais. Na época, tentei me convencer de que nada daquilo era real, como uma forma de lidar com o desconforto que sentia. Até hoje não entendo por que os adultos achavam uma boa ideia levar crianças para assistir algo tão... perturbador.

A sala do clube estava decorada com lanternas de papel acesas, dispostas sobre uma mesa ao fundo. As chamas tremeluziam suavemente, projetando sombras bruxuleantes nas paredes e criando uma atmosfera etérea e um tanto inquietante. No centro da sala, uma mesa baixa coberta por uma toalha preta exibia uma coleção peculiar: livros antigos sobre folclore e espiritualidade, alguns com páginas amareladas e lombadas desgastadas, como se tivessem sido retirados do fundo de um armário esquecido. Ao lado deles, um crânio humano que, sem sombra de dúvida, era o mesmo usado pelo clube de ciências na feira de primavera, parecia observar tudo com uma expressão julgadora.

Os membros do clube estavam sentados ao redor da mesa, espalhados em almofadas no chão, conversando em voz baixa. No canto da sala, Yoshiro chamava atenção pela postura tranquila. Ele estava sentado com as pernas cruzadas, uma almofada roxa posicionada entre as pernas, parecendo completamente alheio ao burburinho à sua volta. Sua expressão era serena, quase imóvel, como se o resto do mundo não existisse para ele naquele momento.

Aquela calma me dizia que ele provavelmente não fazia ideia dos boatos sobre nós dois. Quando entrei na sala, ele ergueu os olhos e me viu. Algo em sua expressão mudou. Foi como se sua alma tivesse voltado ao seu corpo após um breve passeio pela sala.

Hinata me conduziu até um espaço livre perto da mesa, e nos sentamos lado a lado. Percebi que o olhar de Yoshiro ainda nos acompanhava.

O professor Tanaka fora convidado pelo clube para explicar aos membros sobre o Hyaku Monogatari; ele fez o mesmo discurso que fizera para nós no dia do festival, as mesmíssimas informações como se tivesse decorado palavra por palavra. Após isso, ele se sentou com seu jeito desengonçado enquanto Mieruko, se colocando à frente de todos, explicou como funcionaria a atividade.

As luzes se apagaram e um dos membros se levantou, segurando uma das lanternas nas mãos. A luz iluminava seu rosto de maneira irregular, com sombras destacando traços que qualquer um gostaria de disfarçar, dando a impressão de que sua cabeça flutuava na escuridão da sala de forma fantasmagórica. Uma música tradicional tocada por shamisen ecoou saindo de uma pequena caixa de som ligada a um notebook. Então, o garoto modulou a voz e começou sua história.

— Há muito tempo, no Japão, havia um monge cego chamado Hoichi. Ele era famoso pela habilidade de tocar flauta. Sua música era tão talentosa que conseguia emocionar até a pessoa mais fria.

A sala ficou em silêncio, atenta.

— Hoichi vivia em Amidaji, um templo construído próximo ao campo de batalha de Dan-no-Ura, onde os Tairas, um dos mais poderosos clãs da época, haviam sido derrotados de forma devastadora pelos Minamotos na disputa pelo trono do país. Como vocês sabem, milhares de guerreiros pereceram naquele dia, incluindo o jovem imperador Antoku, com apenas oito anos.

O professor Tanaka parecia inquieto, se segurava para não se levantar ali mesmo e explicar para os alunos os pormenores da batalha de Dan-no-Ura.

O garoto apagou a lanterna que segurava, e a escuridão se aprofundou, deixando a sala mergulhada em um clima ainda mais sombrio. Uma voz sussurrou no meio dos alunos:

— Ué, não era para ele apagar a lanterna só no fim da história?

— Ele deve tá nervoso. Dá um desconto...

— Shhh... calem a boca.

Ele continuou ignorando os sussurros:

— Certo dia, enquanto o sacerdote do templo estava ausente, Hoichi foi abordado por um visitante incomum. Um samurai apareceu diante dele, elegante e imponente. O homem disse que seu senhor desejava ouvir a música de Hoichi e insistiu para que ele o acompanhasse. Hoichi então foi levado por caminhos que ele não podia ver, mas sentia que o ar ao redor ficava cada vez mais pesado. Quando chegaram ao destino, o monge ouviu os sons de um grande banquete. Risos, conversas e o tilintar de taças enchiam o ambiente. — O garoto fez uma pausa, deixando que o silêncio preenchesse o espaço antes de continuar. — Então, Hoichi foi instruído a tocar sua música. O samurai pediu que ele recitasse a história de Dan-no-Ura, a batalha que selou o destino da Guerra Genpei. Hoichi tocou com todo o coração, narrando a queda trágica dos Taira, o desespero dos guerreiros ao verem seu destino terrível, e o sacrifício do jovem imperador que se afogou nas águas. Quando terminou, o homem cego ouviu o som de aplausos. Os cortesãos emocionados elogiaram sua habilidade, e o samurai disse que seu senhor estava muito satisfeito. Durante várias noites, Hoichi retornou ao mesmo lugar para tocar. Mas, ao retornar ao templo após uma dessas noites, o músico foi confrontado pelo sacerdote que ao ouvir a história ficou horrorizado, revelando que não havia nenhum palácio naquela região. Então, numa noite o sacerdote e outros monges resolveram seguir Hoichi quando ele se dirigia para tocar para o senhor do samurai e ficaram completamente horrorizados quando o viram sentado tocando seu instrumento não num palácio, mas num cemitério. Os monges contaram a Hoichi que ele fora enganado esse tempo todo por um fantasma.

Ao ouvir aquilo, Hinata se agarrou ao meu braço e colou o rosto no meu peito. Eu olhei para Yoshiro e percebi que ele ainda nos observava de canto de olho, com um olhar um tanto apreensivo. Comecei a acreditar que aquela história que Makoto me contara pudesse ser verdade.

O narrador andava pela sala olhando os ouvintes na escuridão e continuou:

— O sacerdote, para proteger Hoichi, na noite seguinte cobriu o corpo inteiro do flautista com sutras, escrituras sagradas que o tornariam invisível para os espíritos. Porém, em sua pressa, esqueceu de cobrir as orelhas do monge.

O silêncio foi quebrado apenas pelo farfalhar das roupas de alguém se ajustando nervosamente, mas o narrador não perdeu o ritmo. Pigarreou e continuou:

— Naquela noite, o espírito do samurai retornou. Incapaz de enxergar o corpo de Hoichi por causa dos sutras. Viu apenas as orelhas desprotegidas flutuando no ar. Então, para cumprir seu propósito, o espírito arrancou as orelhas do monge de forma cruel. Hoichi sobreviveu, mas ficou conhecido como o "monge sem orelhas". Ele dedicou o resto da vida às preces pelos mortos de Dan-no-Ura. Dizem que sua música ainda ecoa em noites sem lua pelo cemitério, como uma homenagem eterna aos que pereceram naquele campo de batalha.

O garoto pegou outra lanterna na mesa e a apagou.

— Agora ele fez certo — uma voz sussurrou sem saber de onde vinha.

A luz da sala acendeu.

— Ué, não eram cem histórias? — A voz sussurrou novamente, mas agora ficou nítido se tratar de um garoto do primeiro ano, que, ao ser pego, tapou a boca com as mãos.

— Infelizmente não temos tempo para isso, mas durante o ano letivo pretendemos completar as cem histórias — disse Mieruko se levantando e agradecendo aos que participaram do evento.

Os alunos se levantaram de suas almofadas, alguns satisfeitos e outros indiferentes.

— Queria mais…

— Achei bem sem graça, meu avô me conta histórias mais medonhas.

— Eu devia ter ido ao evento do clube de música.

Os cochichos continuavam.

Olhei para Yoshiro, que estava recolhendo suas coisas. Nossos olhares se cruzaram por um breve momento. Ele parecia inquieto, mas desviou o rosto rapidamente ao notar que eu o encarava.

— Takeru-kun, vamos sair para comer em algum lugar? — sugeriu Hinata, puxando-me de volta à realidade. Eu havia me esquecido momentaneamente de sua presença.

Eu queria recusar o convite, mas meu estômago roncava alto o suficiente para lembrar que estava faminto. Que mal haveria em aceitar? Assim, concordei com um aceno, mas não tive tempo de pensar muito no assunto.

Yoshiro passou por nós apressado para sair da sala, mas, ao cruzar com Hinata, seu ombro colidiu de leve com o dela. Não foi um empurrão forte, mas o suficiente para fazê-la dar um passo para o lado, surpresa. Ela soltou um pequeno "Ai!" e levou a mão ao braço, como se o impacto tivesse sido mais inesperado do que doloroso.

— Desculpa — murmurou Yoshiro sem sequer olhar para trás, sua voz mal podia ser ouvida enquanto continuava andando, sem desacelerar.

Hinata ficou parada por um momento, observando-o se afastar com uma expressão confusa no rosto. Ela inclinou a cabeça ligeiramente, como se tentasse entender o que havia acabado de acontecer. Não parecia estar com raiva, mas sua expressão demonstrou um leve desconforto.

Talvez fosse apenas impressão minha, mas algo no ar me dizia que aquele esbarrão não havia sido por acaso.

5

O ANOITECER TRAZIA UMA CALMA AGRADÁVEL enquanto Hinata e eu caminhávamos por uma ruazinha deserta, estreita o suficiente para parecer um cenário esquecido pelo tempo. Sob a luz amarelada dos postes, insetos dançavam em órbitas preguiçosas, acompanhados pelo coro noturno de cigarras e grilos. À nossa esquerda, um muro de pedras coberto de musgo nos encurralava contra a passagem apertada, enquanto à direita, uma mureta de metal enferrujada marcava o limite de um terreno íngreme que mergulhava abruptamente na escuridão, engolido pelas sombras das árvores lá embaixo.

Se num primeiro momento achei que Hinata fosse uma menina tímida, essa impressão logo se desfez ao vê-la tagarelar de maneira animada sobre tudo um pouco. Embora ela falasse sem parar, muito das palavras se perdiam no ar, pois, por mais que me esforçasse em acompanhar suas histórias, meu pensamento sempre fugia pela tangente e encontrava a lembrança do rosto sério de Yoshiro, a saída abrupta e aquele olhar carregado de algum sentimento que eu não conseguia decifrar. Tentei me convencer de que era tudo um grande mal-entendido.

— Ei, Takeru, presta atenção! — reclamou Hinata, me cutucando no braço com uma voz fofa e aguda.

— Ah, desculpa! O que você disse?

Ela suspirou, mas em vez de se irritar, apontou para a frente.

— Ali! Vamos naquela loja de conveniência pegar algo para comer.

A loja era um pequeno oásis de modernidade no meio daquele cenário bucólico onde uma máquina automática de refrigerante brilhava em cores vibrantes do lado de fora. A porta automática da loja abriu de maneira silenciosa e uma música suave preencheu o ambiente. Entramos, e o ar gelado do ar-condicionado me fez arrepiar. Hinata pegou uma garrafa de chá verde enquanto eu escolhia um refrigerante de limão.

— E pra comer? — perguntei, já indo direto para a prateleira de bolinhos de arroz. Peguei dois onigiris e um pacote de batatas chips. Um jantar perfeitamente aceitável para um jovem colegial.

Pagamos as compras e saímos da loja.

Estávamos numa parte mais elevada da cidade, de onde podíamos ver os prédios e casas cintilando em milhares de pequenos pontos brilhantes abaixo de nós. Hinata segurava sua bebida e um pacote que eu só percebi melhor quando nos sentamos em um banco.

Levei meu onigiri à boca, observando Hinata desembrulhar algo que parecia... fora do comum.

— Isso é... botamochi? — indaguei, inclinando a cabeça para olhar melhor.

— É. — Ela deu uma mordida no bolinho de arroz coberto com pasta de feijão azuki, mastigando com gosto.

— Não é meio... esquisito comer isso agora? — questionei, tentando parecer descontraído, mas minha voz traiu a intenção, soando mais intrigada do que eu esperava.

Ela arqueou uma sobrancelha, me lançando um olhar divertido.

— Estranho por quê? Eu sempre como isso em qualquer ocasião.

— Sei lá... botamochi me lembra... — Parei, pensando melhor antes de completar. — Cerimônias, sabe?

Hinata sorriu.

— Na minha família é uma comida bem comum. É estranho mesmo quando entramos em contato com costumes de outras pessoas, mas não há nada de errado nisso. — Ela deu de ombros, limpando um pouco da pasta de feijão dos lábios com o dedo. — Na casa da minha avó, a gente fazia oferendas com isso. Tipo, para os espíritos dos nossos ancestrais. Sempre deixávamos de frente ao altar butsudan*, ela dizia que quando eu era criança pegava a comida do altar e comia quando ela não estava vendo.

Eu engoli em seco. Apesar de ser algo comum por todo o país, esse tipo de costume sempre me deixava inquieto. Na minha casa, tínhamos um kamidana, um altar xintoísta dedicado às divindades, mas era diferente. No xintoísmo, até mesmo a ideia de deificar ancestrais parecia distante, mais ligada a forças naturais e protetoras do que ao espírito literal de alguém que já viveu. Algo no modo como o butsudan conectava diretamente os vivos aos mortos me deixava... desconfortável.

Já era um pouco mais tarde do que eu esperava quando começamos a caminhada de volta para casa. A rua estreita parecia mergulhada em uma penumbra tranquila, daquelas que só se encontram em cidades interioranas. De um lado, fileiras de casas silenciosas; do outro, um pequeno bosque onde lanternas de pedra pontilhavam o caminho, suas luzes fracas tremeluzindo como pequenos fogos fátuos flutuando no ar. O som dos nossos passos ecoava suavemente, quase abafado pela quietude da noite.

Hinata caminhava ao meu lado, mas algo em sua postura me chamou a atenção. Ela parecia inquieta, como se estivesse lutando contra alguma coisa dentro de si — talvez palavras que não sabia como colocar para fora. Quando chegamos a uma cerca baixa à beira do caminho, ela parou e se posicionou à minha frente. Seus dedos subiram até o cabelo,

* *Butsudan*: altar budista doméstico, comumente encontrado nas casas japonesas, onde as famílias veneram os ancestrais já falecidos e realizam preces. Geralmente, é decorado com imagens de Buda, tábuas memoriais (ihai), incensos, velas e oferendas, como frutas, arroz ou doces.

enrolando uma mecha distraidamente enquanto seu olhar permanecia fixo nos próprios pés, evitando encontrar o meu.

— Tá tudo bem? — perguntei, tentando quebrar o silêncio.

— Sim, está. Eu só... queria te pedir uma coisa. — A voz dela vacilou, baixa, como se tivesse receio de como eu fosse reagir.

Ela levantou a cabeça, me encarando por um breve instante antes de desviar o olhar novamente, como se reunisse coragem para continuar.

— Eu gostaria de te beijar. — As palavras saíram num fôlego só. Ela rapidamente olhou para o bosque, visivelmente envergonhada.

O ar pareceu abandonar meus pulmões de uma vez. Não era algo completamente inesperado — havia sinais, claro —, mas eu não esperava que acontecesse tão cedo. Ou talvez fosse apenas o jeito direto dela que me pegou desprevenido. Meu rosto começou a queimar, e um calor desconfortável subiu pelo meu pescoço, espalhando-se até as orelhas. Na minha mente, as vozes dos garotos na escola ecoaram de repente, zombando: *"Takeru vai beijar uma menina"*.

Hinata se encolheu ligeiramente, segurando as mãos na altura da barriga, como se tentasse conter o nervosismo.

— Eu posso? — completou.

Antes que eu pudesse formular uma resposta, um som inesperado cortou a quietude da noite: o tilintar de argolas de metal, distante, ecoando como um aviso vindo do bosque ao nosso lado.

Hinata se assustou, seus olhos vasculhando os arredores com urgência. Ela estava apreensiva, e não era para menos. As lanternas de pedra que pontilhavam o caminho provavelmente marcavam a entrada de um pequeno cemitério escondido entre as árvores. De repente, meu corpo foi invadido por um frio que nada tinha a ver com a temperatura do lugar. Mas, mesmo com o coração acelerado, tentei manter a calma, querendo parecer corajoso diante dela.

Ela me abraçou com força, o rosto pressionado contra meu peito. O som das argolas ficava mais próximo a cada segundo, reverberando na calmaria noturna. Hinata levantou o rosto, seus olhos encontrando os meus.

— Rápido, Takeru... me beije.

O quê? Co-como assim? Isso lá era hora de pensar numa coisa dessas?

Antes que eu pudesse esboçar alguma reação, o som das argolas voltou a ecoar, agora tão alto que parecia estar logo atrás de nós. Um vulto surgiu das sombras, movendo-se com uma velocidade sobrenatural, e se posicionou atrás de Hinata e a atacou. Senti a pressão do seu corpo reverberar até o meu e o som das argolas cortando o ar.

Eu dei um passo para trás, confuso, quando Hinata arregalou os olhos e um grito sufocado escapou de sua garganta. Ela levou as mãos até a barriga imediatamente e logo as levantou, trêmulas e ensanguentadas. Seus olhos perderam o ânimo, e ela tombou ao chão como uma marionete que teve os fios cortados abruptamente. Um grito involuntário escapou dos meus lábios, mas ele não pareceu alcançar ninguém.

Atrás dela o contorno misterioso logo ganhou forma, a forma de Yoshiro.

Ele estava ali, imóvel, a poucos passos de distância. Seus olhos encontraram os meus, mas não havia nada neles — nenhum sinal de emoção, apenas um vazio inquietante que me deixou ainda mais desconfortável. Sua respiração era pesada, o peito subindo e descendo em movimentos rápidos, como se ele tivesse corrido até ali.

Mas foi o que ele segurava nas mãos que realmente me paralisou. Um shakujō — um cajado budista com argolas metálicas que balançavam suavemente, produzindo aquele som agudo e desconcertante que eu tinha ouvido momentos antes. A base do cajado era afiada, quase como uma lança, e reluzia molhada sob a luz fraca das lanternas. Sangue. Estava coberta de sangue. Meu estômago revirou e por um momento achei que fosse vomitar. Aquilo não podia ser real.

O medo me dominou, frio e sufocante. Ele não poderia ter feito isso.

Um gemido agudo cortou o ar, vindo de algum ponto distante. Um milhafre-preto pousado em alguma árvore próxima parecia nos observar. Mas Yoshiro nem sequer piscou. Era como se o som não existisse para ele. Essa ausência de reação só aumentava meu desconforto. Quem era ele? Ou melhor... *o que* ele era?

Tentei dizer algo, qualquer coisa, mas minha voz parecia presa na garganta. Minha mente girava, tentando conectar os pontos, mas tudo o que eu conseguia pensar era que aquilo não fazia o menor sentido. Eu queria acreditar que estava num pesadelo, que logo acordaria e tudo voltaria ao normal. Talvez fosse a comida da loja de conveniência. Talvez eu tivesse imaginado tudo. Mas então as argolas do cajado ressoaram novamente, suaves e insistentes, me trazendo de volta àquela realidade terrível.

— O que… o que você fez? — balbuciei.

6

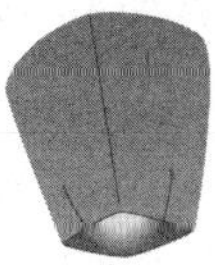

SE EU PUDESSE VOLTAR NO TEMPO, JAMAIS TERIA tentado me aproximar. Não importava o quão misterioso ele fosse, eu deveria ter controlado melhor minha curiosidade. Mas agora era tarde demais. Cada olhar trocado, cada palavra dita, havia me conduzido até aquele momento: parado ali, tremendo, enquanto o som das argolas do shakujō ainda ecoava na minha mente. Se eu não tivesse me aproximado de Yoshiro, talvez Hinata ainda estivesse viva.

Agora as peças começavam a se encaixar: os olhares atravessados, os esbarrões deliberados, a tensão sempre que ele nos via juntos. Eu tinha ignorado os sinais, descartado os boatos como fofocas sem fundamento. Mas aquela violência súbita gritava outra verdade. Será que ele realmente sentia algo por mim? Algo tão intenso que o levou a afastar Hinata... para sempre?

Makoto havia me alertado sobre Yoshiro, mas eu ignorei. Agora, olhando para a menina caída no chão, imóvel, eu entendia tarde demais não apenas o quão estranho, mas também o quão perigoso ele realmente era.

Eu me agachei ao lado dela, sacudindo seu corpo inerte e chamando seu nome com a voz falhando. Não havia resposta. Suas mãos estavam frias, não havia pulso. As lágrimas escorriam sem que eu pudesse contê-las.

Quando levantei os olhos para Yoshiro, ele continuava ali, impassível, como se nada tivesse acontecido. Seu olhar vazio me atingiu como um golpe. Como ele conseguia ser tão indiferente? Gritei, desesperado:

— O que você fez? Olha o que você fez!

Mas ele não disse nada. Apenas me observava, sem um traço de remorso. Meu corpo tremia, tomado por um turbilhão de emoções: raiva, frustração, impotência. Cada músculo parecia vibrar com a necessidade de responder àquela insanidade. Minhas mãos coçavam para agarrá-lo, para fazê-lo sentir pelo menos uma fração do que eu estava sentindo.

A raiva subiu como uma onda quente por meu pescoço. Sem pensar, me levantei de supetão, meus pés empurrando o chão para trás, me dando o impulso necessário para chegar até Yoshiro. Meu punho já estava cerrado antes mesmo que eu percebesse. Avancei contra ele com um grito rouco, canalizando toda a minha fúria em um único movimento.

Mirei seu rosto com um soco rápido e descontrolado. Mas ele foi ágil demais. Antes que meu punho pudesse alcançá-lo, ele se desviou com uma fluidez quase sobrenatural, girando o corpo para o lado com precisão calculada. O som das argolas do shakujō ecoou novamente no ar, acompanhando o movimento fluido de seu braço enquanto ele segurava o cajado com firmeza. Meu golpe encontrou apenas o vazio, e o impacto do meu próprio ímpeto me fez tropeçar para a frente, perdendo o equilíbrio por um instante, e fui ao chão.

Aquilo só aumentou minha frustração e medo. Eu me virei rapidamente, ainda caído ofegante, encarando-o com os punhos ainda cerrados.

Eu seria o próximo?

— Você… você é um monstro… — arfei. — Olha o que você fez… Você a matou por… por ciúmes…

Sua expressão mudou de repente, abandonando a apatia e assumindo um tom de incredulidade. Ele fechou a cara, como se minhas palavras fossem completamente absurdas.

— Ciúmes? — balbuciou, sua voz soando estranhamente desconcertada. — Você realmente acha que foi por isso?

Ele deu um passo em minha direção, os olhos frios como gelo, e disse algo que me fez hesitar:

— Ela está morta, mas não fui eu quem a matou.

Congelei por um instante, confuso. Antes que pudesse processar suas palavras, ele avançou mais um passo, e eu recuei instintivamente, me arrastando para trás pelo chão.

— Do que você está falando? — perguntei mais assustado, como se estivesse diante de uma situação que fugia ainda mais ao meu controle.

Yoshiro não respondeu imediatamente. Apenas ergueu o cajado e o bateu contra o piso, fazendo as argolas soarem novamente, o som ecoando de maneira quase ritualística.

— Olhe para ela — ele ordenou.

Olhei para o corpo inerte da menina caído ao chão. Hinata parecia... se desfazer. Sua imagem tremulava como um holograma defeituoso, desaparecendo e reaparecendo em flashes. Então, ela se levantou, mas seus pés não tocavam o chão; ela flutuava no ar, com a cabeça pendendo para a frente, os cabelos cobrindo parcialmente o rosto. A pele pálida como uma gueixa.

Um arrepio percorreu minha espinha.

Abaixo da cintura da menina, não havia mais pernas, apenas uma massa amorfa e translúcida, como fumaça ondulante. E, em sua cabeça, estava amarrado um hitaikakushi, aquela bandana branca triangular que eu já tinha visto em histórias sobre fantasmas.

— Um... yurei! — gritei, a voz trêmula, enquanto ela finalmente ergueu o rosto.

Os olhos de Hinata, outrora cheios de vida, agora estavam opacos, e sua boca se abriu, revelando dentes pretos e deteriorados. Aquilo era pior do que o pior dos meus pesadelos. Aquela coisa não era mais Hinata. Seja lá o que fosse em nada mais lembrava a garota doce que eu conhecia.

Ela avançou flutuando em minha direção, os braços esticados com as palmas das mãos voltadas para baixo, parando a centímetros do meu rosto. Tentou se aproximar ainda mais, mas... não conseguia. Algo a segurava. Confusa, a criatura virou o rosto para trás. Yoshiro estava ali, firme, segurando-a pelo que deveria ser suas pernas com uma das mãos.

Ela se debateu, gritando de maneira aguda e distorcida, mas Yoshiro não parecia afetado. Continuava com a mesma calma e apatia, como se aquilo fosse algo corriqueiro para ele. Então, estendeu a outra mão, juntando o dedo médio e o indicador, ainda segurando o cajado, e pressionou contra a testa do fantasma.

— *Namu Amida Butsu**. — As palavras saíram como um mantra, firmes e ritmadas.

O espírito de Hinata começou a se desfazer diante de nós como uma névoa espalhada por um ventilador. A boca aberta num grito mudo, paralisada. E, num instante, ela desapareceu por completo.

O silêncio envolveu todo o ambiente. Até mesmo os insetos que ali cantavam pareceram emudecer diante da cena. Yoshiro se aproximou, já com o cajado guardado nas costas, preso entre seu corpo e a mochila escolar.

O que eu tinha acabado de presenciar? Belisquei as costas da minha mão, tentando me "acordar", mas para meu desespero eu estava acordado. Os sonhos com o tsunâmi eram tão vívidos quanto esse momento, mas deles, eu sempre acordava. Olhei ao meu redor, e aquele não era meu quarto. Aquilo tudo devia ter mesmo acontecido.

Yoshiro me estendeu a mão.

Eu hesitei. Não confiava nele.

Demorei a entender que ele provavelmente me salvara.

Agarrei em sua mão e me pus de pé.

Eu não conseguia dizer uma única palavra, e ele sabia disso. Não tentou puxar assunto, respeitando o tempo necessário para que eu processasse

* *Namu Amida Butsu* é uma frase budista que significa "Eu me refugio em Amida Buda". É uma invocação comum na tradição do Budismo da Terra Pura, usada para buscar proteção, guia espiritual ou o descanso das almas no paraíso ocidental de Amida.

todas aquelas informações. Sem esperar, ele apenas começou a descer a ladeira voltando por onde eu havia vindo, com as mãos nos bolsos, assobiava calmamente a melodia de *Kill Bill*. Sem pensar, eu o segui. Olhei ao redor e tudo parecia no lugar.

Paramos em frente à loja de conveniência. A rua estava deserta, mergulhada numa serenidade que só uma noite de primavera podia oferecer. Vaga-lumes pairavam no ar enquanto uma sinfonia tocada por grilos e cigarras preenchia o ar morno. Eu permanecia ali, em silêncio, como parte da paisagem ao lado do garoto mais estranho da escola, que tinha os olhos fixos na escuridão, imóvel como uma estátua.

Atrás de nós, dentro do estabelecimento, o único funcionário folheava uma revista, completamente alheio à nossa presença e ao mundo lá fora. O letreiro da loja tremeluzia, emitindo um leve ruído que denunciava algum mau contato. Nada se movia, nem mesmo o vento, porém o som do meu coração ecoava nos meus ouvidos, como tambores taikô em um festival de verão.

Tudo parecia tão normal que era como se nada tivesse acontecido. Comecei a me questionar se eu não estava delirando. Mas a ausência de Hinata era a prova de que eu ainda não estava enlouquecendo.

Yoshiro se colocou à frente da máquina automática, enfiou umas moedas no valor de 150 ienes e apertou o botão. Um clique mecânico, seguido pelo som da lata caindo. Ele abriu o compartimento e pegou um café gelado *Boss Coffee*, dando imediatamente um longo gole.

— Quer alguma coisa? — perguntou casualmente, como se estivéssemos em um passeio qualquer.

Eu estava parado ali, completamente atordoado, o corpo rígido e os olhos ainda arregalados. Enquanto isso, Yoshiro estava encostado na máquina, com o cajado às costas, tomando café como se fosse a coisa mais normal do mundo. A porta da loja abriu, a música aconchegante inundou o ambiente e uma jovem mulher saiu carregando uma sacola de compras e seguiu na direção de onde tínhamos acabado de vir. A porta se fechou abafando a música que agora era uma versão Lo-fi de alguma canção muito famosa que meu nervosismo me tornou incapaz de distinguir.

— Tem certeza de que não quer? É por minha conta — ele insistiu, balançando a latinha na mão.

Apático, me aproximei e apontei para o chá verde. Minha mente ainda estava perdida nos acontecimentos de minutos atrás. Tentei dizer algo, mas tudo o que saiu foram sons ininteligíveis.

Yoshiro olhou para mim, levantou uma sobrancelha e abriu um sorriso enviesado.

— Matcha é estimulante. Você está em choque, precisa de algo para se acalmar... Que tal isso aqui? — Ele pressionou outro botão, e uma latinha de yuzu cha caiu na bandeja da máquina. Ele me entregou.

Eu peguei a bebida e a segurei com as mãos trêmulas, ainda tentando entender tudo. O aroma cítrico e doce do chá escapava levemente pela abertura. Dei um gole, e era delicioso.

Yoshiro andou mais um pouco e se sentou em um banco abaixo de um poste cuja luz amarela piscava, fraca, como se estivesse prestes a se apagar. No topo do poste, uma coruja estava empoleirada, imóvel, com os olhos atentos, parecendo uma câmera de segurança que nos observava. Os kanjis pintados em branco no asfalto escuro brilhavam suavemente, refletindo a luz da lua.

Eu me sentei ao seu lado.

Ele admirava as luzes pequenas das casas brilhando no horizonte. Deu outro gole na bebida e comentou.

— Se amanhã não tivesse aula eu passaria a noite aqui apreciando a paisagem. É tão reconfortante...

— O que foi isso que acabou de acontecer?

— Ah, sim. Você ainda não entendeu?

Eu o encarei sem dizer nada. Ele virou a cabeça para me encarar, um pequeno sorriso no canto dos lábios.

— Acabamos de banir um yurei.

— Como assim?

— Um yurei. Alguns os chamam de fantasmas, outros de obake. Após a morte, o espírito de uma pessoa pode se tornar um espírito errante preso entre os mundos por causa de alguma dor ou desejo não resolvido. Podem surgir como onryō, espíritos vingativos, ou até mesmo se transformar em kami — divindades protetoras. Yurei são diferentes dos simples fantasmas ou espectros, pois carregam uma carga emocional profunda e uma ligação direta com o mundo dos vivos e...

— Eu sei o que é um yurei — o interrompi.

— Então...

— Essas coisas não existem...

Ele riu baixinho e sacudiu a cabeça, balançando a lata de bebida vazia entre os dedos.

— E como você chama aquela coisa que te atacou?

Eu realmente não sabia o que responder e cedi calado.

— Você foi muito inocente, Takeru, mas não te culpo, afinal, como você poderia saber? Mas, me diga, você não percebeu que ela não estava querendo te beijar, mas, sim, sugar seu ki?

— Meu ki? — Eu pisquei, tentando processar o que ele acabara de dizer. — Esse papo de energia vital é coisa de anime! — retruquei.

Yoshiro soltou uma risada curta, quase divertida, e apontou com a cabeça na direção de onde tudo ocorrera.

— Então explique de maneira mais adequada o que foi que aconteceu.

Engoli em seco, mas mantive a postura.

— Talvez fosse... Sei lá, uma projeção holográfica? Ou algum tipo de truque de luzes? Ela estava querendo me pregar uma peça, tinha alguém filmando para postar no TikTok...

Ele me lançou um olhar cansado, como se estivesse falando com uma criança teimosa. — Projeção holográfica. Num bosque escuro. Pegadinha pra internet? Essa é a sua explicação?

— Melhor do que energia vital e yurei! — rebati, embora minha voz soasse menos firme do que eu gostaria.

Yoshiro balançou a cabeça com um suspiro, abrindo a palma da mão em um gesto tranquilo. — Você quer tanto negar o que viu que está disposto a acreditar em qualquer explicação absurda, menos no que está bem diante do seu nariz.

Eu abri a boca para argumentar, mas nada saiu. Me recostei esparramado no banco me dando por vencido. Minha mente ainda estava presa na imagem de Hinata flutuando, os olhos vidrados, seus dentes pretos, a fumaça saindo do lugar onde deveriam estar seus pés... e aquela bandana triangular. Aquilo era a descrição perfeita de um folclórico yurei. Eu não tinha como negar.

Yoshiro percebeu meu incômodo e se inclinou para a frente, apoiando os cotovelos nos joelhos enquanto olhava para mim de lado.

— Escuta... Eu sei que é difícil aceitar isso logo de cara. Comigo também foi assim no começo. Mas o mundo... ele não é só o que a gente enxerga por aí. É muito maior, muito mais complicado. E, às vezes, assustador. Você vai precisar encarar isso, cedo ou tarde. Há coisas nesse mundo que vão além do que os olhos conseguem ver.

Permaneci calado, tentando me adequar àquela nova realidade.

— Mas por que eu? — questionei.

— Seu pai é um sacerdote xintoísta, certo? Você provavelmente não percebe, mas crescer em um ambiente como esse... isso afeta as pessoas. Você tem algo diferente, algo especial. Não pense que é como todo mundo.

— Espera... Como você sabe sobre meu pai?

— Eu tenho te observado — afirmou com um sorriso cínico.

— Então era por isso que as pessoas na escola estavam falando de nós! Você não tem vergonha? Ficar me vigiando desse jeito... Isso é nojento.

Ele nem piscou. Me lançou um olhar impassível, como se minhas palavras fossem irrelevantes, e simplesmente ignorou a acusação.

— Você deveria me agradecer — disse, sem alterar o tom de voz.

— Agradecer? Como assim? E como você sabia que ela não era humana? E se tivesse se enganado?

Yoshiro suspirou, como se estivesse cansado de explicar algo tão óbvio para alguém que não entendia nada.

— Meu pai é um sacerdote budista. Nossa família lida com espíritos e fenômenos sobrenaturais há muitas gerações. Não é algo que eu escolhi ou que busquei, mas desde criança aprendi a perceber coisas que outras pessoas não conseguem ver. É parte de quem sou. Quando Hinata apareceu, foi fácil notar que havia algo errado com ela. Ela não era humana. E quando vi como ela estava agindo perto de você... sabia que você corria perigo. Bastou eu tocar nela — lembrei-me do esbarrão — para confirmar minhas suspeitas.

— Então você vê essas coisas por aí? Tipo... seres sobrenaturais aparecendo em qualquer lugar? Fantasmas no supermercado? Yokai esperando no ponto de ônibus?

Yoshiro deu um meio-sorriso, como se achasse graça na minha imaginação fértil, mas logo sua expressão se tornou séria.

— Yokais não são tão comuns de serem vistos — respondeu, calmamente. — Mas espíritos humanos, sim. Alguns são, inclusive, fáceis de identificar. Eles usam roupas antigas, fora de época, ou parecem deslocados de alguma forma. Outros, como Hinata, são mais sutis. Mas sempre deixam pistas, mesmo que pequenas.

Franzi a testa.

— Meu pai nunca me falou nada sobre isso, e eu cresci num santuário xintoísta!

— No xintoísmo, os rituais ligados à morte não são muito comuns. Isso geralmente fica a cargo dos budistas. O xintoísmo cuida da vida: casamentos, bênçãos, festivais. O budismo lida com o além, com os mortos. É uma divisão antiga. Essa parte... fica conosco.

Eu ainda estava confuso.

— Mas eu não sou o único filho de sacerdote nesta cidade. Por que essa coisa escolheu justamente a mim?

Yoshiro pegou a latinha de café vazia, sacudiu-a frustrado e a largou de volta no banco.

— Droga, queria mais um gole.

Eu continuei o encarando, esperando uma resposta que fizesse sentido. Ele percebeu minha insistência, deu um suspiro profundo e, finalmente, falou:

— Talvez ela tenha só te achado bonito, vai saber... Ou talvez tenha algo a ver com a Yamabuki. Você nunca sentiu que aquela escola é... diferente?

Era verdade. A escola não apenas tinha uma fama estranha, como coisas sinistras e inexplicáveis aconteciam o tempo todo.

— Então... você é tipo um caça-fantasmas? — perguntei, meio brincando, mas realmente curioso.

Ele soltou uma risada curta, quase irônica.

— Não é bem assim.

— Então o que é?

Ele fez uma pausa, como se escolhesse as palavras com cuidado.

— O papel de alguém da minha linhagem não é apenas "caçar" fantasmas. Na maioria das vezes, meu trabalho é ajudar os espíritos. Guiá-los, se possível. Nem todos são mal-intencionados. Alguns só estão... perdidos.

— Ajudar? Como assim?

Yoshiro ficou em silêncio por um momento.

— Muitos espíritos ficam presos aqui porque têm pendências, assuntos mal resolvidos. Alguns buscam vingança por injustiças que sofreram ou por algo que sentem ter perdido. Outros são tão poderosos que conseguem até mesmo se materializar. E há aqueles que simplesmente não percebem que morreram e continuam vagando, sem entender o que aconteceu.

Ele fez uma pausa, como se algo lhe ocorresse de repente.

— Você notou que Hinata comeu o botamochi? — Seu olhar se estreitou, como se ligasse os pontos. — Isso já era um sinal claro de que possivelmente ela não era humana. Espíritos como ela costumam se alimentar desse tipo de oferenda feita para os antepassados.

Aquilo realmente fazia muito sentido. Enquanto refletia sobre o que ele tinha dito, minha mente começou a pensar em outros espíritos que poderiam estar presos por razões semelhantes. Afinal, se Hinata era um yurei, talvez houvesse outros como ela... especialmente na Yamabuki.

— Ei, Yoshiro — falei, com um pouco de receio —, já que estamos falando de espíritos presos por pendências... você já ouviu falar da lenda da Aiko? Sabe algo a respeito?

Ele ergueu as sobrancelhas levemente, como se surpreso pela pergunta, mas logo seu rosto voltou à expressão neutra de sempre.

— Se ela for real, se trata apenas de uma jibakurei, espíritos que ficam presos em lugares específicos por causa de memórias ou arrependimentos. Por falar nisso, a criatura que te atacou hoje...

— O que tem ela?

— Não era um espírito da escola, embora fosse o fantasma de uma aluna. — Sua voz ficou mais grave. — Isso é o que me preocupa. Um jibakurei com más intenções não pode sair por aí para longe do espaço onde está preso.

Fiquei em silêncio, assimilando o que ele disse. Antes que eu pudesse formular uma resposta, Yoshiro continuou de forma abrupta:

— Takeru, escute. Algo está errado na Yamabuki. Não é normal haver manifestações espirituais desse tipo. E, você, sendo filho de um sacerdote xintoísta, tem uma energia espiritual naturalmente mais elevada que os demais. É como um farol para esses espíritos. Precisa tomar mais cuidado. É bom não ficar aceitando convite para encontros de pessoas que você mal conhece. — Ele deu um leve sorriso ao dizer aquilo. — Quanto à menina, me desculpe. Talvez você estivesse começando a gostar dela, e lamento pela forma como tudo terminou. Mas preciso te avisar que ela não voltará mais à escola. Quando um yurei é banido, é como se nunca tivesse existido. As memórias que você tem dela logo se tornarão um sonho confuso, e ninguém mais vai se lembrar direito. Só quem tem uma energia espiritual forte ou quem teve uma conexão muito profunda com o espírito consegue se lembrar por um tempo.

Aquilo era ainda mais difícil de aceitar do que eu imaginava. Saber que Hinata simplesmente... desapareceria. Que tudo o que ela representou seria apagado, não apenas da escola, mas também das memórias das pessoas. Era injusto.

Yoshiro se levantou, cheio de energia por causa da cafeína, se espreguiçando e colocando a mão na cintura.

— Já está tarde. Amanhã temos aula. Melhor irmos para casa.

Ele começou a andar, descendo a ladeira com as mãos entrelaçadas atrás da nuca. Eu fiquei parado, observando-o. O vento da noite bateu no meu rosto, trazendo um arrepio estranho que não era só frio. Belisquei novamente a palma da mão, mas não, eu não estava sonhando. Estava completamente acordado e confuso, com muito mais perguntas do que respostas.

7

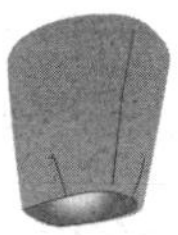

NAQUELA NOITE ESTAVA EM CASA, ASSISTINDO À tevê, quando, de repente, as paredes desmoronaram, engolidas por uma torrente de água salgada. O mesmo pavor das noites anteriores, a mesma sensação de asfixia, de impotência, só me restava a rendição. Tudo tão real, que cada vez que acontecia desejava que acabasse logo. Acordei no sofá, afobado e com o coração acelerado. Não, não era mais fácil passar por aquilo mesmo sabendo que era só um sonho. Era sempre tão assustador como fora da primeira vez.

Depois disso, dormir virou uma batalha perdida. Meu sono se fragmentava em breves intervalos de descanso, logo esmagados por uma avalanche de inquietação. Estava preso em um estado de alerta constante. Virei a noite sem conseguir relaxar.

Na manhã seguinte, a carteira de Hinata estava vazia. Não, pior: parecia que nunca tinha sido dela. Olhei ao redor, mas ninguém parecia notar nada de estranho. *Hinata... ela existiu mesmo?* Me peguei pensando nisso diversas vezes durante a aula. Apenas Yoshiro entenderia o que eu estava sentindo, mas até ele não estava ali naquele dia. Sua carteira igualmente vazia ao meu lado me preocupava ainda mais.

O projetor iluminava a sala de aula escura. A silhueta da professora Takamura, de braços cruzados, estava recortada contra a tela enquanto imagens em preto e branco de um filme de samurais dançavam sobre seu corpo. O filme era *Rashomon*, um clássico da década de 1950.

— Quero que prestem atenção nas diferentes versões da mesma história — disse Takamura-sensei, girando ligeiramente para apontar a tela. — Este filme é baseado em dois contos de Ryūnosuke Akutagawa: *Rashomon* e *Dentro do Bosque*. O diretor apresenta um crime narrado por quatro personagens com suas próprias versões sobre o que aconteceu, porém todas elas antagônicas. A ideia do diretor é fazer a quem assiste refletir sobre "o que é a verdade" e "o que é nossa interpretação". No final, voltaremos a discutir sobre o filme, então prestem atenção, nada de dormir na sala.

A verdade... suspirei silenciosamente, apoiando o queixo na mão. Tudo o que havia acontecido na noite anterior ainda se repetia na minha cabeça. Poucos dias atrás eu dava por certo que assombrações eram meras fantasias, coisa de gente antiquada que adorava contar essas histórias por pura diversão; e agora, toda vez que eu fechava meus olhos via Yoshiro matando Hinata bem à minha frente. Mas agora seu rosto não era mais gentil, ela sempre aparecia com uma feição macabra, rindo para mim.

Será que banir um yurei exigia mais do que parecia? Talvez Yoshiro estivesse em casa, exausto, recuperando as forças, por isso não viera à aula. Ou pior... e se algo tivesse acontecido no caminho de volta? Alguma outra assombração poderia ter aproveitado a chance para atacá-lo. Talvez até algo ligado a Hinata, buscando por vingança. Esse pensamento fez meu estômago revirar. Não importava o quanto eu tentasse afastar a ideia, a ausência dele me deixava com um nó na garganta difícil de desfazer enquanto meus pés batiam rapidamente no chão escoando a tensão do meu corpo.

Olhei para a tela tentando me concentrar e ela mostrava a cena de três homens discutindo embaixo dos destroços de um grande portal durante uma chuva torrencial. Eu já havia perdido o fio da meada da história, não sabia quem eram os personagens e por que eles estavam ali, só lembrava que a professora havia dito se tratar de um filme que questionava nossas ideias de verdade, enquanto várias versões do que poderia ter acontecido com Yoshiro giravam na minha cabeça. Alguma delas era verdade?

Quando o dia letivo chegou ao fim, fiquei para ajudar os garotos da turma a limpar a sala. Dai e Yusuke, como sempre, transformaram a tarefa em uma brincadeira, competindo para ver quem terminava primeiro e rindo o tempo todo. Dai, aliás, parecia levar seu novo visual a sério, com o cabelo penteado para cima e tingido de um vermelho escuro. Eu os observava com uma mistura de diversão e uma pontada de inveja. A amizade deles parecia tão natural, tão fácil, que era impossível não admirar. Tentei imaginar se eu e Yoshiro algum dia seríamos assim, mas logo descartei a ideia. Ele era reservado demais para esse tipo de coisa. Ainda assim, gostando ou não, Yoshiro era o mais próximo de um amigo que eu tinha ali.

De repente eles se aproximaram de mim, ainda rindo, mas com aquele brilho cúmplice no olhar que eu conhecia bem.

— Takeru, sabe por que Yoshiro não veio hoje? — perguntou Dai, com uma péssima atuação tentando ser casual.

— Não faço ideia — respondi, focando na mesa que estava limpando.

— Mas vocês estavam juntos ontem à noite — acrescentou Yusuke, jogando o pano de limpeza em direção a Dai.

Congelei por um segundo. Como eles sabiam disso? Isso que dá morar numa cidade pequena, é como se cada passo seu fosse vigiado.

— Ahn... sim, estávamos — admiti, mas logo me apressei a completar: — Não só nós dois. Eu estava com... com uma garota também.

Eles realmente não se lembrariam de Hinata caso eu falasse dela?

— Uma garota? — repetiu Dai, levantando uma sobrancelha.

— É... o nome dela é Hinata — falei, temeroso. Talvez tivesse sido um erro mencionar o nome.

— Hinata? — Yusuke franziu a testa, trocando um olhar confuso com Dai. — Essa tal Hinata é da escola?

A pergunta me atingiu como um soco no estômago. Claro. Eles não se lembravam dela. Ninguém mais lembrava. O que Yoshiro havia me dito era a mais pura verdade. Pensei em dizer sobre o trabalho que fiz em grupo com ela, mas forçar isso me faria parecer mais esquisito.

— Não importa, só uma conhecida — desconversei, tentando esconder meu nervosismo.

Mas o estrago já estava feito. Yusuke sorriu de um jeito que só podia ser descrito como malicioso, enquanto Dai fingia um ar exagerado de compreensão.

— Entendi… Então teve um encontro com essa menina, mas ainda assim foi com o Yoshiro? — Ele deu ênfase na parte sobre Yoshiro dando a entender que não acreditava em mim. — Não se preocupe, Takeru, não tem nada de errado em vocês dois estarem juntos.

— É, dá pra perceber que vocês têm… uma conexão especial — acrescentou Yusuke, dando uma risadinha.

— Não é nada disso que vocês estão pensando — retruquei, com as palmas das mãos apoiadas sobre a mesa e olhos fechados. Não adiantava, nada que eu dissesse faria eles acreditarem em mim.

— Relaxa, cara. — Dai deu um tapinha no meu ombro. — Só estamos brincando. Tá tudo bem, Hoshino. Não precisa ficar nervoso.

Eles voltaram a brincar entre si, como se o assunto tivesse terminado, mas para mim estava longe de acabar. Não era só o fato de Hinata ter sumido da memória deles e de toda a escola, mas também a maneira como Yoshiro parecia ser o único foco dos rumores agora. Eu não tinha mais o menor controle sobre aquela situação.

No caminho para casa, decidi novamente pegar o trajeto alternativo na esperança de evitar qualquer novo encontro com Makoto. Se Hinata havia sido apagada da memória recente da escola, Makoto provavelmente só sabia do meu "encontro" com Yoshiro. E ouvir qualquer comentário dela sobre isso seria ainda mais insuportável do que ouvir aquilo da boca dos meninos da minha turma.

Naquele dia, percebi algo na estrada que não havia percebido antes, uma pequena estátua de Jizo aos pés de uma cerejeira chorona já no final de sua floração. Seu sorriso gentil e infantil parecia transmitir conforto. Essas estatuetas, dizem, são protetoras de viajantes e crianças. Naquele momento, eu me permiti acreditar que estava seguro sob a vigilância daquele guardião de pedra. Parei em frente a ela, olhei para os lados, para ver se não havia alguém me observando, mas a ruazinha estava completamente deserta. Depositei uma moeda de cinco ienes na caixinha aos pés da estatueta, juntei as palmas das mãos em reverência e pedi por proteção para mim e Yoshiro. De alguma maneira me senti aliviado. Era estranho, pois pela primeira vez na minha adolescência eu recorria a esse tipo de prece, mesmo duvidando do que estava fazendo.

Ao chegar em casa, subi o pequeno lance de escadas de pedra que levava à entrada do santuário. No topo, erguiam-se, uma de cada lado, as duas estátuas kitsune, as guardiãs que flanqueavam o grande portão torii que dava acesso ao lugar. Como em todo santuário xintoísta, o torii simbolizava a transição entre o mundo profano e o sagrado. Depois do portal, estendia-se um pequeno caminho de pedras. Meu pai sempre dizia que devíamos evitar passar pelo centro, reservando-o apenas para as divindades. Era uma tradição tão antiga que, até pouco tempo atrás, eu só seguia quando o olhar atento dele estava sobre mim, somente para evitar broncas. Mas naquele dia eu fiz por pura vontade.

Ao entrar em casa, tirei os sapatos e cumprimentei meu pai que assistia à televisão sentado ao chão, tão perto do aparelho que começava a suspeitar que ele estava desenvolvendo algum problema de visão.

— Takeru, antes de tomar banho, preciso da sua ajuda no santuário. A ventania de ontem espalhou folhas de bordo por todo canto. Minhas costas estão doendo muito. — Provavelmente por ele sentar todo torto em frente à tevê. — E não consigo fazer isso, você pode limpar o pátio, por favor? — Ele pediu sem tirar os olhos da tela que mostrava algum programa de auditório no qual famílias se digladiavam em jogos duvidosos.

Fui até o pátio em frente ao templo, com a velha vassoura de bambu na mão. Comecei a varrer perto do temizuya, a fonte de pedra onde os visitantes lavavam as mãos e enxaguavam a boca antes de entrar no santuário. A água cristalina pingava continuamente da concha de bambu, produzindo um som suave que se misturava ao farfalhar das folhas sob a vassoura.

Conforme me aproximava da grande árvore no canto do pátio, o ritmo de meus movimentos diminuiu. O local já parecia limpo o suficiente. A árvore era um cedro antigo, com raízes expostas no solo. Ao varrer as folhas ao redor de uma dessas raízes, percebi algo estranho — um pequeno objeto parcialmente enterrado no chão.

Curioso, larguei a vassoura e me ajoelhei para observar melhor. Afastei a terra com as mãos até que meus dedos tocaram em algo, uma superfície dura, como uma pedra, mas ao mesmo tempo porosa. Cavei um pouco mais, minhas unhas ficaram recheadas de terra, mas não me importei, pois em breve já tomaria banho. Aos poucos, o objeto ganhou uma mórbida forma, a do crânio de algum animal, provavelmente um gato, amarelecido pelo tempo, com as órbitas vazias encarando o céu. Soltei um leve grito de susto, lancei a coisa no chão e recuei, caindo sentado.

Por alguns instantes, fiquei apenas olhando para a coisa, tentando acalmar os batimentos acelerados. Logo, a curiosidade venceu o susto. Afinal, não era algo tão estranho assim. Peguei o crânio com cuidado, examinando-o sob a luz do fim da tarde. Me perguntei o que aquilo estaria fazendo ali. Provavelmente fora o animal de estimação de algum antepassado meu e que fora enterrado naquele local. Sinal de que o antigo dono o queria por perto.

Decidi deixá-lo numa das cavidades da árvore próxima às raízes, como se devolvê-lo ao seu lugar fosse a coisa certa a fazer. Mais tarde perguntaria ao meu pai se ele sabia de algo.

Levantei-me limpando a terra das mãos no uniforme, e peguei a vassoura novamente. Olhei uma última vez para o crânio antes de entrar em casa e tive a impressão de que ele estava sorrindo.

Fui ao meu quarto buscar roupas limpas e desci as escadas. Meu pai continuava assistindo ao mesmo programa bobo, agora com um sorriso igualmente bobo no rosto.

— Pai. — Ele não me ouviu. — Pai... — Aumentei o tom de voz. Provavelmente ele estaria com algum problema de audição também.

— Oi, Takeru, diga — me respondeu sem tirar os olhos da tela.

— O senhor se lembra de ter tido algum gato de estimação na infância?

Ele me olhou e parou pensativo. Coçou a cabeça, como se aquela pergunta tivesse despertado alguma lembrança adormecida em sua mente.

— Agora que você falou, lembro de algo assim. Seu avô tinha um gatinho, mas não me lembro de muita coisa. Tenho apenas uma lembrança vaga disso. Não tenho certeza se é mesmo uma lembrança minha ou de algum filme a que já assisti. À medida que os anos passam, o passado fica completamente confuso. Mas me recordo sim de algo como um gato nessa casa.

— Você sabe o que aconteceu com ele?

— Não, Takeru, eu era muito pequeno. Minhas lembranças apenas me dizem que ele passeava por aqui todos os dias, e depois nunca mais o vi. Acho que ele se chamava Meia-Noite. Pensando bem, talvez fosse um cãozinho, agora não tenho certeza, ou uma doninha. *Meia-Noite* parece um nome mais adequado a um gato ou uma doninha? E por que a pergunta?

— Por nada, não. — Estava cansado demais para explicar a situação, e naquele momento aquelas informações já resolviam o mistério. Precisava de um banho urgentemente. Decidi que outra hora contaria a ele sobre o crânio.

Deixei a água quente envolver meu corpo, o calor aliviando a tensão acumulada nos últimos dias. Senti os músculos dos ombros e das costas relaxarem aos poucos enquanto me afundava na banheira. Fechei os olhos e inclinei a cabeça para trás, permitindo que a água levasse consigo parte do peso que eu carregava. O vapor preencheu o banheiro, criando uma névoa reconfortante ao meu redor. Por alguns minutos, tentei afastar qualquer pensamento sobre Yoshiro ou as assombrações que pareciam me cercar. Em vez disso, me concentrei no som suave da água e na simples sensação de estar limpo e renovado.

Quando finalmente saí da banheira, o espelho já estava completamente embaçado pelo vapor. Me enrolei no roupão, sentindo o tecido macio contra a pele ainda aquecida. Parei em frente ao espelho, observando meu reflexo distorcido através da camada de condensação. Passei a mão lentamente sobre o vidro, limpando uma pequena área para enxergar melhor. Meu rosto apareceu, cansado, mas familiar.

Por um instante fugaz, tive a nítida impressão de ver outro rosto atrás de mim, como uma sombra desfocada no reflexo. Congelei, o coração acelerando sem aviso. Me virei depressa, puxando o roupão mais firmemente ao redor do corpo, mas não havia nada ali. O banheiro estava vazio, exceto pelo vapor que dançava preguiçoso no ar.

Respirei fundo, tentando acalmar os nervos. *É só sua mente cansada, Takeru*, murmurei para mim mesmo, embora as palavras soassem pouco convincentes. Limpei o resto do vapor do espelho com as mãos trêmulas, revelando novamente meu reflexo. Fiquei parado por um momento, encarando meus próprios olhos, como se tentasse provar para mim mesmo que estava sozinho.

Me vesti, saí do banheiro e retornei ao quarto. Deslizei a porta de correr com cuidado, sentindo o leve rangido característico das dobradiças de madeira. As portas eram revestidas com papel shoji, translúcido, delicado, mas resistente, permitindo que a luz suave do lado de fora se infiltrasse em padrões difusos. Sempre achei curioso como aquele material tão simples conseguia transformar até mesmo a luz mais comum em algo quase mágico. Meu pai costumava dizer que os vidros das portas e janelas ocidentais jamais teriam o mesmo aconchego — e, por mais que eu às vezes discordasse dele em outras coisas, nisso ele estava certo. Havia algo profundamente reconfortante no jeito como aquelas portas pareciam abraçar o ambiente.

Mas essa sensação de tranquilidade desapareceu quando terminei de abrir a porta. Meu coração disparou no peito e um frio se alojou na minha medula, pois, sentado na minha cama, como se fosse dono do lugar, havia um rapaz. Ele tinha o rosto largo, cabelos lisos bagunçados e olhos grandes que pareciam absorver tudo ao redor. Usava uma regata branca simples, um short azul-marinho curto e... um fone de ouvido com orelhas de gatinho que parecia completamente deslocado naquela situação.

Minha pressão despencou. Soltei um grito involuntário, o que fez meu pai gritar lá debaixo perguntando se estava tudo bem.

— Está sim, pai. Só bati o dedo do pé na quina da parede! — gritei imediatamente com a voz trêmula.

O som despreocupado de um assobio do meu pai continuou acompanhando alguma música que tocava na tevê. Fechei a porta num impulso, tentando organizar meus pensamentos. *Foi só minha imaginação... só um vulto, como no banheiro. Ou talvez um ladrão... usando fones de ouvido com orelhas de gatinho...* aquilo não era nem um pouco razoável.

Respirei fundo e, com a mão tremendo, deslizei abrindo a porta novamente na esperança de não mais vê-lo, mas ele ainda estava lá. O mesmo sorriso estranho. A mesma postura relaxada. Ele coçou a cabeça.

— Sensei! — disse ele, com um sotaque peculiar. O sorriso se alargou, revelando os dentes caninos afiados. — Que bom que você voltou, já estava sentindo sua falta.

8

SENSEI? SENSEI? COMO ASSIM?

Minha cabeça girava enquanto esfregava os olhos, torcendo para que o garoto desaparecesse. Mas ele permaneceu ali, sentado na minha cama, balançando as pernas como uma criança entediada.

Pensei rapidamente nas palavras que Yoshiro havia usado para banir o espírito de Hinata. Será que funcionariam novamente?

— *Na-Namu Amida Butsu*! — gaguejei, tentando soá-las com convicção.

Nada aconteceu. Talvez precisasse ser budista para isso...

Ele inclinou a cabeça, claramente se divertindo com a minha tentativa.

— Você é engraçado, sensei — disse, rindo enquanto saltava da cama. — Quem está tentando exorcizar? Tem algum onryo por aqui? — Ele vasculhou debaixo da cama como se procurasse uma assombração no meu quarto.

Minha garganta secou, e dei alguns passos para trás à medida que ele se pôs de pé, me olhando fixamente.

— Quem é você?

A assombração parou de repente, levando a mão à nuca enquanto estreitava os olhos para mim, como se eu tivesse acabado de proferir o insulto mais grave. O movimento foi casual, mas impossível de ignorar. Quando ele dobrou o braço, os músculos de seu bíceps se tensionaram, delineando-se sob a pele de maneira que parecia deliberadamente provocativa. Engoli em seco, tentando desviar o olhar, mas meus olhos traíram minha intenção, fixando-se por mais tempo do que deveriam.

Ele sorriu para mim, e, por um instante quase absurdo, tive a impressão de ouvir um miado suave no ar. Um pensamento estranho me ocorreu: aquele fone de ouvido com orelhas de gato que ele usava... será que ele tinha alguma ligação com o espírito do gato que eu havia acabado de desenterrar no quintal?

À medida que eu observava melhor, a sensação de pavor começou a se dissipar. Ele não parecia ameaçador — longe disso. Havia algo inesperadamente tranquilo e até reconfortante em sua postura. Quando ele levou os dedos à boca e começou a lamber a mão, como um gato faria, minha confusão só aumentou. Ele me encarou, piscando algumas vezes, como se perguntasse silenciosamente por que eu estava tão assustado. Então, sorriu novamente, cerrando os olhos e exibindo dentes caninos pontiagudos. Duas covinhas marcantes se formaram em suas bochechas.

A expressão dele era tão inofensiva, tão cativante, que por um momento esqueci completamente que deveria estar assustado. As palavras de Yoshiro ecoaram na minha mente: *Nem todo fantasma é maligno.* Talvez fosse exatamente esse o caso. Ainda assim, uma pergunta não me deixava em paz: o que ele queria comigo? Por que estava ali?

Foi quando ele quebrou o silêncio:

— Tá tudo bem, sensei? Parece que viu um fantasma...

— Por que você está me chamando de sensei? Eu não sou seu mestre. Deve haver algum engano.

Ele sorriu e se curvou de forma respeitosa.

— Porque agora você é meu mestre. Eu sou seu shikigami.

Shikigami? Um espírito guardião? Como nos animes? Aquilo parecia mais um dos absurdos que eu precisaria de um tempo para aceitar.

Eu me aproximei devagar.

— Você é o Meia-Noite, o gato que era do meu avô Yoshimitsu, não é?

Confirmou com um leve aceno, e um brilho nostálgico surgiu em seus olhos.

— Eu fui.

Afundou os ombros em um espreguiçar preguiçoso, mas havia algo estranho naquilo, algo que me escapava.

Eu franzi a testa.

— Como assim?

Ele me lançou um olhar divertido.

— Já ouviu falar em ciclos cármicos, sensei? Todo mundo renasce. Às vezes como humanos, às vezes como insetos. E, se formos bons o bastante, podemos alcançar algo maior. Sermos como uma divindade. — Ele abriu um sorriso enviesado, sem tirar os olhos de mim. — Por isso dizer que sou um gato seria um erro. Atualmente sou um bakemono — um espírito capaz de assumir qualquer forma. Minha última lembrança mais forte é da vida como gato, então... digamos que alguns hábitos ficam.

Ele lambeu a palma da mão sem pensar e parou no meio do gesto, rindo.

— Viu? Reflexo.

Eu pisquei, tentando processar aquilo.

— Então... antes disso, você era o quê?

Ele inclinou a cabeça, pensativo.

— Boa pergunta. Já fui muita coisa. Um rōnin no período Muromachi. Talvez um cortesão no Heian? — Ele coçou a nuca, parecendo puxar algo distante da mente. — Mas, no fim das contas, não sou um gato nem um humano. Sou só... eu.

Ele sorriu de lado e ergueu uma das mãos e mexeu os dedos abrindo e fechando, observando-os como se fosse algo curioso.

— E, no fim das contas, que diferença faz? A forma como me manifesto e que você vê… — ele girou o pulso, e por um instante, tive a impressão de que seus dedos ficaram longos demais, afilados demais, antes de voltarem ao normal — … é pura ilusão.

Fechei e abri os olhos, tentando ter certeza de que aquilo não era um sonho. Mas ele continuava ali, sorrindo com aqueles dentes ligeiramente afiados.

— Minhas últimas lembranças são meio confusas, sensei. Lembro de estar correndo atrás de uma bola que rolou escada abaixo no santuário. Era só uma brincadeira boba, mas então ouvi o som estridente de uma buzina. Houve uma pancada… tudo ficou claro por um instante, mas logo depois, tudo escureceu.

Ele parou novamente, como se revivesse aquele momento. Sua voz suavizou ao continuar:

— Depois disso, encontrei um Jizo simpático. Ele me disse que eu voltaria para proteger alguém especial. Foi quando senti seus dedos me acariciando, limpando a terra que me cobria… bem, percebi que esse alguém era você, sensei. E aqui estou. — Ele abriu os braços de forma dramática.

Meus olhos involuntariamente desceram até seus ombros. Os trapézios bem definidos chamaram minha atenção — nada exagerado, mas impressionantes o suficiente para fazer inveja a qualquer garoto impopular como eu.

— E, por falar no velho Yoshimitsu, por onde ele anda?

Hesitei, sentindo um peso estranho no peito. Meia-Noite não sabia ainda.

— Meu avô… Ele já não está entre nós. Partiu antes mesmo de eu nascer.

Seus olhos se arregalaram por um breve momento, mas logo sua expressão se suavizou em algo que parecia tristeza genuína.

— Ah, entendo… — murmurou, baixando o olhar. No entanto, quase tão rápido quanto a melancolia apareceu, aquele sorriso bobo retornou ao seu rosto. — Bom, eu também morri, então acho que estamos empatados.

Não pude evitar um meio-sorriso diante da tentativa dele de aliviar o clima.

— O velho Jizo me disse para ficar de olho em você — continuou, agora com um tom mais sério. — Então, estou aqui para te proteger.

— Me proteger? — repeti, franzindo a testa. — De quê?

Ele deu de ombros, como se fosse óbvio.

— Você quem pediu ajuda e não sabe? Provavelmente de onis, yokais, espíritos vingativos... essas coisas. Embora eles não entrem aqui no santuário por causa do portão torii. Mas lá fora essas criaturas estão sempre à espreita.

Eu já tinha ouvido falar que gatos eram capazes de ver espíritos. Talvez isso realmente pudesse ser útil. Ainda assim, a ideia de depender de Meia-Noite para proteção era... bem, inusitada, para dizer o mínimo.

Me sentei ao seu lado na cama, ainda levemente confuso. Ele parecia incrivelmente real. Sem pensar muito, toquei seu braço com o indicador. Era exatamente como o braço de uma pessoa, só que um pouco mais firme, como se tivesse sido esculpido em algo entre carne e mármore.

Curioso, deslizei meu dedo até sua bochecha. Nossos olhos se encontrando. Um calor inesperado subiu pelo meu rosto, e percebi que ele também havia corado levemente.

— O que foi, sensei? O que está fazendo? — Sua boca sorriu, mas seus olhos pareciam preocupados.

— Nada, não, me desculpe. — Observei ele mais de perto. O garoto tinha a minha altura, e seus olhos eram de um tom esverdeado, uma cor incomum para um nativo japonês.

Ele deu uma risada suave.

— Você não está acreditando, não é, sensei? — Ele deitou a cabeça no meu ombro.

Meu corpo tremeu.

Eu me levantei, e ele tombou sobre a cama.

Então se levantou se espreguiçando com os braços para o alto e um bocejo. A camiseta curta se levantou, mostrando a barriga estranhamente definida. Quando me dei conta de que a encarava virei o rosto. Aquilo me deixava desconfortável de muitas maneiras.

— Essa casa está diferente de como eu lembrava — comentou Meia-Noite, levantando-se e indo até a janela. Ele olhou para fora com uma expressão quase nostálgica.

Enquanto ele observava a paisagem, lembrei que havia acabado de sair do banho e ainda estava com o cabelo úmido. Fui até a cômoda, abri a gaveta e peguei o secador. Quando liguei o aparelho, o barulho estridente ecoou pelo quarto, e Meia-Noite praticamente saltou no lugar. Em um piscar de olhos, ele já estava à minha frente, os olhos arregalados e as orelhas do fone de ouvido piscando freneticamente, como se estivessem em alerta máximo.

— O que é isso?! — gritou. E, antes que eu tivesse tempo de responder, deu um tapa no secador, que voou da minha mão e caiu no chão com um baque surdo.

— Takeru, tá tudo bem aí em cima? — A voz do meu pai soou lá de baixo.

— Está sim, pai! Só deixei algo cair! — respondi rapidamente, ainda atônito com a reação exagerada de Meia-Noite.

Ele se agachou ao lado do secador, inspecionando-o como se fosse algum artefato alienígena.

— Sério? Você achou que eu estava em perigo por causa disso? — perguntei, tentando não rir enquanto pegava o aparelho do chão.

— É claro que sim! Você já ouviu falar de um tsukumogami? — Ele cruzou os braços, parecendo indignado, como se estivesse me dando uma lição importante. — Objetos podem ganhar vida depois de cem anos, sabia? Esse som poderia ser um yokai disfarçado!

Revirei os olhos, ligando o secador novamente e apontando o jato de ar quente direto para o rosto dele.

O vento bagunçou ainda mais seus cabelos, os jogando para trás, deixando à mostra os contornos de seu rosto. O rapaz deu um pulo tão exagerado que tropeçou para trás, caindo sentado na cama.

Eu não consegui segurar o riso.

Ele se levantou, ajustando as roupas e lançando-me um olhar que misturava embaraço e irritação.

— E você é cruel, sensei. Muito cruel. Mas... eu gosto de você — retorquiu, bufando.

Meu sorriso congelou no rosto.

Gosta de mim? Como assim?

Ele se aproximou com um olhar diferente agora — meio brincalhão, meio predatório.

— Admita, foi engraçado — balbuciei.

— Ah, então você acha graça em me ver vulnerável, é?

— O quê? Não foi isso que eu quis dizer... — comecei a explicar, mas ele já estava perto demais. Perto o suficiente para que eu pudesse sentir o calor irradiando de sua pele.

Antes que eu pudesse recuar, Meia-Noite inclinou a cabeça, estudando meu rosto com aqueles olhos verdes brilhantes que pareciam enxergar muito além do que eu queria mostrar.

— Sabe, sensei, você é mais interessante do que eu esperava. Seu avô era um homem muito sério, não tinha senso de humor algum. Mas você...

— Interessante? — indaguei, tentando manter a compostura, embora minha voz tenha saído um pouco mais aguda do que pretendia.

Foi então que aconteceu. Rápido como um relâmpago, Meia-Noite passou a língua pelo meu rosto, uma lambida lenta, quente e molhada. Completamente absurda que fez todo o meu corpo se arrepiar instantaneamente.

Eu fiquei paralisado, encarando-o incrédulo, como se meu cérebro tivesse travado naquele exato momento.

— O que... o que foi isso?! — gaguejei, tropeçando para trás enquanto sentia meu rosto pegar fogo.

Ele riu, relaxado, como se fosse a coisa mais normal do mundo.

— Só uma demonstração de afeto. Você não gostou, sensei?

— Não… quer dizer, sim. Não, espera, não sei. — Ótimo. Meu cérebro claramente estava em curto-circuito. — Apenas… não faça mais isso. Por favor.

Tentei recompor o mínimo de dignidade que me restava e virei de costas, encarando o espelho em cima da penteadeira. Meu rosto estava vermelho como uma pimenta, e meu coração parecia prestes a saltar do peito. No reflexo, vi Meia-Noite se jogar na cama com a elegância despreocupada de quem já se considerava dono do lugar.

— É aqui que vamos dormir, sensei?

Paralisei, boquiaberto, os olhos arregalados com uma expressão que provavelmente misturava pânico, constrangimento e um leve traço de horror.

9

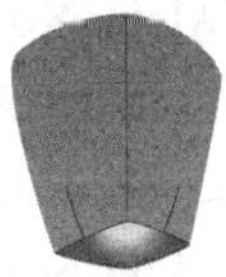

MEIA-NOITE DECIDIU ME ACOMPANHAR EM SUA forma animal até a escola na manhã seguinte, saltitando com uma elegância que chamava atenção. Dessa maneira, ele era visível a todos, ao contrário de sua forma humana, na qual apenas eu poderia enxergá-lo. A pelagem negra era tão brilhante que refletia a luz do sol como um espelho polido. Tinha uma mancha branca no focinho e na cauda. Para os outros, ele era apenas um gato bonito e curioso. Para mim, era uma constante tagarelice — claro, apenas eu conseguia ouvir suas provocações e observações irreverentes.

— A vizinhança mudou bastante nesse tempo que fiquei fora — comentou Meia-Noite se equilibrando sobre um muro.

— Já se passaram mais de trinta anos — justifiquei, enquanto ele saltava sobre o capô de um carro à nossa frente.

— Na volta da escola podemos passar na locadora e alugar um VHS? — Ele me encarou com o focinho rente ao meu rosto.

— VHS, o que seria isso?

— Como assim, não sabe?! — exclamou, parecendo genuinamente ofendido. — É o auge do entretenimento! Grandes caixas pretas cheias de filmes incríveis! Parece mágica. Você tem que rebobinar antes de devolver, ou a moça da locadora te cobra uma multa!

— Rebobinar? Tenho certeza de que você acabou de inventar essa palavra.

Parei em frente à entrada da escola.

— A partir daqui, você não pode me seguir — eu disse.

Meia-Noite parou no mesmo instante.

— Não posso ser visto conversando com um gato lá dentro. Promete que não vai entrar?

Meia-Noite piscou lentamente, como se ponderasse minha fala, então inclinou a cabeça para o lado.

— Se quer que eu cumpra algo à risca, sem exceção, basta me impor um *voto de obediência,* sensei. Mas, uma vez feito, nem você poderá revogá-lo — disse, erguendo uma pata como se estivesse prestes a revelar um segredo. — Toque minha testa com dois dedos e repita a ordem com firmeza.

Hesitei por um instante, então fiz exatamente como ele disse. Encostei os dedos entre seus olhos e sussurrei:

— Você não pode me seguir dentro da escola — ordenei.

No instante em que as palavras saíram, um leve arrepio percorreu meus dedos, como se algo imperceptível no ar se fechasse ao redor dele. Meia-Noite encolheu as orelhas por um breve momento, então soltou um suspiro resignado.

— Está feito. Agora, mesmo que eu quisesse, não poderia mais te seguir. A ordem de um mestre é irrevogável.

Sem mais hesitação, ele saltou sobre o muro e se acomodou ali, lambendo as patas com a mesma calma de sempre.

— Vou ficar de vigia para caso alguma assombração apareça por aqui.

Senti alívio ao entrar na sala e perceber que Yoshiro já estava em sua mesa. Aparentemente estava tudo bem com ele. A aula estava prestes a começar, e o professor Tanaka pediu que todos fossem para os seus lugares. Me contentei em apenas dizer bom-dia para Yoshiro, mas queria dizer que estava feliz em vê-lo. Uma inquietação borbulhava dentro de mim. Eu contava os minutos para a aula terminar para que eu pudesse conversar com ele sobre tudo o que estava acontecendo: fantasmas, sua falta, e claro, os rumores maldosos sobre nós.

Assim que o professor Tanaka finalmente saiu da sala, cutuquei Yoshiro no ombro para chamar sua atenção. Mas, antes que ele pudesse dizer algo, um estrondo ensurdecedor de pratos se quebrando ecoou pela escola. Em segundos, uma multidão de alunos irrompeu pelo corredor, gritando em pânico. Todos na turma se levantaram de uma vez, correndo até a porta para tentar entender o que estava acontecendo. No meio da confusão, consegui captar fragmentos de conversas desconexas, palavras soltas que flutuavam entre os gritos.

— Fantasma!

— Tem uma assombração na sala multitarefas!

— Eba, vão cancelar as atividades!

— Viram a Aiko na sala!

— Os pratos, eles estavam voando!

— Chame a polícia!

— Essa escola é amaldiçoada!

Pelo que consegui entender, alguns alunos afirmavam ter visto um espírito na sala multitarefas, onde o clube de artesanato costumava se reunir. Sem pensar muito, corri até o final do corredor, desviando de grupos de estudantes — uns assustados, outros animados, muitos com celulares nas mãos, filmando toda a confusão. Quando cheguei à sala, o diretor Sakaguchi já estava lá, com as mãos apoiadas na cintura, cercado por alguns professores. Duas meninas conversavam com ele; uma delas tremia visivelmente enquanto segurava um copo de água, tentando se acalmar.

No chão, cacos de pratos quebrados estavam espalhados de maneira irregular por toda parte. Senti uma mão tocar meu ombro, me fazendo gelar por dentro. Era Yoshiro, com a expressão séria e distante de sempre, analisando a sala com atenção meticulosa.

Antes que pudéssemos dizer qualquer coisa, a porta foi aberta com um empurrão firme. Mieruko entrou com um ar de superioridade, segurando sua caderneta com uma das mãos enquanto girava uma caneta com a outra. Ela não parecia se incomodar com o clima tenso no ambiente, nem no quanto aquela sua postura era estranha e inapropriada.

— Oi, tudo bem? — disse ela, se aproximando de uma das meninas apavoradas. — Sou Mieruko, do clube de ocultismo. Você poderia me dizer o que exatamente aconteceu aqui? Foi mesmo um fantasma?

A menina hesitou, ainda soluçando, mas respondeu:

— Estávamos nos preparando para começar as atividades do dia quando, de repente, os pratos de cerâmica que estavam na prateleira atrás de nós foram lançados em nossa direção e se espatifaram aos nossos pés. Foi horrível. Não havia ninguém lá além de mim e Chizuro — disse ela apontando para a menina com o copo d'agua nas mãos. — Pratos não voam sozinhos... isso só pode ter sido coisa de yurei. Eu não quero mais voltar nessa sala. — Ela desatou a soluçar enquanto alguém dava a ela um copo com água tentando acalmá-la.

Mieruko anotou algo em sua caderneta e, enquanto escrevia, murmurou para si mesma: — Okiku...

— O quê? — interrompeu a menina, levantando os olhos marejados.

— Nada, não. — Mieruko deu um sorriso simpático e fechou a caderneta com um estalo. — Muito obrigada pelos esclarecimentos. Isso é um trabalho para o clube de ocultismo.

Sem esperar resposta, ela saiu da sala com a mesma prepotência com que entrara, deixando todos confusos. Aquilo soava como a mais pura encenação, e ela era péssima por sinal. Talvez por isso não tenha conseguido a vaga no clube de teatro.

Eu me virei para Yoshiro, intrigado.

— Okiku? — repeti, franzindo a testa. — Não faço ideia de quem seja.

Yoshiro me lançou um olhar como se eu tivesse acabado de confessar que nunca ouvira falar do Monte Fuji.

— Você não conhece a história de Okiku? É uma das lendas mais famosas de yurei do nosso país.

Balancei a cabeça, me sentindo levemente envergonhado por minha ignorância.

— Não. Não me lembro de ter ouvido falar.

Ele suspirou.

— Okiku era uma serva em um castelo. O senhor feudal para quem ela trabalhava se apaixonou por ela, mas ela rejeitou suas investidas. Furioso, ele decidiu puni-la. Criou uma armadilha: acusou-a de ter quebrado um dos dez pratos de ouro de sua coleção valiosa. Quando ela foi acusada, começou a contar os pratos repetidamente, desesperada, mas nunca encontrava o décimo. Sem saída, ele a jogou em um poço... e lá ela morreu.

— E depois disso?

Ele pegou um dos cacos do chão e girou-o distraidamente entre os dedos.

— Dizem que sua alma ficou presa, vagando pelo poço. Ela ainda conta os pratos sem parar. Perto de poços antigos, pode-se ouvir sua voz... "um, dois, três..." até nove. Depois, vem o grito desesperado pela falta do décimo prato. — Yoshiro soltou o caco de volta ao chão, o rosto sério.

Olhei para os cacos espalhados pelo chão; era como se pudesse sentir o desespero de Okiku.

— Então, você acha que... a própria Okiku pode estar assombrando a Yamabuki?

Yoshiro balançou a cabeça, quase como se minha sugestão fosse absurda demais para ser levada a sério.

— Obviamente não. Mieruko está apenas romantizando a coisa toda. Ela só quer atrair gente para o clube de ocultismo, só está brincando de caçar fantasmas.

Antes que pudéssemos continuar conversando, fomos retirados do lugar pelos professores, que agiam com a pressa de quem queria apagar qualquer resquício de anormalidade. O diretor Sakaguchi trancou a sala, encaminhou as meninas para a enfermaria, dispersou os curiosos e simplesmente declarou o caso encerrado. Era sempre assim que lidavam com rumores de assombração: ignoravam tudo e fingiam que nada tinha acontecido.

Naquele dia, por causa do clima conturbado na escola, todos fomos liberados mais cedo. No caminho para casa, Yoshiro me acompanhou. O sol da tarde ainda brilhava forte no céu, lançando sombras longas sobre a estrada de paralelepípedos. Ao fundo, o som de um sino de templo se misturava ao murmúrio suave de um riacho que corria paralelamente à rua. Nos postes pelo caminho, caixas de som tocavam uma música antiga, mas o som era tão abafado que mal dava para distinguir a melodia de um chiado qualquer.

Paramos quando o sinal da linha férrea começou a apitar, e a cancela se fechou à nossa frente. O trem local passou apitando, o barulho metálico ecoando pela rua enquanto observávamos os vagões desfilarem lentamente. Ele retirou um velho Nintendo DS da mochila e começou a jogar sem cerimônia. Eu o encarei curioso, espantado e admirado em como ele conseguia se desligar da realidade tão facilmente. Era como se minha presença nem fizesse diferença.

— Como você consegue?

Ele me olhou confuso.

— O quê? — respondeu sem tirar os olhos da tela.

— Como consegue simplesmente se desligar de tudo ao seu redor?

Ele hesitou por um momento antes de responder, ainda concentrado no jogo:

— É um mecanismo de autoproteção, acho. Nem eu entendo direito. É automático. É como se meu cérebro esquentasse demais e eu precisasse dar uma pausa... desligá-lo por alguns minutos.

Por fim, ele fechou o aparelho com um clique suave, guardou-o na mochila e me encarou. Seus olhos pareciam mais calmos agora, como se tivesse realmente "resfriado" a mente.

— Pode parecer estranho, mas minha cabeça não para de funcionar nem por um segundo. Estava pensando no caso.

Eu o encarei, cético.

— Para mim, você só estava jogando Pokémon.

Ele soltou uma risada curta, mas não negou.

— Você ainda não se inscreveu em nenhum clube, certo? — perguntou de repente.

Confirmei, desconfiado. Como ele sabia disso? Estava me stalkeando de novo?

— Estou pensando se entro para algum clube esportivo. Talvez atletismo ou vôlei. É minha chance de tentar ser minimamente popular — respondi. — E você?

— Também não me inscrevi em nenhum — disse ele, cruzando os braços —, mas acabo de decidir que devemos entrar para o clube de ocultismo.

Ri, achando que era só mais uma das suas ideias estranhas, mas a expressão séria em seu rosto mostrou que aquilo não era uma piada.

— Como assim? — perguntei, me inclinando ligeiramente para a frente. — Você tá falando sério? E como você decidiu isso por mim?

Ele ajustou a mochila nos ombros, como se estivesse ponderando suas palavras antes de responder:

— Pensa bem. Mieruko tem liberdade total para brincar de caça-fantasmas pela escola graças à autoridade que o clube dá a ela. Se nós formos do clube, poderemos investigar de verdade o que está acontecendo na Yamabuki.

Franzi a testa, tentando entender aonde ele queria chegar.

— Então, basicamente você quer um passe livre para caçar fantasmas?

Yoshiro suspirou, balançando a cabeça como se estivesse cansado de eu simplificar demais as coisas.

— Não é só isso — explicou, olhando para o chão por um momento antes de voltar os olhos para mim. — Assim como Okiku, que sofreu uma terrível injustiça, muitos espíritos estão presos a este mundo pelas mágoas e tormentos que carregaram em vida. Eles não são monstros, apenas almas que precisam de ajuda.

— Certo, isso eu entendi, mas por que eu? Por que me arrastar para isso? Eu passei a vida inteira fugindo das minhas obrigações no santuário. Não tenho vocação nenhuma para esse tipo de coisa. E, sinceramente, depois do que aconteceu com a Hinata, acho que já tive minha cota de assombrações para uma vida inteira.

— Você ainda não percebeu? Não importa o quanto você tente fugir, você já está até os ossos envolvido nisso. Tentar ignorar o problema não vai fazer com que ele desapareça. O melhor que você pode fazer agora é aprender a lidar com isso. Acredite, não vou estar sempre por perto para te ajudar... pode não parecer, e até soar estranho, mas eu me preocupo com você, Takeru.

— Yoshiro... — Respirei fundo.

Ele assentiu, indicando que tinha minha atenção.

— Você sabe o que andam falando sobre a gente na escola?

Ele ergueu as sobrancelhas, surpreso pela mudança repentina de tema.

— Que temos um caso? — respondeu, como se aquilo não fosse um tabu para ele.

— Então você sabe! Como consegue falar isso com tanta naturalidade?

— Não me importo.

— E não pensa em fazer nada para evitar isso?

— Por que eu deveria?

— Porque assim você alimenta ainda mais o que as pessoas vão pensar sobre nós. Você quer mesmo ficar com a fama de ser meu... — as palavras quase não saíram — meu namorado?

Sua expressão continuou a mesma; ele não pareceu nem um pouco abalado ao ouvir aquilo.

— E se eu quiser? O que há de tão estranho nisso, Takeru?

— Você não pode estar falando sério — murmurei, desviando o olhar.

Ele deu um passo em minha direção. Minhas mãos tremiam enquanto ele se inclinava ligeiramente, seu rosto agora tão próximo que eu podia sentir a leve fragrância de algo indefinido.

— Quem se importa com o que eles pensam? — ele sussurrou. Seu hálito tinha cheiro de menta, era esse o cheiro. — Não é a opinião deles que deveria importar para você.

— É fácil para você dizer isso — rebati, tentando manter a compostura, afastando o rosto dele. — Você parece sempre tão... tão indiferente. Nada no mundo parece te afetar. Olha, não me entenda mal. — Dei um passo para trás. — Não é que não goste de ser visto ao seu lado, mas eu tenho uma reputação a zelar.

Não. Eu não tinha.

Ele riu, como se soubesse do fracasso da minha vida social. Talvez realmente soubesse até de mais coisas sobre mim do que deveria, pois pelo visto andava me vigiando.

— Talvez eu seja realmente esse garoto estranho que todos falam — ele assegurou. — E que eu não tenha mais nenhuma reputação a zelar como você. Mas não me importo com o que os outros falam. Você não pode me censurar por isso.

Antes que eu pudesse responder, ele se aproximou novamente, suas mãos tocando de leve meus ombros. O mundo ao nosso redor pareceu congelar, e por um instante, tive a certeza de que ele ia fazer algo... inesperado.

E ele fez.

Yoshiro se inclinou e, de forma súbita, encostou os lábios na minha testa. O gesto foi tão rápido quanto devastador. Não foi um beijo apaixonado, parecia algo mais como o carinho de um irmão mais velho, mas ainda assim completamente inesperado. A forma como meu coração acelerou me deixou mais nervoso do que eu jamais poderia admitir.

— O... o que você acabou de fazer? — indaguei, atordoado.

Ele deu de ombros, com um olhar misterioso, parecia se divertir com a minha reação.

— Se for para eu levar a fama, que seja por algo que fiz. Mas veja, Takeru. Isso não muda nada na nossa vida. O que as pessoas dizem sobre mim e sobre você só vai te afetar se você deixar que afete.

Fiquei em silêncio pensando no que poderia responder.

Antes que o silêncio se prolongasse entre nós, um som agudo rasgou o ar. Olhei para cima a tempo de ver Meia-Noite saltando de uma árvore próxima, suas garras abertas soltando um miado irritado se lançando entre mim e Yoshiro, que deu um passo para trás, se afastando assustado.

— Meia-Noite! — exclamei, tentando pegá-lo, mas ele se esquivou rapidamente. — Qual é o seu problema?

O bichano deu meia-volta em seu eixo e se deitou sobre as patas como se nada tivesse acontecido. Olhou para Yoshiro e lançou um olhar arisco.

— Parece que alguém não gosta de mim — brincou Yoshiro.

— Talvez ele tenha um bom motivo — retruquei, cruzando os braços e encarando o gato, que agora lambia as patas, fingindo desinteresse.

Yoshiro riu baixinho antes de apontar para uma rua próxima.

— Moro num templo um pouco adiante. Melhor eu ir antes que escureça. Cuide-se, Takeru.

— Espere… não quero que você fique com a impressão de que eu não quero ser visto ao seu lado. Eu só não consigo ignorar o que os alunos estão falando. Não me entenda mal.

— Tá tudo bem. Relaxa. Apenas pense a respeito do clube de ocultismo. É uma maneira de estarmos sempre um passo à frente diante das coisas estranhas que estão ocorrendo na escola.

Eu assenti com a cabeça.

— E me desculpe pela minha didática, não era minha intenção te deixar sem graça — ele falou.

— Não me deixou, fique tranquilo.

É claro que deixou. Eu estava em pânico por dentro. Foi mais intimidade do que eu jamais tive em toda minha vida, mesmo com meninas.

Ele se despediu e desapareceu na estradinha, deixando apenas uma semente de confusão plantada em minha mente.

Meia-Noite soltou um suspiro pesado e, sem aviso, começou a mudar. Os pelos escuros se retraíram, os olhos de gato tomaram uma forma mais humana... Em questão de segundos, já não era mais o animalzinho que havia saltado da árvore. Ali estava ele novamente — naquela forma adolescente, esguia e atlética, com o fone de ouvido de gatinho repousando casualmente sobre os cabelos bagunçados. Ele balançou os ombros, como se testasse o próprio corpo

— O que foi aquilo? — perguntei, minha voz subindo involuntariamente.

Meia-Noite bufou, cruzando os braços com um ar de indignação.

— Não gosto daquele garoto.

Franzi a testa, surpreso com a franqueza em sua voz.

— O quê? Mas você nem o conhece. Não me diga que está com ciúmes?

Ele estreitou os olhos para mim, como se eu tivesse dito algo absurdo, mas não respondeu imediatamente. Em vez disso, suspirou e passou uma das mãos pelos cabelos, bagunçando-os ainda mais.

— Admita, você está com ciúmes — insisti, tentando esconder o sorriso que começava a surgir no canto dos meus lábios.

Ele desviou o olhar, cruzando os braços com mais força, como se isso pudesse esconder o leve rubor que tingia suas bochechas. Era impossível não notar o quão adorável ele ficava quando estava irritado. Por um momento, me esqueci completamente de que ele era um mero yokai: as expressões, gestos e até mesmo aquele bico emburrado eram tão genuinamente humanos.

— Não estou com ciúme — murmurou, finalmente, ainda evitando me olhar. — Você só não entenderia.

Não resisti. Estiquei a mão e acariciei seu cabelo, desfazendo o caos que ele mesmo havia criado ao bagunçá-lo. Ele relaxou quase instantaneamente, e um sorriso travesso voltou a brincar em seus lábios.

— Vamos dar uma volta — sugeri, sentindo que o clima pesado entre nós precisava ser dissipado.

10

DEPOIS QUE YOSHIRO SE AFASTOU, PERCEBI QUE A última coisa que eu queria era voltar para casa. O relógio ainda nem tinha chegado perto do fim da tarde, mas a simples ideia de ser convocado por meu pai para varrer o pátio do santuário ou preparar oferendas já me fazia estremecer só de pensar. Eu tinha tempo livre — algo raro em dias de semana — e não estava disposto a desperdiçá-lo.

Decidi caminhar sem rumo pelo centro comercial da cidade acompanhado por Meia-Noite. Não era o lugar mais emocionante do mundo, mas as vitrines coloridas e o aroma tentador de comida que escapava dos restaurantes locais tinham o poder de me distrair. Era exatamente disso que eu precisava: qualquer coisa que me tirasse, nem que fosse por um instante, daquela estranha rotina dos últimos dias.

Durante o percurso, passamos por uma ruazinha estreita com casas simples e pequenos jardins. Mais à frente, um portão torii marcava a entrada de um beco sem saída na margem direita da rua. Após ele, um caminho de pedras levava a um hokora, um minúsculo santuário xintoísta de madeira, adornado com um shimenawa e tiras de papel pendurados. Era como uma miniatura do lugar onde eu vivia.

Meia-Noite deslizava suavemente ao meu lado, se entrelaçando entre minhas pernas de maneira graciosa, sem se importar em quase me fazer tropeçar. Eu estava prestes a reclamar quando algo à frente chamou minha atenção. Mais adiante na rua, notei uma figura agachada junto ao muro.

A princípio, não dei muita importância. Parecia apenas alguém cansado ou talvez bêbado, encolhido, aproveitando a sombra do fim de tarde. Mas conforme nos aproximávamos, algo no ar mudou, um desconforto sutil se apoderou de mim fazendo os pelos da minha nuca se arrepiarem. Então, percebi: havia algo terrivelmente errado com ele.

Seu corpo parecia envolto por uma aura densa e havia uma massa disforme onde deveria estar seu rosto. Era como se fosse feito de fumaça escura, que se movia lentamente, pulsando como algo vivo. Ele virou a cabeça na minha direção, e o choque me paralisou. Os olhos — duas esferas negras e vazias — me encararam diretamente, enquanto a boca se escancarava em um sorriso sinistro revelando fileiras de dentes afiados como lâminas. Um murmúrio baixo e incompreensível escapava de seus lábios.

Estava tomado de pavor.

A criatura lambeu os lábios lentamente, como se saboreasse algo invisível no ar.

— Você consegue me ver? — sussurrou, sua voz gutural distorcida como um som arranhado.

Eu não consegui responder. Meu corpo parecia pesado, mas minhas pernas começaram a recuar automaticamente, um passo de cada vez. Não conseguia desviar os olhos daquela figura horrenda. Ele percebeu minha hesitação e interpretou meu silêncio como resposta suficiente. *Sim, eu conseguia vê-lo... não deveria?*

— Você pode me ver — afirmou ele desta vez, em um tom grave e seguro, enquanto um sorriso macabro se desenhava em sua expressão. Aquilo foi o bastante para romper qualquer paralisia que ainda me prendia ao chão.

Com um movimento brusco, a criatura se levantou, esticando as mãos esqueléticas na minha direção. Senti o sangue gelar nas veias. Sem pensar duas vezes, me virei e comecei a correr, tropeçando nos próprios pés.

— O portão torii! Passe por ele! — gritou Meia-Noite. Ele saltou à minha frente com pelos eriçados, garras expostas e dentes arreganhados, soltando um rosnado profundo que reverberou pelo beco. A criatura se lançou sobre ele, mas Meia-Noite era incrivelmente ágil, desviando com um salto rápido. A coisa titubeou por um instante, como se avaliasse o novo obstáculo, mas logo retomou o avanço implacável em minha direção, ignorando o gato completamente.

Olhei para trás e vi que ele estava perigosamente próximo. Uma névoa fria roçou minha nuca — os dedos tentando me alcançar. Com o coração martelando no peito, girei o corpo e atravessei o portal vermelho, exatamente como Meia-Noite havia ordenado. O beco terminava ali, bloqueado pelo pequeno santuário xintoísta. Virei-me rapidamente para encarar a criatura, ofegante, esperando o inevitável.

Mas o monstro parou abruptamente na entrada do torii, como se tivesse esbarrado em uma barreira invisível. Ele inclinou a cabeça, calculando os próximos movimentos. Quando finalmente tentou dar um passo à frente, sua perna tocou o limite do portão e se dissolveu em fumaça negra. Um grito agudo e doloroso cortou o ar, me fazendo estremecer. Com um movimento brusco, recuou, me lançando um último olhar cheio de ódio antes de desaparecer pela rua, como se nunca tivesse existido.

— Eles não podem entrar em lugares sagrados — me lembrou Meia-Noite, enquanto subia com agilidade para o topo do portal. Sua cauda, longa e sinuosa, balançava como um pêndulo.

— O que era aquilo? — perguntei, ainda tentando recuperar o fôlego.

— Eles estão por toda parte, sensei. — Meia-Noite inclinou a cabeça, como se estivesse analisando minha expressão. — Me surpreende que você só tenha notado isso agora. No caminho da escola até aqui, passamos por pelo menos três. Um deles, inclusive, estava agarrado às costas de um homem. Sua sensibilidade com o mundo espiritual está se acentuando.

Ele saltou para o chão com leveza, parando aos meus pés. Seu tom era de preocupação:

— Regra número um, sensei: nunca faça contato visual com essas criaturas. Não é comum que os vivos consigam vê-los. Se encontrar outro, ignore-o. Não importa o que façam ou digam, finja que não os percebe. Caso contrário, eles entenderão que você pode se comunicar com eles... e isso lhes dá poder sobre você.

Yoshiro tinha razão. Eu não conseguiria mais simplesmente fingir que essas coisas não existiam por aí. Começava a me assustar a ideia de ver mais do mundo espiritual. Me senti agradecido por ter Meia-Noite ao meu lado.

Ao chegar ao centro comercial, já um pouco mais aliviado, comprei um sorvete de *matcha* em uma pequena loja familiar cuja fachada exibia kanji tradicionais desbotados pela maresia. Encontrei um banco de madeira na praça central, onde me sentei para aproveitar a brisa suave que vinha do mar distante, visível no horizonte como uma faixa azul de brilho ofuscante.

Meia-Noite, sempre inquieto, tagarelava sem parar, gesticulando como se me contasse alguma história épica, mas eu mal prestava atenção, perdido em meus próprios pensamentos. De vez em quando, eu o observava pelo canto do olho e não conseguia evitar um sorriso, especialmente quando ele agia como se fosse o centro do universo.

Depois de algum tempo, ele pareceu perceber que eu não estava acompanhando sua narrativa animada. Com um suspiro exagerado, desistiu de tentar chamar minha atenção. Num piscar de olhos, voltou à forma felina e partiu para brincar com um grupo de crianças que corria pelo parque, saltitando atrás delas como se nunca tivesse feito outra coisa na vida.

— Olha, mamãe, que gatinho lindo — disse uma menina ao se aproximar de Meia-Noite, que abaixou a cabeça para receber carinho.

Por mais que Meia-Noite e Yoshiro fossem boas companhias, no fundo eu só queria minha vida normal de volta. Uma vida sem gatos fantasmas me seguindo, sem garotos misteriosos me observando e sem assombrações à espreita em cada esquina. Eu queria poder fechar os olhos e, ao abri-los, encontrar a familiaridade monótona do meu quarto, o conforto da minha rotina sem graça.

Mesmo sendo um zé-ninguém, tudo o que eu desejava era chegar à escola sem boatos estranhos de que Yoshiro gostava de mim. Não me entendam mal, quanto mais eu o conhecia, mais via o quanto ele era incrível. Mas, às vezes, a gente só quer ficar no nosso canto. Longe dos olhares, longe dos holofotes, continuar nos bastidores. A verdade é que nem todo mundo quer ser protagonista o tempo todo.

Enquanto me perdia em meus pensamentos admirando a paisagem, um senhor de idade se aproximou devagar me trazendo de volta à realidade. Sentou-se ao meu lado e me cumprimentou com um sorriso tranquilo. Eu o cumprimentei com um aceno de cabeça, sem dizer nada. Ele tirou o chapéu de pescador que usava, revelando cabelos ralos e brancos como neve, e observou as gaivotas voando em círculos sobre nós.

— Na sua idade, eu fazia o mesmo que você — falou, com um sorriso nostálgico. — Me sentava aqui, olhava para o mar e deixava o tempo passar. Faz bem para o coração nos desligar do mundo um pouco.

Fiz um esforço para parecer simpático, mesmo ainda distraído, concordei com o que ele falava, pois era exatamente o que eu pensava.

— Foi aqui, neste exato lugar, que conheci minha esposa — continuou ele, olhando para o mar com um olhar distante. — A gente assistia ao pôr do sol juntos. Ela tinha vindo comprar algo para a mãe no mercado... Ainda lembro como se fosse hoje: ela carregava um saco de papel cheio de verduras. Por acaso, nos sentamos lado a lado, exatamente como estamos agora. Eu quem puxei assunto primeiro. — Ele riu baixinho, balançando a cabeça. — Imagino que, se não tivesse feito isso, minha vida teria sido completamente diferente. Às vezes, a gente não pode se dar ao luxo de pensar demais. Só temos que fazer o que o coração manda.

Fiquei em silêncio, curioso com a história, e ele continuou:

— Nós nos apaixonamos rápido. Foi tudo tão natural. Nos casamos logo depois, tivemos filhos... — Ele fez uma pausa, um sorriso melancólico no rosto. Apontou para a menina que brincava perto de Meia-Noite. — Está vendo aquela ali? De vestido florido. É a minha neta.

Eu sorri ao olhar para a menina, que parecia se divertir enquanto meu gato a contornava, dando saltos como um carneiro... seria aquilo alguma memória muscular de alguma outra criatura que ele também já fora?

— Bonita, não é? — comentou o senhor, com um orgulho visível na voz. — Puxou a vó. Misako era a garota mais bonita da cidade. Não tenho muito do que me arrepender nesses muitos anos de vida. Só de ter casado com Misako me sinto o homem mais feliz do mundo. Não fiz muito dinheiro, garoto, mas o que tínhamos era mais valioso.

— Realmente, é uma bela família — comentei pensativo.

— Há pouco mais de uma década, um tsunâmi atingiu este lugar. — Sua voz tornou-se mais grave, o olhar preso ao horizonte. — Muitas pessoas se foram, casas inteiras foram levadas... Mas a vida continua, não é? Olhe ao redor. Nada mais aqui lembra o desastre que aconteceu.

Aquelas palavras me fizeram lembrar dos sonhos estranhos que vinha tendo ultimamente. Nunca os associei diretamente à catástrofe que assolara a região... até aquele momento. Aquele havia sido o maior desastre natural em Tohoku em muitos anos. Eu era muito novo na época para me lembrar claramente do que aconteceu; tudo o que sabia vinha das histórias contadas pelos mais velhos ou do que eu lia na escola e na internet.

Ele olhou diretamente para mim e apontou para Meia-Noite, que corria ao redor da menina.

— O garoto ali é muito engraçado. Bakemonos são criaturas fascinantes. Uma vez conheci uma raposa que fingia ser uma mera atendente numa loja de conveniência. Mas, quando se estressava, sumia abandonando seu posto de trabalho. Ela nunca foi demitida porque enfeitiçava seus patrões para que não se lembrassem no dia seguinte de sua travessura. — Ele riu baixinho, mas logo seu tom voltou a ficar sério. — Nem sempre se pode confiar nelas. Por acaso aquele yokai é seu bichinho de estimação?

Meu coração gelou. Olhei para ele com olhos arregalados.

— C-como você sabe sobre o gato?

Ele riu suavemente, balançando a cabeça como se minha reação fosse esperada.

— Reconheço alguém do outro mundo, assim como eu.

Fiquei pensando se havia entendido corretamente o que ele havia dito; me afastei ainda sentado no banco. Ele sorriu ao perceber meu choque.

— Não precisa ter medo, meu jovem. Não sou assim tão diferente de você. Já faz muitos anos que parti deste mundo, e sei que não devia estar aqui ainda... nem todos que estão aqui, deste lado, querem fazer mal. Alguns só estão... esperando algo acontecer.

O tom gentil em sua voz contrastava com a seriedade do que acabara de dizer. Meu coração apertou, e as palavras travaram em minha garganta. Ele sorriu, como quem já esperava minha reação, e voltou a olhar para o horizonte, onde o sol mergulhava no mar. Lembro-me de quando era criança e meu pai me trazia para ver o crepúsculo e dizia que o mar engolia o sol para cuspi-lo na manhã seguinte. Ao crescer, passei a desacreditar nessa versão por razões óbvias, mas naquele momento não duvidava de mais nada.

— Eu parti há catorze anos, no grande tsunâmi — continuou o homem, com um suspiro leve. — Estávamos todos em casa: eu, minha esposa e meus filhos. A água chegou tão rápido... só tive tempo de protegê-los, colocando-os no telhado da nossa casa, e pedi à minha mulher que subisse no cedro que havia no nosso quintal. Ainda me lembro do som. Um rugido que parecia engolir o mundo, as paredes de madeira se desfazendo numa sopa mortal de água salgada e lama, me arrastando para longe deles. Perdi a vida naquele dia, mas fico feliz que eles tenham sobrevivido. — Ele apontou para a neta. — E vê-la crescer, mesmo que de longe, já é muito mais do que eu poderia pedir.

Houve um momento de silêncio, interrompido apenas pelo som das cigarras e pelo distante murmúrio do mar. Olhei para ele, tentando imaginar como seria passar tantos anos como um espírito vagando por aí. Talvez eles não sentissem a passagem do tempo da mesma maneira que nós, os vivos. Seus olhos encontraram os meus. Eram olhos fatigados, como se necessitassem de um descanso.

— Talvez você possa me ajudar, garoto. Talvez você não tenha vindo aqui em vão. Não é uma maldição enxergar o outro lado; é um dom. Use-o bem.

Minha boca secou, e não consegui dizer nada. Ele, porém, continuou:

— Tenho um último pedido que gostaria de realizar, se você puder me fazer esse favor. Uma mensagem que gostaria que chegasse até minha filha, se me permite. Ela está ali. — Ele apontou para uma mulher sentada em um banco próximo, observando a menina brincar. — Pode entregar a ela um recado? Diga que estou bem, que não sofri ao fazer a passagem, e que continuo os amando como sempre amei. Diga também que o anzol está na terceira gaveta do armário da cozinha. Assim ela não te verá como um louco.

Pisquei, confuso, mas concordei. Embora parecesse realmente loucura. Àquela altura eu já havia visto coisas demais. Eu era incapaz de duvidar sobre o que estava presenciando. Me levantei ainda encarando o homem, era algo estranho, mas sabia que precisava fazê-lo. Talvez ele se sentasse ali, todas as tardes, e torcesse para que alguém pudesse ser o canal entre ele e sua família.

Caminhei até a mulher, apreensivo, a cumprimentei e, pedindo para que ela não estranhasse aquilo tudo, repeti exatamente o que ele havia me dito. Nas minhas primeiras palavras ela me olhou estarrecida, como se eu realmente fosse alguém perturbado das ideias, mas quando disse sobre o anzol ela me fitou com um olhar incrédulo. Logo ela cobriu a boca com as mãos, incapaz de conter as lágrimas.

— Meu pai sempre guardava os anzóis na terceira gaveta da cozinha — ela disse com a voz embargada. — Ele dizia que era o lugar mais seguro, e que cada coisa na vida tinha seu devido lugar. — Ela me pediu licença e buscou a filha, a abraçou ainda em lágrimas. A menininha sem nada entender abraçou a mãe tentando consolá-la. — Está tudo bem, filhinha — ela repetia. — Está tudo bem, mamãe está chorando de felicidade.

A mulher se levantou com a filha no colo, se despediu de mim com uma mesura e deixou o lugar apertando a filha contra o peito.

Voltei ao banco, segurando as lágrimas. O senhor já não estava mais lá.

Meia-Noite reapareceu ao meu lado, em sua forma humana, com o rosto vermelho demonstrando cansaço.

— Nem todos os yurei são ruins, não é? — perguntei a ele.

Ele confirmou, balançando a cabeça com um sorriso.

— Exato, sensei. Você tem o poder de fazer mais por eles do que imagina. E, às vezes, eles também podem fazer algo por você. — Ele se aproximou, me oferecendo um conforto silencioso. Algo em mim havia mudado naquele momento.

11

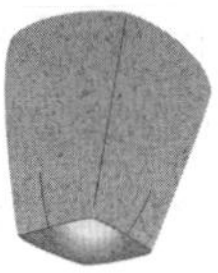

NÃO HAVIA MAIS COMO ESCAPAR: YOSHIRO E EU éramos oficialmente *uma dupla*. Não importava o quanto eu tentasse me convencer de que aquilo era temporário ou que poderia manter distância — as pessoas já tinham decidido por nós. Os corredores da escola agora pareciam mais apertados, como se as paredes tivessem olhos e observassem cada passo nosso. A cada esquina que virávamos, os olhares se cruzavam e os cochichos aumentavam, cheios de especulação.

Você viu? Eles estão sempre juntos.

Será que...?

Tenho certeza. É óbvio.

Era impossível ignorar, por mais que Yoshiro insistisse que aquilo não deveria me incomodar. "Deixe-os falar", ele dizia, como se fosse tão simples assim. Mas a verdade é que nem eu sabia mais como me sentir sobre tudo aquilo. Quando os olhares começaram a mudar — quando alguns garotos passaram a evitar se sentar ao meu lado nas aulas de educação física e outros riam baixinho ao me ver chegar —, percebi que as coisas estavam saindo do controle.

E, então, como se precisássemos de mais caos em nossas vidas, tomamos a brilhante decisão de entrar para o clube de ocultismo.

Eu não era nenhum tolo. Sabia exatamente o que estava fazendo — ou, pelo menos, as consequências que aquilo traria. Ao assinar minha entrada para o clube de ocultismo, eu tinha acabado de selar meu destino: um suicídio social na Yamabuki. Se a escola tivesse algum tipo de "ranking" social, meu status estaria despencando tão rápido que logo atingiria o fundo do poço. Não havia mais volta.

Entrar em um clube em uma escola japonesa não é como simplesmente preencher um formulário e aparecer quando der na telha. É quase como um pacto de vida. Você se torna oficialmente parte daquele grupo, e essa imagem te acompanha por todos os cantos. Os atletas são venerados, os artistas celebrados... e os membros do clube de ocultismo? Evitados. Sejamos sinceros: ninguém em sã consciência escolhe o clube de ocultismo. Isso é território dos esquisitos. Aqueles que passam o intervalo folheando grimórios de procedência duvidosa, contando histórias de fantasmas ou debatendo teorias malucas sobre invasões alienígenas. E agora, de alguma forma, eu era um deles.

Yoshiro, por outro lado, parecia absolutamente inabalável, como se inscrever-se no clube de ocultismo fosse a coisa mais normal do mundo — tão natural quanto respirar. Ele assinou o formulário com uma calma irritante, quase como se estivesse fazendo um favor à escola, e ainda teve a audácia de agradecer à senhora da secretaria com um sorriso educado. Ela piscou para nós, visivelmente confusa, talvez até um pouco preocupada, mas Yoshiro não pareceu notar ou se importar.

Ele tinha uma boa razão para agir assim, e eu sabia qual era. Mas ninguém mais sabia. Talvez explicar ao mundo nossas verdadeiras motivações aliviasse nossa situação... ou talvez só piorasse tudo. Quem respeitaria a sanidade de alguém que diz ver fantasmas? Era um beco sem saída. Não havia escapatória, nenhuma desculpa plausível que pudesse nos tirar dessa.

Mas pelo menos agora tínhamos nosso álibi. A partir de agora, ninguém acharia tão estranho se Yoshiro aparecesse no colégio com seu cajado tilintando a cada passo. Ninguém questionaria se me visse pregando amuletos pelos murais. Seria como qualquer outro aluno seguindo sua rotina de clube: um estudante de artes carregando pincéis, ou Yusuke trazendo sua espada de madeira para o treino de *kendô*.

O intervalo do almoço logo chegou. A maioria dos alunos já tinha terminado as refeições, e pequenos grupos se formavam ao redor das carteiras, discutindo assuntos leves e sem grande importância. Yoshiro estava entretido jogando algo no Nintendo DS.

— Sasaki, por que ainda usa um console desses? Igual aos neandertais — perguntou Yusuke, meio desconfiado, olhando para o aparelho.

Yoshiro o encarou brevemente, mas logo voltou ao jogo, como se o que estivesse acontecendo ali fosse mais interessante e urgente do que a opinião do rapaz.

— Deixa o cara em paz. Ele gosta disso, não gosta? Ninguém fica implicando contigo quando você assiste àqueles animes de procedência duvidosa — disse Makoto, se intrometendo.

— Ei, sai fora, sua fujoshi — retrucou Yusuke, visivelmente irritado.

— Me respeita, seu idiota!

Os dois logo entraram em uma discussão acirrada, enquanto Dai apareceu para defender o amigo. Eu já estava começando a me cansar daquela cena e minha atenção se voltou para Yoshiro.

— Tá tudo bem? — perguntei, tocando seu ombro.

— Sim, está — respondeu, virando-se para mim e guardando o videogame na mochila.

— É que você disse que gosta de se desligar do mundo jogando isso. Achei que pudesse estar estressado com algo.

Yoshiro me encarou por um momento antes de responder, como se avaliasse se deveria compartilhar seus pensamentos.

— Só estava recarregando minha bateria social — disse ele, finalmente, com um leve sorriso que parecia genuíno.

— Não é mesmo fácil conviver numa sala com Makoto, Dai e Yusuke.

Ele riu baixinho, parecendo relaxar ainda mais. Mas, enquanto isso, a discussão ao fundo havia saído completamente de controle. Os três agora gritavam uns com os outros, trocando ofensas. Não era a primeira vez que isso acontecia — na verdade, era quase uma rotina. Mas, pela primeira vez, algo me chamou a atenção.

Yoshiro tocou meu braço discretamente e inclinou a cabeça em direção à briga, como se quisesse que eu prestasse atenção em algo específico.

Foi então que percebi: atrás de Makoto, uma nuvem preta começava a tomar forma. Era sutil no início, mas logo ganhou densidade, se agarrando a ela como uma sombra viva. As silhuetas disformes começaram a se moldar lentamente. Mãos longas e finas surgiram, envolvendo-a num abraço, enquanto uma cabeça desproporcional se formava acima de seu ombro. Olhos grandes e vazios me encararam, e uma boca grotesca, saliente, surgiu como um buraco escancarado. Em movimentos desengonçados, aquela boca se estendeu sobre a cabeça de Makoto, cobrindo-a como um capuz e sugando seus cabelos como se tentasse puxá-la para dentro dela.

Olhei ao redor, incrédulo. Todos na sala pareciam alheios ao que realmente acontecia. Alguns riam da briga, outros filmavam a confusão com seus celulares, mas ninguém parecia notar a entidade estranha que pairava sobre Makoto.

Yoshiro fez um gesto discreto com os dedos, indicando que eu deveria prestar atenção. Ele levou a mão fechada à boca, simulando uma tosse casual, mas as palavras que saíram foram inesperadas:

— *Kuwabara, Kuwabara*!

A criatura que envolvia Makoto paralisou, fez uma expressão de agonia e se desmanchou como uma pipoca explodindo. Rimos, quase sem acreditar. Yoshiro se levantou e deu de ombros, como se aquilo fosse algo completamente trivial para ele.

Makoto ficou paralisada por um momento, a raiva substituída por uma expressão pensativa. Ela ignorou completamente Yusuke, e sem dizer nada, o deixou resmungando sozinho. Caminhou até sua mesa e se sentou tentando entender o que tinha acontecido.

O som de um choro copioso ecoou pelo corredor da escola, mas ninguém parecia escutar. Havia algo de anormal, quase perturbador, no timbre lamurioso daquela voz. De repente, o estrondo de cerâmica se estilhaçando cortou o ar — esse som, todos ouviram. Uma algazarra logo se formou do lado de fora da sala.

— *A Okiku voltou!* — gritou uma voz feminina distante no corredor.

Um novo lamento ecoou na escola. Tive a impressão de ouvir a palavra *pai*. Os alunos se aglomeraram nas portas das salas com olhares curiosos.

— Venha! — disse Yoshiro, pegando minha mão e me puxando com ele em passos apressados pelo corredor.

Desviamos pela multidão de alunos parada no caminho, esbarrando em alguns que esticavam o pescoço para ver melhor. Entre eles, notei algumas meninas do clube de mangá, que soltaram gritinhos agudos e contidos ao nos verem de mãos dadas. Elas saltaram nas pontas dos pés, cochichando entre si, mas não houve tempo para me preocupar com isso.

— Para onde estamos indo? — questionei, ofegante, tentando acompanhar o ritmo acelerado de Yoshiro.

— Descobrir de onde vem o choro. Ela parece estar sofrendo. Se não fizermos algo, esse espírito pode ser consumido pelos próprios sentimentos e acabar se tornando um Onryō — explicou ele rapidamente, sem desacelerar. — Um fantasma vingativo.

Um novo grito ecoou pelo prédio, ainda mais alto e desesperado dessa vez. Parecia vir do terraço. Sem hesitar, Yoshiro me puxou em direção à escada, subindo dois degraus de cada vez. Eu tropecei no caminho, mas ele foi rápido o suficiente para me segurar antes que eu caísse.

O lugar parecia vazio. No canto mais distante, algumas cadeiras e bancos de metal enferrujados estavam empilhados de qualquer jeito, enquanto vasos com plantas secas jaziam esquecidos, provavelmente abandonados pelo clube de jardinagem. Naquele momento, apenas um casal estava ali, sentado em silêncio próximo à grade, provavelmente buscavam alguma privacidade, mas naquele momento não podíamos ajudá-los quanto a isso.

Na outra extremidade do terraço, avistamos uma figura solitária. Era uma menina de costas para nós, com o vento balançando seus longos cabelos escuros. O uniforme escolar azul-escuro, com uma gola estilo marinheiro e uma saia longa demais para os padrões atuais, chamou minha atenção imediatamente. Parecia ter saído diretamente de fotografias antigas de anuários escolares, talvez do período Showa ou Taisho.

Ela contemplava o horizonte, imóvel. Seu olhar era melancólico, perdido em algum ponto distante que só ela podia enxergar. Nos aproximamos com passos lentos e cuidadosos, como se temêssemos espantar um pássaro prestes a voar. Sua presença parecia completamente alheia à nossa chegada.

Estávamos a poucos metros de distância quando notei seus movimentos sutis: ela levou as mãos ao rosto, limpando os olhos delicadamente, como se tivesse chorado antes de nossa chegada. Sua pele era pálida como neve recém-caída, e os cabelos negros esvoaçavam ao vento, lembrando as descrições clássicas de fantasmas do nosso folclore. Havia algo etéreo nela, algo que fazia meu coração bater mais rápido, mesmo sem eu entender por quê.

Ficamos parados por um momento, fingindo observar o horizonte junto com ela. Era como se quiséssemos lhe dar espaço, permitir que se acostumasse à nossa presença antes de nos aproximarmos ainda mais.

Então, sem aviso, ela gritou.

O som vibrou agudo e desesperado, cortando o ar como uma faca. Alguns pássaros próximos saíram voando em pânico, suas asas batendo freneticamente contra o céu claro. O grito ecoou pelo terraço, reverberando dentro de mim, minhas pernas fraquejaram, e, instintivamente, agarrei a grade de proteção ao lado, em busca de apoio. Sob meus dedos trêmulos, o metal vibrou.

Yoshiro, ao contrário, permaneceu imóvel ao meu lado, calmo como sempre. Não havia um traço de medo em sua expressão enquanto ele observava a menina.

Ela percebeu nossa reação — ou melhor, *minha* reação, percebeu que me assustara — e nos encarou com olhos arregalados, tão assustada quanto eu estava. Por um momento, ficamos paralisados, os três presos em um silêncio tenso se encarando.

— Vocês... podem me ver? — perguntou ela, a voz trêmula, mas com um toque de alívio inesperado. Ela deu um passo em nossa direção, como se temesse que fôssemos desaparecer a qualquer momento. — Finalmente... alguém pode me ver. Eu não estou ficando louca. O que está acontecendo nesta escola?

Uma pontada de tristeza rasgou meu peito, pois imediatamente entendi sua situação. Eu olhei para meu amigo, esperando que dissesse algo, mas ele permaneceu em silêncio, pensando no que diria.

Yoshiro se inclinou para a frente, como se tentasse encurtar a distância entre eles não apenas fisicamente, mas também emocionalmente. Ele sabia que a verdade precisava ser dita com cuidado, sem alarmá-la.

— Está tudo bem... — começou ele. — Sim, nós podemos te ver... e talvez possamos te ajudar.

A garota pareceu confusa. Os olhos, já marejados, mas esperançosos e desconfiados. Ela pensou por um momento antes de responder, mas quando o fez, sua voz saiu em um tom ríspido, como se estivesse tentando esconder a dor com raiva.

— Me ajudar? — repetiu ela, incrédula. — Não sou eu quem precisa de ajuda. — Sua voz vacilou levemente, mas logo se firmou outra vez. — Eu não fiz nada para ser ignorada dessa maneira. Mas não tem problema... — Um brilho diferente surgiu em seu olhar, e sua expressão endureceu. — Em breve, meu pai voltará da guerra e me tirará desta escola. Eu nunca fiz nada para merecer isso. Por que vocês fazem isso comigo? Eu só queria entender...

Havia um traço de infantilidade em sua indignação.

— Acredite, as pessoas não fazem por mal — disse Yoshiro. — Há algo que você não entende... ainda. — Ele fez uma pausa, como se avaliasse se deveria prosseguir. — A guerra já acabou.

Ela piscou, atônita, como se as palavras não fizessem sentido. Então, sua expressão mudou rapidamente como se estivesse revoltada.

— Como assim? — retrucou ela, a voz subindo de tom. — Chega de brincadeiras! Ou vocês acham que já não me causaram mal suficiente fingindo que eu não existo? Isso não tem graça alguma. Parem com isso, por favor, eu não aguento mais.

Com os olhos ainda mais vermelhos, ela tentava disfarçar o choro, virando-se parcialmente para esconder o rosto. Olhei para Yoshiro, sentindo o peso da situação. Meu coração estava apertado, desejando que aquilo acabasse logo, mas sabendo que não havia escapatória fácil.

— Me escute. Há algo que você precisa saber, e preciso que você seja forte — eu disse. — Nós perdemos a guerra. Perdemos muitos dos nossos soldados. Provavelmente... seu pai também... se foi.

Ela balançou a cabeça com veemência, se recusando a aceitar. Um riso nervoso escapou de seus lábios.

— Pare de falar asneiras! — exclamou ela, a voz embargada. — Nunca que perderíamos a guerra! Todos nesta escola são estranhos!

Ela se virou de costas, incapaz de encarar nossos olhos. Seus ombros tremiam enquanto ela tentava conter o choro.

Eu não consegui me conter.

— Já faz mais de meio século que a guerra acabou — expliquei, tentando ser gentil.

Ela se virou lentamente para nós. Por um momento, ficamos em silêncio, apenas observando-a processar aquilo. Era como assistir a alguém perceber pela primeira vez que o chão sob seus pés havia desaparecido.

— Meu pai... — murmurou ela, quase para si mesma. — Ele prometeu que voltaria. Ele nunca mentiria para mim... — Sua voz falhou.

— Olhe ao seu redor — comentou Yoshiro, apontando para a vista abaixo de nós. — A cidade... ela não lhe parece diferente? Sei que suas memórias podem estar bagunçadas. É normal isso acontecer. Mas consegue perceber que algo mudou?

Ela fitou o horizonte por um longo momento, o olhar passeando pelas construções modernas e as ruas movimentadas lá embaixo. A confusão em seu rosto lentamente deu lugar a uma tristeza profunda, quase palpável.

— Eu... eu não sei que cidade é essa — confessou. Uma lágrima escorreu pelo rosto pálido, traçando um caminho brilhante em sua pele. — Não sei onde estou — disse, engolindo em seco antes de continuar. — Tenho medo de onde possa estar.

Yoshiro se aproximou um pouco mais, com cautela.

— Tenho certeza de que seu pai foi um herói que lutou para defender nosso país. Mas ele já não está mais aqui entre nós. Ele não vai voltar para te buscar. E você... você também não devia mais estar aqui esperando. Por alguma razão, você está presa deste lado...

— Deste lado? — repetiu ela.

A menina tremeu, como se as palavras a tivessem atingido como um golpe no estômago. Seus olhos se arregalaram, e ela levou as mãos à boca, tentando conter um soluço que escapou mesmo assim.

— Então... você quer dizer que eu estou morta? — murmurou, enquanto novas lágrimas inundavam o rosto.

Confirmamos em silêncio, incapazes de encontrar palavras que pudessem aliviar o peso daquela revelação. Minha vontade era de sair dali o mais rápido possível. Me perguntava como Yoshiro conseguia passar por momentos como aquele tantas e tantas vezes.

Ela caiu de joelhos, cobrindo o rosto com as mãos. O som do seu lamento ecoou pelo terraço. Não havia nada que pudéssemos dizer naquele momento, então apenas permanecemos parados ao lado dela, testemunhando silenciosamente sua dor, até que o choro cessasse naturalmente.

Após algum tempo, ela se levantou, secando os olhos com a manga da camisa. Havia algo de resignado em seus movimentos, como se finalmente estivesse aceitando uma verdade que sempre soube, mas temeu enfrentar.

— Não é que eu já não suspeitasse — disse ela. — Mas tinha medo de admitir. Achei que estivesse no Jigoku*... Que essa escola fosse parte da minha punição.

Ela abaixou o olhar, os dedos finos apertando o tecido da saia como se quisesse conter o tremor das mãos.

— Eu fazia de tudo para chamar a atenção dos outros alunos, mas nem derrubando coisas eles me notavam. Era como se eu fosse invisível de propósito. Então comecei a imaginar que não eram pessoas de verdade... Pensei que fossem onis, demônios disfarçados, zombando de mim, só esperando o momento certo para mostrarem suas verdadeiras faces. — Ela pausou, o rosto se contorcendo em angústia. — Pensei que vocês fossem parte disso, parte do castigo. Que eram enviados pelo rei Enma para me fazer sofrer ainda mais.

Yoshiro estendeu o braço e pousou a mão suavemente sobre seu ombro.

— Fique tranquila. Você ainda não cruzou o rio Sanzu. Nunca deixou este mundo completamente. Ainda está aqui porque provavelmente tem algo que precisa aceitar.

Ela encarou Yoshiro, os olhos embargados buscando acreditar no que ele dizia. Permaneceu em silêncio, como se lhe pedisse que continuasse.

— Você está esperando por alguém que não virá — falei, tentando soar firme, mas gentil. — Seu pai já deve estar esperando por você... do outro lado.

— Ele prometeu que voltaria... — disse baixinho. — Eu lembro como se fosse ontem. Ele usava aquele uniforme do exército. Parecia tão forte, tão seguro. Não parecia haver nada no mundo capaz de impedir aquela promessa.

Ela fez uma pausa, respirando fundo, como se precisasse reunir forças para continuar.

* Tipo de inferno budista.

— Ele disse que eu estaria segura aqui. Que a escola seria um abrigo enquanto ele estivesse fora. Prometeu que voltaria para me buscar... Eu o esperei todos os dias, sentada perto da janela, imaginando como seria quando ele voltasse. Mas... tudo de que me lembro depois é do calor. Um clarão me acordou. Foi como se o céu estivesse desabando. E então... silêncio. Escuridão.

Ela se calou como se percebesse tudo de maneira clara naquele instante.

— Desde então, minhas memórias estão confusas. Os dias parecem se repetir como se eu estivesse presa num sonho sem fim. Todo esse tempo... eu estava esperando por algo que nunca aconteceria. É por isso que ainda estou aqui, não é?

Concordamos em silêncio, meneando a cabeça. Yoshiro foi o primeiro a falar:

— Você em breve estará livre de tudo isso. Só precisa quebrar aquilo que te mantém aqui, aceitar que ele não volta mais. É você quem precisa ir ao encontro dele do outro lado. Seu pai está bem, e tenho certeza de que está ansioso para te ver novamente.

Naquele momento, olhei para Yoshiro e senti uma pontada de admiração. Ele falava com uma sabedoria tranquila que eu jamais conseguiria imitar. Pensei nas lições negligenciadas no santuário, nas palavras do meu pai que ignorei por anos. Talvez, se eu tivesse me empenhado mais, pudesse ter ajudado aquela menina com algo mais do que silêncio e incerteza. Mas agora, ali parado, eu me sentia vazio, incapaz de oferecer qualquer conforto além de minha presença.

— Eu preciso ficar sozinha por um tempo.

Assentimos em silêncio e começamos a nos afastar devagar. Antes de sairmos completamente do seu campo de visão, Yoshiro acrescentou:

— Você vai ficar bem.

Ela nos observou por um instante, os olhos percorrendo nossos rostos como se tentasse gravá-los na memória. Então, abaixou a cabeça novamente e murmurou, tão baixo que mal conseguimos ouvir:

— Obrigada. Espero que vocês fiquem bem quando... perceberem o que está acontecendo com vocês...

Antes que pudéssemos perguntar o que aquilo significava, ela se virou e simplesmente desapareceu, como uma fumaça levada pelo vento. Não houve som, nem movimento brusco — apenas uma ausência repentina que deixou o terraço estranhamente mais vazio.

Foi então que ouvimos o som indiscreto do obturador da câmera de um celular. Viramos para trás e notamos o casal que estivera na outra ponta do terraço durante toda a conversa. Eles tentaram disfarçar, mas sabíamos o que tinha acontecido. Àquela altura, minha foto com Yoshiro no terraço já devia estar rodando pela escola.

Troquei um olhar rápido com ele, que suspirou, balançando a cabeça.

— Isso só vai aumentar os boatos — ele comentou, com um meio-sorriso resignado.

Não respondi. Por um momento aquilo não me preocupou mais, meu pensamento ainda estava preso às palavras finais da menina. *Quando perceberem o que está acontecendo...* O que ela quis dizer?

12

O VERÃO ANUNCIAVA SUA CHEGADA COM O CÉU mais azul e o calor crescente que tomava conta da cidade. Colunas de nuvens brancas se estendiam como enormes caravelas que vagavam naquela imensidão. Eu já podia sentir o ar abafado invadindo as salas de aula, onde os ventiladores no teto giravam em vão, movendo apenas o calor de um lado para o outro. As aulas de educação física eram ainda mais torturantes com o sol transformando o campo de esportes em uma fornalha. Mas junto com o calor vinha a expectativa das férias de verão, e essa ideia me animava.

A estação mais quente do ano era marcada pelos grandes festivais, quando lanternas coloridas iluminavam as noites e o ar se enchia com o aroma irresistível de takoyaki e yakisoba. Em Aokigahama, essas celebrações eram um verdadeiro espetáculo, especialmente durante o Tanabata e o Obon, eventos que reuniam toda a cidade em uma atmosfera de união e reverência. Visitantes da capital chegavam para reencontrar familiares e honrar os antepassados, transformando as ruas em um mar de gente animada. Embora o Obon fosse dedicado às almas dos mortos, paradoxalmente, era quando a cidade parecia ainda mais viva, vibrante com música, danças tradicionais e risadas que se espalhavam por cada esquina.

O intervalo estava no auge, com alunos espalhados pelos corredores e no pátio, aproveitando a pausa para conversar, comer ou apenas fugir do calor abafado das salas de aula. Yoshiro e eu estávamos sentados na escada que dava para o andar superior, observando o movimento. Ele mexia distraidamente na alça da mochila, enquanto eu terminava de beber uma lata de chá gelado que comprara na máquina automática do corredor.

— Ei, Takeru — disse Yoshiro de repente, virando-se para mim com aquele jeito calmo que ele sempre tinha. A forma como falou meu nome soou tão natural, como se já fôssemos amigos há muito tempo. — Depois das atividades do clube, o que acha de irmos à confeitaria no centro? Estão vendendo uma torta de morango especial, daquelas que só fazem na primavera. Como a estação já está acabando, melhor não deixar passar, né?

Aquele foi o primeiro convite que recebi de Yoshiro para uma atividade que não envolvesse a escola, teve um ar de novidade. Eu apenas aceitei imediatamente, de maneira tão natural quanto o convite aparecera.

O colégio parecia ter feito uma pausa nas lendas urbanas. As atividades do clube de artesanato retornaram sem pratos se quebrando de maneira misteriosa e as cartas da janela do terceiro andar foram pouco a pouco sumindo para o alívio da coordenação da escola. O único resquício de esquisitice sobrenatural que ainda se mantinha vivo era o clube de ocultismo. Mieruko fazia cada vez mais propaganda para atrair interessados nas atividades das *Cem Histórias,* que continuavam a todo vapor.

Mas se por um lado as lendas urbanas haviam desaparecido temporariamente, o mundo sobrenatural parecia cada vez mais ativo graças à aproximação do Obon. Durante esse período, acredita-se que a barreira entre os mundos dos vivos e dos mortos fica mais estreita, permitindo que espíritos ancestrais visitem as famílias e que outras entidades também cruzem para o nosso lado. Era como se Aokigahama inteira estivesse envolta em uma névoa invisível de energia espiritual. Sombras estranhas cruzavam minha visão periférica constantemente, e sussurros vindos do nada sibilavam como vento ao meu redor. Pessoas com roupas antiquadas ou expressões distantes apareciam em meu caminho, apenas para desaparecerem logo em seguida, me dando um vislumbre de suas vidas como se eu assistisse a elas num filme antigo.

No início, aquilo me deixava inquieto, mas aos poucos fui me acostumando com esses fenômenos. Ainda assim, Yoshiro me alertou para não baixar a guarda. *É impossível saber as intenções delas à primeira vista*, ele disse, com a habitual seriedade. *E, às vezes, é melhor nem tentar descobrir.*

Após a aula, nos reunimos para a última atividade do clube de ocultismo antes das férias. Yoshiro ficou responsável pela história do dia, e ele realmente se dedicou. Passou os últimos dias procurando um conto que o agradasse, mas, em vez de buscar on-line como a maioria das pessoas faria, ele se atolou nos livros antigos da biblioteca, como se estivesse procurando algo além do que a internet poderia oferecer. Como era o último evento antes da cerimônia de encerramento do trimestre, a sala parecia ainda mais cheia. Mieruko fazia um ótimo trabalho na divulgação do clube, fazendo com que as *Cem Histórias* caíssem no gosto dos alunos.

Yoshiro caminhou até o centro da sala, segurando uma lanterna sob o queixo, criando uma iluminação dramática que nele soava natural. As conversas paralelas cessaram imediatamente.

— Esta história aconteceu há muitos anos — começou ele, a voz quase etérea, mas envolvente, como uma brisa gelada em uma noite escura —, em um templo nas montanhas de Kisaichi.

Ele fez uma pausa breve, deixando o silêncio crescer antes de continuar:

— Dizem que o templo era tão isolado que a luz do sol mal conseguia penetrar pela densa sombra das árvores ao seu redor. Era um lugar que os aldeões temiam, assombrado, segundo contam, por um espírito vingativo de um sacerdote que morreu lá de forma trágica.

Os olhos de Yoshiro se estreitaram levemente, como se ele próprio pudesse enxergar o cenário que descrevia. O rosto fino, iluminado dramaticamente pela lanterna, parecia saído de um filme de terror. Ele estava completamente à vontade ali, como se fosse parte da própria história.

— Muitos sacerdotes tentaram purificar aquele templo, mas nenhum sobreviveu. Até que, em uma noite fria de dezembro, um monge chamado Jogen chegou à aldeia. Ele era corajoso, talvez até teimoso, e não se deixou intimidar pelos avisos dos moradores locais. Determinado a desafiar o que considerava apenas superstição, Jogen decidiu passar a noite no templo.

A sala pareceu prender a respiração enquanto Yoshiro continuava, a voz ganhando um tom ainda mais sombrio:

— Ele subiu sozinho até o local. Lá, encontrou a construção em ruínas, invadida pela vegetação. Rezou por horas, tentando trazer alguma paz àquele lugar. Mas, quando a meia-noite chegou, um som estranho, como um zumbido profundo ecoou por todo o templo. De repente, uma luz oscilante surgiu por detrás do grande sino no salão principal. E então… o espírito vingativo do monge falecido apareceu na forma de um esqueleto, os ossos brilhando como se fossem feitos de gelo.

Uma menina do primeiro ano ao meu lado sussurrou para a amiga, incapaz de conter a excitação:

— Nossa, Yoshiro-senpai é tão lindo!

As duas deram risinhos abafados, e eu senti algo apertar dentro de mim. *Mas que meninas atiradas*, pensei, irritado. Aquilo me incomodou de maneira inexplicável, mas tentei ignorar, atribuindo minha reação ao cansaço.

Yoshiro prosseguiu:

— O monge ficou imóvel, aterrorizado. Tentou se esconder, mas viu, pelo canto do olho, a entidade parada diante da estátua de Buda. Ficou quieto, tentando não chamar a atenção da criatura, tão paralisado que mal respirava. Quando o obake finalmente desapareceu ao amanhecer,

Jogen não era mais o mesmo. Os aldeões o encontraram petrificado, sem conseguir falar. Carregaram-no montanha abaixo como se fosse uma estátua. Dizem que ele morreu antes de chegar à aldeia, mas as marcas daquele encontro ficaram para sempre nas lendas de Kisaichi. Talvez, o templo ainda esteja lá, esperando o próximo visitante...

Ele sorriu de leve, como se estivesse se divertindo com aquilo.

Enquanto isso, as meninas ao meu lado continuaram as conversas animadas. Uma delas cochichou:

— Vamos deixar uma carta para Yoshiro-senpai na janela da Aiko.

Eu lancei um olhar fulminante para elas, que sequer perceberam. Meu corpo inteiro gelou naquele momento. *O que foi aquilo que eu acabara de fazer? Ciúme? Era isso mesmo que eu estava sentindo?* Sacudi a cabeça, tentando afastar aquele pensamento ridículo.

Ao fim da aula, o sol poente tingia as ruas com tons de um vermelho alaranjado após refletir nos telhados das casas. A tarde estava tomada por um silêncio confortável. Yoshiro andava ao meu lado, com uma mão no bolso e a outra segurando a alça da mochila por sobre o ombro de maneira descontraída. Tinha os olhos fixos no horizonte, como se estivesse preso em um universo que só ele podia ver. Eu daria tudo para saber o que se passava em sua cabeça. Será que pensava na família? Logo me dei conta de que ele nunca tocava no assunto, a não ser uma única vez quando disse que morava com o pai no templo perto da linha férrea. Talvez ele estivesse pensando nos fantasmas que ajudamos, ou... em alguma garota que gostasse.

Lá estávamos nós, em frente a um estabelecimento pequeno, espremido entre uma *Family-Mart* e uma loja *Hard-off*. A confeitaria tinha uma fachada com um toldo listrado em branco e rosa. As janelas eram enfeitadas com cortina delicada, e vasos de plantas estavam dispostos no parapeito.

— Parece agradável — comentei.

Quando entramos, o som suave do sino acima da porta nos deu as boas-vindas. Eu quase não percebi, absorvido pelo ambiente acolhedor que me envolvia. O ar estava impregnado com o doce aroma de morangos frescos e massa assada que parecia me abraçar. O tilintar das xícaras de porcelana, misturado com conversas baixas e descontraídas, criava uma trilha sonora tranquila que me fez esquecer completamente que existia um mundo assustador lá fora. Embora houvesse fornos ligados nos fundos da loja, a temperatura do ambiente ainda era mais agradável do que lá fora, graças ao ar-condicionado. Desejei passar o resto do dia ali.

— Boa tarde, sejam bem-vindos — disse a jovem atendente, de cabelo estilo chanel e sorriso fácil, fazendo uma leve mesura. Retribuímos o cumprimento, e Yoshiro pegou o cardápio em cima do balcão: era preto, com bordas de couro e enfeitado com desenhos de xícaras e donuts com olhos grandes e divertidos.

No ambiente tocava uma música agradável que não fui capaz de identificar. Era uma batida suave, uma espécie de R&B, com um arranjo moderno. A cantora tinha uma voz suave e serena que completava o ambiente de maneira orgânica.

— Boa tarde. Ainda tem a torta de morango especial da primavera? — perguntou Yoshiro olhando para a bancada de vidro repleta de doces coloridos, procurando a iguaria.

— Temos, sim — disse a atendente com um sorriso e as mãos juntas segurando a aba do avental que tinha o bordado de um donut. — Vocês estão com sorte, pois são nossas últimas unidades. Agora só ano que vem.

Yoshiro lambeu os lábios e esfregou as mãos. Ele parecia realmente animado, como se aquele fosse seu doce favorito da vida.

— Vamos querer duas, por favor — ele pediu.

A atendente se virou, abriu um armário branco atrás de si e pegou duas caixinhas igualmente brancas com detalhes de cerejeiras nas bordas.

— Vão querer algo para acompanhar? — perguntou com a voz gentil.

Vasculhei o cardápio, mas Yoshiro respondeu de imediato, como se aquela rotina lhe fosse familiar:

— Vou querer uma xícara de chá de cevada com mel.

Ela pegou o cardápio e gritou para uma outra funcionária que estava no fundo da loja.

— Mina-chan, temos chá de cevada?

A garota se aproximou secando as mãos.

— Já saiu do cardápio há algum tempo. Mas podemos indicar um cappuccino que harmoniza muito bem com as tortas. Que tal?

Yoshiro pareceu confuso, mas aceitou o cappuccino. A atendente olhou para mim esperando meu pedido.

— Eu vou querer o mesmo que ele — respondi sob pressão.

— Certo. — A jovem pegou uma bandeja de madeira polida, cuidadosamente arrumando as duas tortas ao centro. A apresentação era impecável: a sobremesa era pequena, com camadas de creme branco e geleia de morango, decorada com um morango fresco no topo e pétalas cristalizadas de flores.

— São 1.500 ienes no total.

Pagamos nossos pedidos, e Yoshiro se ofereceu para levar a bandeja.

Seguimos até um canto mais afastado, perto de uma janela que dava para a rua movimentada. Afastamos as cortinas para ver melhor lá fora. A confeitaria estava cheia, mas naquele canto parecia que só existíamos nós dois.

Foi uma tarde extremamente agradável. Tudo estava perfeito, o ambiente, a comida e a companhia de Yoshiro se mostrou melhor e mais divertida do que pensei.

Quando nos demos conta havia se passado mais de uma hora, e o sol àquela altura já havia se despedido. Yoshiro terminou o último gole de café e me olhou de um jeito sério, mas ao mesmo tempo tranquilo. Como se ele estivesse completamente à vontade.

— Obrigado por hoje, Takeru.

Pisquei, surpreso.

— Que isso! Não foi nada demais.

— Foi importante pra mim. Acho que estava precisando de algo assim. Confesso que, desde o dia que te salvei de virar comida de yurei, queria ter uma oportunidade como essa. Não sei você, mas achei divertido aquele dia. Sua cara estava impagável, você precisava ver — ele disse, com o rosto apoiado sobre a mão enquanto me encarava.

Não soube o que responder, fiquei completamente sem jeito, então apenas assenti, sentindo algo estranho se revirar no meu estômago. Antes que eu tentasse quebrar o silêncio, ele falou de novo:

— A gente podia fazer algo parecido outro dia.

Meu coração deu um pequeno salto. Por alguma razão, aquela sugestão me acertou em cheio.

— Claro! Quando quiser.

Ele sorriu.

— O festival das estrelas está chegando. Vai ser nas férias… poderíamos ir juntos, o que acha?

A resposta saiu antes que eu pudesse pensar:

— Claro! Vai ser divertido!

Uma faísca de alívio brilhou no seu olhar, como se em algum momento eu pudesse negar o convite. Ele pareceu satisfeito. Nos levantamos e caminhamos juntos até a saída. Quando nos despedimos, fiquei parado ali por um instante, vendo-o se afastar pela rua iluminada pelos postes. Um calor estranho e agradável se espalhava pelo meu peito. Tudo o que eu queria agora era que o dia do festival chegasse logo.

As férias de verão haviam finalmente chegado. Era como se o mundo inteiro tivesse decidido tirar um cochilo prolongado. As noites quentes me forçavam a dormir apenas de shorts e manter a janela aberta, na esperança vã de que uma brisa salvadora aparecesse para aliviar o calor sufocante. Sem a escola, eu podia dormir até tarde — ou pelo menos era o que eu esperava. Numa manhã, meu plano foi arruinado de forma bem peculiar.

Acordei com um baque, algo pesado caindo sobre mim. Quando abri os olhos, lá estava Meia-Noite, mas não em sua forma felina, leve e fofa. Dessa vez, ele estava na forma humana, vigorosa e muito mais pesada do que eu gostaria logo ao acordar. Seus braços estavam cruzados sobre o meu peito, e seu rosto pairava tão perto do meu que eu conseguia me ver refletido nos seus olhos. Ele sorria com aquele ar irritantemente travesso que parecia ser sua marca registrada.

— Bom dia, sensei — disse ele, a voz grave e suave.

Antes que eu pudesse reagir, ele esticou os braços, apoiando as mãos de cada lado da minha cabeça no colchão, e, com a maior naturalidade do mundo, se sentou em cima de mim.

— O que... o que você está fazendo? — perguntei, minha voz saindo mais rouca como se me concentrasse além do normal para falar.

Ele inclinou a cabeça ligeiramente, como se genuinamente surpreso pela pergunta.

— Acordei você, oras. Não é óbvio?

Mas nada naquela situação parecia óbvio. O peso dele sobre mim, o calor da sua pele próxima à minha, a proximidade desconcertante dos nossos corpos. Tudo nele parecia irradiar uma energia que eu não sabia como interpretar, e ele, alheio a tudo, sequer parecia notar o efeito que causava.

— Sensei, seu coração está batendo mais rápido — ele disse, inclinando a cabeça enquanto seus dedos começavam a traçar linhas imaginárias no meu peito. — Alguma coisa errada?

— Errada? — repeti, a voz quase falhando.

Num movimento desajeitado, empurrei Meia-Noite para o lado e me levantei, tentando recuperar o controle da situação e, mais importante, de mim mesmo.

— Meia-Noite, você tem noção de quão… inconveniente isso foi?

Ele apenas cruzou os braços e fez uma expressão frustrada e inocente ao mesmo tempo, como se estivesse dizendo: *E o que tem de mais?*

— Lembra-se do que combinamos? Quando você estiver nessa forma, mantenha distância, entendeu? Para humanos, esse tipo de proximidade pode ser… interpretado de outras formas.

Meu rosto queimava, provavelmente tão vermelho quanto o sol lá fora.

— Não entendi. — Ele franziu a testa, inclinando a cabeça de lado. — Se fosse o Yoshiro você deixava.

Me engasguei com o ar.

— O quê? Como assim "deixava"? Isso não faz sentido! — rebati, mas minha voz saiu uma oitava acima.

— Deixaria, sim! — Ele se inclinou para a frente, a proximidade de novo desconcertante. — Ele vive te olhando como se fosse… sei lá, especial. Vocês são namorados?

A pergunta me atingiu como um soco no estômago. Fiquei sem palavras, as pernas bambas, e me vi obrigado a sentar de novo no colchão.

— Que absurdo! De onde você tirou isso, Meia-Noite?

— Sei lá. Apenas parece. Sinto as coisas no ar, sensei. Não tente me esconder nada. E já disse que sinto algo estranho nele, não gosto daquele garoto.

— Estranho? Ou será que você está apenas com… — Parei antes de terminar a frase, percebendo o olhar desafiador que ele me lançava.

— Com o quê?

— Nada — tentei encerrar a conversa.

— Eu só não quero ninguém te machucando, sensei — ele disse, me abraçando por trás. Seu queixo tocando meu ombro e nossas bochechas se roçando.

Meu corpo entrou em ebulição instantânea naquele momento.

Me desvencilhei do seu abraço e o empurrei na cama. Ele ficou rindo.

Quando minha vida tinha se tornado essa maluquice?

Desci para tomar o café e encontrei meu pai sentado no tatame, concentrado em algo que parecia saído de uma aula de artesanato infantil. Ele ajustava delicadamente dois vegetais com palitos de madeira. Um pepino com pernas finas e frágeis improvisadas formava um cavalo; ao lado dele, uma berinjela robusta, também equipada com patas de palito, tentava se passar por um boi. Pelo menos era o que eu imaginava que ele estava tentando fazer.

— Pai, esses seus animais do Obon estão meio... desajeitados este ano — comentei, tentando segurar o riso enquanto me aproximava.

Ele ergueu os olhos, fingindo ofensa.

— Desajeitados? Eu estou me esforçando bastante, sabia? Além disso, quem disse que eles precisam ser perfeitos? O importante é o significado, não a aparência.

Dei de ombros, pegando uma xícara de chá.

— Não estou dizendo que o significado não importa. Só estou surpreso que você esteja tão dedicado a isso agora. Ainda falta algum tempo.

Meu pai sorriu, ajustando um último palito na berinjela com cuidado exagerado.

— É verdade, mas quanto mais cedo eu começar, melhor. Quero garantir que estejam perfeitos para quando os espíritos chegarem. Você sabe como é: o cavalo simboliza a pressa dos espíritos em nos visitar, e o boi garante que eles voltem tranquilamente ao além. Não quero arriscar que seus avôs fiquem perdidos pelo caminho por causa de um pepino torto ou uma berinjela mal montada.

Não pude evitar um sorriso.

— Eles provavelmente já estão acostumados com suas criações "artísticas", pai. Tenho certeza de que vão encontrar o caminho de qualquer jeito.

Ele riu, colocando o boi-berinjela ao lado do cavalo-pepino.

— Talvez sim, talvez não. Mas prefiro não arriscar. Além disso, é uma forma de honrar seus avós. Eles eram muito tradicionais, você sabe. Fazendo isso, sinto que ainda estou conectado a eles.

Concordei, pensativo. Era difícil argumentar contra isso. Meu pai sempre teve essa maneira peculiar de misturar respeito às tradições com sua própria dose de humor e dedicação. Mesmo que as criações parecessem meio desajeitadas, havia algo genuinamente tocante no gesto.

— Ela era uma mulher bem rígida, meu filho — disse ele, ajeitando o chifre que se recusava a ficar firme na berinjela. — Não quero desapontá-la.

— Eu sei que não. Ahn... pai... o senhor realmente acredita?

Ele ergueu os olhos para mim, ajustando os óculos como se aquilo lhe desse mais tempo para pensar.

— No quê, exatamente, Takeru?

— No mundo espiritual. Nos espíritos que vagam entre os mundos nessa época do ano. Essas coisas. Que a passagem do além realmente está mais frágil no Obon. O senhor acredita de maneira literal nisso, ou celebra apenas por ser uma questão cultural?

Ele terminou de ajustar o boi de berinjela, posicionando-o cuidadosamente ao lado do cavalo de pepino. Então, se sentou sobre os calcanhares, as mãos apoiadas na cintura, e me encarou com um sorriso tranquilo.

— Eu não me tornei um sacerdote por acaso, meu filho — começou ele. — Mas, sendo honesto, nunca vi ou senti nada do que chamam de espíritos. Também não posso limitar minha crença ao que enxergo. Se você me pergunta se acredito no mundo espiritual, a resposta é simples: claro que sim. Meu trabalho como kannushi passa pelo fato de lidar diretamente com divindades, mensageiros e nossos antepassados. — Ele fez uma pausa. — Agora, se você me perguntar como exatamente as coisas são do outro lado... aí já é outra história. Acho que ninguém sabe de verdade. — Ele olhou para suas criações vegetais, parecendo genuinamente orgulhoso delas. — Uma vez alguém disse que nós xintoístas não temos dogmas; nós apenas dançamos. E é bem por aí mesmo. É mais sobre sentir e respeitar. — Ele fez uma nova pausa, os olhos perdidos em algum ponto distante. — A religião, para mim, é uma maneira de manter laços vivos.

Honrar nossa tradição, nossa família, nossos ancestrais. Mesmo que eu não possa provar nada disso cientificamente, isso não tira o valor que esses rituais têm para a nossa sociedade. Eles nos conectam. E, no fim das contas, talvez seja isso o mais importante.

Ele me observou por um instante, franzindo a testa.

— Por que a curiosidade? Nunca te vi interessado nisso antes.

— Só estava pensando... Tenho um amigo que é filho de um sacerdote budista — respondi casualmente.

Seu rosto suavizou em um sorriso.

— Faz tempo que não te ouço falar de um amigo.

— É só um garoto novo na escola.

— Mas se ele te faz pensar nessas coisas, aposto que é um bom amigo.

Ele sorriu enquanto apreciava suas criações, mas, naquele instante, o boi tombou para o lado, perdendo uma das pernas improvisadas de palito.

O Tanabata Matsuri, ou Festival das Estrelas, era um dos eventos mais aguardados do verão na nossa cidade. Celebrado pouco antes do Obon, seguia o calendário lunar que guiava nossas tradições locais. O festival acontecia na entrada do majestoso Santuário Hoshigami, no alto de uma colina cercada por uma floresta densa de cedros.

De longe, o primeiro vislumbre era sempre o gigantesco portão torii, pintado em um vermelho vibrante que parecia brilhar contra o céu noturno. Durante o festival, lanternas de papel coloridas formavam longos corredores iluminados que se estendiam dos dois lados do portal, criando uma atmosfera mágica. Passar por aquele caminho de luzes sempre me enchia de uma sensação acolhedora, como se eu estivesse entrando em outro mundo. Era, sem dúvida, a noite mais encantadora do ano. Já conseguia imaginar as barracas de comida alinhadas ao longo da via, exalando aromas que faziam meu estômago roncar só de pensar.

No entanto, o verdadeiro ápice do festival acontecia tarde da noite, quando todos se reuniam aos pés do grande santuário para assistir à queima de fogos. As explosões de luz no céu escuro eram hipnotizantes. Era impossível não sentir que aquela noite era especial, como se as estrelas estivessem nos observando lá de cima.

Meia-Noite, assim como eu, parecia extremamente empolgado com o evento. Ele estava largado na minha cama, as mãos cruzadas atrás da nuca como travesseiro.

— Há muitos anos eu não vou a um festival de verão, sensei — disse ele, com um suspiro nostálgico.

— Você ia com meu avô? — perguntei, curioso.

— Não, ele sempre fazia questão de me pegar pelo cangote e me jogar de volta para o caminho de casa ao menor sinal de que eu o seguiria. Humanos… hunf!

— Ei, eu sou um humano, e você também já foi um — protestei.

— Mas você é diferente, sensei. E não se esqueça de que eu já evoluí dessa fase. — Ele se sentou rapidamente na cama, com um olhar orgulhoso. — Mesmo seu avô tentando me afastar, eu ainda dava meus pulos e sempre acabava lá. Música boa, comida de graça…

— A comida não é de graça, sabia? — retruquei, erguendo uma sobrancelha.

— Para os gatos, toda comida é de graça. Vocês humanos pagam por tudo, até pelo básico.

— Esse não é o ponto, mas… você não deixa de ter razão — admiti, balançando a cabeça em resignação.

Ele sorriu, triunfante, e então veio a pergunta que eu já esperava.

— Eu posso ir com você esta noite, sensei?

Olhei para ele. Seu rosto reluzia de empolgação.

— Claro que pode. Que mal teria? — respondi, pensativo. Então, acrescentei, com uma leve hesitação: — Mas me prometa que não vai arrumar problemas. Nada de roubar comida.

Ele me encarou, visivelmente decepcionado, como se eu tivesse pedido algo impossível.

— Se quiser comer algo, eu pago — completei, tentando suavizar a condição.

O sorriso dele voltou imediatamente, iluminando o quarto.

Abri o guarda-roupa para escolher o que vestir naquela noite e percebi que nada parecia adequado. Era como se eu não tivesse uma única peça de roupa à altura daquela ocasião. Talvez estivesse superestimando o momento só pelo fato de ir com Yoshiro. Seria a primeira vez que nos veríamos durante as férias, fora do ambiente escolar. As vezes que nos encontramos antes, como na confeitaria, foram um desdobramento da nossa rotina, como se nossa amizade ainda vivesse no espaço da escola. Mas agora era diferente. Era como se nossa relação tivesse dado um passo para fora, para algo mais pessoal, mais nosso. Meu coração deu um salto ao pensar nisso.

Por que eu estava tão inquieto? Talvez "inquieto" nem fosse a palavra certa. Ansioso parecia se encaixar melhor no meu estado de espírito naquele momento. Ou talvez empolgado? Mas empolgado com o quê, exatamente? Era só o Yoshiro, afinal. O mesmo garoto calmo e misterioso com quem eu convivia todos os dias. Aquele que me encarava com aqueles olhos penetrantes, como se conseguisse enxergar direto através de mim, e tinha essa aparência que lembrava um idol. Apenas o garoto que havia me salvado, e que parecia por alguma razão estranha se preocupar comigo...

O Tanabata também era conhecido como um evento romântico, no qual casais caminhavam juntos sob as lanternas, escreviam desejos nos papéis tanzaku e assistiam aos fogos de artifício de mãos dadas. Só de pensar nisso, meu nervosismo aumentava ainda mais. Será que ele sabia disso quando me convidou? Aquilo seria... um encontro?

Sacudi a cabeça, tentando afastar aquelas ideias malucas. Provavelmente era só uma coincidência. Para ele, devia ser apenas uma chance de aproveitar o festival com um amigo. Mas, mesmo assim, eu não conseguia evitar me perguntar: onde exatamente eu me encaixava na vida de Yoshiro?

A lembrança daquele beijo na testa na linha do trem me invadiu de repente. Ele tinha feito aquilo só para mostrar que não se importava com as regras? Ou significava algo mais? Talvez fosse apenas uma provocação típica dele, mas eu não conseguia parar de repassar a cena na minha mente.

Fui até a escrivaninha, onde meu Nintendo Switch estava cercado por alguns livros espalhados. Acima dela, um grande espelho refletia minha imagem. Encarei meu reflexo por um instante antes de resmungar.

— Para com isso, Takeru!

Esperei alguma resposta do espelho, mas como era de se esperar, a única resposta foi o silêncio. Ainda assim, algo na minha expressão chamou minha atenção. Havia ali uma sombra de algo que eu não conseguia identificar, algo que me deixou inquieto. Era... esperança?

Esperança de quê, exatamente? Eu não sabia. Mas talvez estivesse começando a descobrir.

Passei a mão pelo cabelo, tentando me recompor, mas a sensação persistia. Desde que Yoshiro apareceu na minha vida, tudo parecia ter virado de cabeça para baixo. Eu me pegava pensando nele nos momentos mais aleatórios. Quando ele faltava à aula, o aperto no meu peito era intenso e automático. Eu dizia a mim mesmo que era só preocupação normal, mas... será que era só isso?

Fechei os olhos por um instante, tentando afastar os pensamentos, mas eles vinham como uma enxurrada: o jeito que ele sorria de canto, a forma como dizia meu nome, aquele tom calmo e firme que parecia se infiltrar em cada parte de mim. Tudo isso fazia meu coração bater mais rápido do que eu gostaria de admitir.

Me virei para o espelho mais uma vez, como se ele pudesse oferecer alguma resposta. Mas, dessa vez, o reflexo não ficou em silêncio. Ele me devolveu uma pergunta:

— O que está acontecendo com você, Takeru?

13

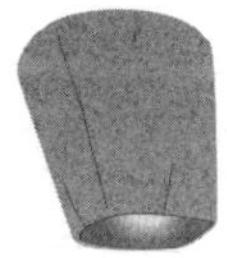

UMA MULTIDÃO CAMINHAVA PELA ESTRADA DE pedras irregulares que dava na escadaria do grande santuário Hoshigami. Pessoas com sorrisos largos, segurando lanternas e vestindo yukatas coloridos se espremiam no corredor repleto de barracas chamativas que exalavam aroma de comida fresca. O som da música embalada pelo shamisen e os tambores taikô soavam ao longe, enquanto um grupo dançava de maneira sincronizada o *bon odori.*

Eu aguardava Yoshiro aos pés do gigantesco portal torii na entrada do templo, enquanto Meia-Noite se entrelaçava por entre minhas pernas de maneira agitada.

— Ele não vem — disse o bichano.

— Calma, acabamos de chegar. E, se você não gosta dele, por que veio? — respondi baixinho, tentando disfarçar minha própria ansiedade.

— Eu só vim para comer — ele retrucou, pulando para o meu ombro. — E talvez para te proteger.

— Proteger? — Dei uma risada curta. — Você está livre para se divertir e comer à vontade, Meia-Noite. Não precisa ficar grudado em mim. Não corro perigo nenhum aqui, afinal, nenhuma criatura me atacaria nessa multidão.

— Quem falou de assombrações? — Ele inclinou a cabeça, como se estivesse analisando algo óbvio. — Estou falando do tarado do Yoshiro.

— Ele não é tarado — retruquei, sentindo minhas bochechas esquentarem levemente.

— Ah, mas você gostaria que ele fosse, aposto — provocou ele.

Meia-Noite pulou para o chão e foi brincar com as tiras de papel coloridas dos Fukinagashi, os enfeites do Tanabata, que balançavam ao vento. Fiquei encarando aquele insolente se afastar lentamente, até se perder na turba colorida que enchia o lugar.

Olhei ao meu redor, tentando avistar Yoshiro entre a multidão que começava a se aglomerar aos pés do grande pórtico escarlate. Eu o imaginei surgindo a qualquer momento, talvez descendo as escadas apressado ou aparecendo por trás de algum grupo de pessoas. Mas ele não estava lá.

Peguei o celular no bolso, algo que eu ainda não tinha me acostumado a fazer quando pensava em Yoshiro. Na verdade, só depois daquele dia na confeitaria, quando compartilhamos aquela fatia de torta de morango, trocamos nossos contatos. Desde então, ele ocasionalmente mandava mensagens simples e curtas.

Desbloqueei o aparelho e abri o Line. A última mensagem que ele havia me enviado fora há vinte minutos, avisando que estava saindo de casa. Nenhuma nova notificação piscava na tela. Minhas mãos, sem perceber, começaram a apertar o celular enquanto meus pés batiam no ritmo dos tambores cerimoniais que ecoavam ao longe. Eu sabia que não havia motivo para me preocupar — afinal, ele provavelmente estava preso na multidão que se dirigia ao festival ou nos últimos preparativos antes de chegar —, mas dentro de mim pequenas ondas de ansiedade iam e vinham.

Foi então que o vi. Yoshiro subia o primeiro lance de escadas que levava até o grande portal onde eu estava. Ele vestia um yukata azul-marinho, cuja cor profunda contrastava com sua pele clara e os cabelos negros penteados de forma impecável divididos ao meio e perfeitamente arrumados. Fora do uniforme escolar, ele parecia outra pessoa — mais leve, descontraído, como se a rigidez da escola nunca tivesse existido. Os olhos, sempre tão profundos e calmos, percorriam a multidão sem pressa, até que finalmente se fixaram em mim. Quando nossos olhares se encontraram, ele sorriu, e eu retribuí, sentindo um alívio imediato.

— Você está... diferente sem o uniforme — externei, minha voz saindo mais alegre do que eu pretendia.

Eu realmente não esperava que ele viesse usando uma roupa tradicional. Ele vestia o yukata de maneira assimétrica, com uma das mangas caídas, deixando um ombro à mostra — o direito — e revelando parte do tórax. Era mais pele do que eu imaginava ver naquela noite. Ele jogou o cabelo para trás, afastando a franja do rosto, como se estivesse completamente alheio ao impacto que aquilo me causava.

— Achei que você também viria a caráter — ele comentou, com um sorriso brincalhão.

— Se tivesse me avisado que viria assim... eu teria vindo igual. Pareceríamos um... — Meu rosto se contraiu numa careta ao perceber que estava prestes a usar a palavra casal. Ele riu, coçando a nuca, percebendo minha gafe.

— Não tem problema — ele desconversou. — Essa camisa marrom ressalta bem seu tom de pele, Takeru. Você ficou muito bonito.

O quê? Por que ele disse aquilo? Eu também achava que ele estava incrível, bonito de um jeito que parecia quase injusto, mas entre achar e dizer havia uma distância enorme que ele parecia cruzar sem receio, como se fosse a coisa mais natural do mundo.

Yoshiro apontou para a fila de uma barraca de takoyaki logo à frente, onde o cheiro de polvo grelhado e molho doce nos convidava.

— Vamos começar pela comida? Estou com fome — ele sugeriu.

— Comida, então — concordei, tentando manter minha expressão neutra, embora meu coração estivesse disparado. Meu estômago se remexia, e àquela altura já não sabia se era fome ou outra coisa.

Um homem com um avental manchado de massa nos atendeu com entusiasmo. Peguei o dinheiro no bolso enquanto Yoshiro escolhia um espetinho.

— Dois, por favor — pedi.

— Ah, como fico feliz em ver jovens como vocês apreciando nossas tradições — disse, enquanto virava as bolinhas douradas com habilidade.

— Eu amo os festivais de verão — comentou Yoshiro, a voz eclipsada pelo som da comida sendo grelhada.

O homem nos entregou as iguarias, e Yoshiro logo mordeu um pedaço generoso.

O vendedor nos observou por um instante e então semicerrou os olhos para Yoshiro, como se tentasse se lembrar de algo.

— Você me lembra alguém… — ele disse, inclinando a cabeça. — Um amigo de infância que já não está mais entre nós. Um garoto chamado Kazuto. Ele também tinha esse jeito tranquilo e um sorriso parecido, comia takoyaki da mesma maneira. — Ele riu, apontando com os hashis. — Se não fosse pelo cabelo diferente, eu diria que são idênticos!

— É mesmo? — Yoshiro comentou, rindo baixo. — Talvez eu tenha um desses rostos comuns.

— Ou talvez você seja o Kazuto reencarnado para me fazer uma visita! — O homem brincou, gargalhando enquanto voltava a cuidar da grelha. — Ah, bons tempos. Eu não ficaria surpreso se durante a época do Obon algo assim acontecesse. E confesso que gostaria de receber uma visita de alguém que foi tão especial para mim. É por isso que gosto dessa época, garotos.

Mordisquei minha comida enquanto admirava os dois tão à vontade.

— Minha falecida mãezinha dizia que no Obon meu avô sempre vinha nos visitar, e no final do feriado ele ia embora montado num boi — disse ele enquanto beliscava os pelos da barba. — Mas vocês não precisam acreditar nisso. Nem eu mesmo sei se acredito. Só acho que é uma história curiosa e que no fim nos conforta, não é?

— É para isso que servem nossas crenças, para nos ajudar a passar por esses momentos — pensei em voz alta e ele pareceu concordar sorrindo.

Seguimos andando em meio à multidão. Crianças vestindo yukatas coloridos e máscaras folclóricas passavam a todo momento por nós. Acima do toldo das barracas, Meia-Noite saltava nos acompanhando. Às vezes, pegava um caminho diferente indo na direção de algum aroma agradável vindo de uma barraquinha de comidas, mas logo voltava com seu andar gracioso e ao mesmo tempo presunçoso a nos vigiar de perto.

Da altura da avenida onde estávamos já conseguíamos ver o santuário no topo da escadaria, atrás de um segundo e enorme portão torii. O lugar era três ou quatro vezes maior que o santuário onde eu morava, fazendo minha casa parecer um simples santuário de estrada.

A noite parecia fugir de mim. O tempo escorria pelos meus dedos ao lado de Yoshiro, e, quando percebi, as estrelas já brilhavam no céu, anunciando que os fogos começariam em breve.

— Vai começar — afirmei.

Antes que eu pudesse dizer algo mais, Yoshiro segurou minha mão de repente.

— Venha, conheço um lugar perfeito para assistir — disse ele, com um sorriso leve. Fiquei sem graça, mas deixei que ele me guiasse, o calor da sua mão fazendo meu coração disparar enquanto eu tentava não tropeçar nos próprios pensamentos.

Ele me conduziu por detrás do corredor de barraquinhas.

Chegamos a um gramado numa clareira que tinha uma vista privilegiada da cidade lá de cima, incluindo o mar, quilômetros distantes.

Estávamos espremidos entre um mar de luzinhas brilhantes da cidade abaixo de nós, e um oceano de estrelas brilhantes acima de nossas cabeças. Yoshiro me levou em silêncio até o meio do gramado, onde parou e olhou para o céu.

— Você sabia que o festival Tanabata tem a ver com estrelas? — ele indagou, contemplativo, como se estivesse pensando alto.

— Acho que meu pai já comentou algo — esbocei, tentando me lembrar. — Nunca fui muito ligado nessas histórias. Para mim, o melhor dessas tradições é a comida e o feriado — falei rindo.

— Conta a lenda que Orihime, a estrela Vega, e Hikoboshi, a estrela Altair, se apaixonaram. Mas, por causa desse amor, descuidaram de seus deveres. Hikoboshi deixou seu rebanho morrer, e Orihime parou de tecer os tecidos celestiais. Como punição, foram separados pela Via Láctea, um rio de estrelas que cruza o céu. Eles só podem se encontrar uma vez por ano, na noite do sétimo dia do sétimo mês. Hoje, quando o festival é celebrado.

Ele apontou para o céu, onde duas estrelas brilhavam intensamente.

— São eles — disse Yoshiro. Seus olhos brilhavam tanto quanto as estrelas que observava. — As estrelas que simbolizam o encontro de Orihime e Hikoboshi.

Segui seu gesto, acompanhando seu dedo até encontrar as duas estrelas mais brilhantes, lado a lado, exatamente como ele havia dito.

— Essas estrelas estão em pontos opostos na galáxia e só podem ser vistas juntas nessa data do ano. Não é incrível? — Ele fez uma pausa e me encarou, como se esperasse minha reação. — Dizem que, se chove no dia de hoje, eles não conseguem se encontrar, porque o rio celestial transborda. O tempo fechado nos impede de ver esse encontro, e, por isso, também não há queima de fogos. Chamam a chuva desse dia de lágrimas de Orihime e Hikoboshi. Não é poético?

— Mas hoje o céu está lindo, e podemos ver o encontro do casal lá em cima — comentei, com um sorriso sincero. Afinal, havia muita beleza naquilo que um dia julguei ser apenas uma tradição boba.

— Por isso o costume é lembrar esse encontro, fazer pedidos e aproveitar a chance de se aproximar dos que você deseja — ele disse, seus olhos voltando a buscar as estrelas, como se falasse mais para elas do que para mim.

Senti um incômodo na barriga, como se alguém desse nós nas minhas tripas, ou melhor, era algo mais suave, como laços.

— Já sabe qual pedido vai fazer hoje? — questionou Yoshiro, se virando para mim enquanto cruzava os braços atrás das costas.

Tentei desviar dos seus olhos e dei um passo para o lado, olhando na direção do horizonte onde a cidade brilhava ao longe.

— Coragem para aceitar quem eu sou...

— Coragem? — Ele inclinou a cabeça, curioso. — Isso supõe algum tipo de medo... Tem a ver com seu papel no santuário?

Respirei fundo, coçando a nuca, meio sem jeito.

— Não só isso.

Yoshiro me observou por um momento antes de falar.

— Takeru-kun, é normal sentir medo sobre o futuro.

— Quando penso nisso, tudo o que vejo é muito vago, escuro... — disse suavemente, tentando colocar em palavras o turbilhão dentro de mim.

Ele refletiu por um instante, procurando o que dizer.

— Pensar no futuro não é como caminhar na escuridão. É mais como uma tela em branco, onde podemos pintar o que quisermos. Somos nós que moldamos o nosso futuro, Takeru.

Eu pisquei, tentando entender o que ele queria dizer. As palavras dele soavam tão intensas que eu mal conseguia acompanhá-las. Mas, aos poucos, um sorriso apareceu no meu rosto.

— Isso foi bem filosófico... mas eu estava me referindo a nós dois. — Olhei para ele, um calor percorrendo cada fibra do meu corpo. — Você disse que o Tanabata é sobre se aproximar das pessoas que desejamos. Não é só sobre o futuro. É sobre o agora. Sobre nós. Eu entendi errado?

— Não, você não entendeu errado. Mas, veja, os fogos já irão começar... — ele desconversou apontando para o céu. Realmente os primeiros fogos começavam a despontar no horizonte. Fiquei decepcionado, mas ainda assim aliviado.

Assistimos ao espetáculo em silêncio, nossos olhos voltados para o céu, onde explosões coloridas pintavam o horizonte. O estrondo dos fogos reverberava no peito, seguido pelo crepitar das faíscas que se dissipavam no ar. Cada clarão iluminava o rosto de Yoshiro por breves instantes, revelando uma expressão de pura admiração. Ele parecia deslumbrado, como se estivesse vendo aquilo pela primeira vez. O brilho em seus olhos era tão intenso que se confundia com os reflexos dos fogos, formando um show particular que só eu conseguia testemunhar.

De repente, ele se virou e me puxou para um abraço. Foi inesperado, mas ao mesmo tempo tão natural que meu corpo reagiu antes da minha mente. Sua cabeça descansou no meu ombro, e eu senti seu calor e a suavidade de sua respiração contra minha pele. Por um instante, o mundo ao redor desapareceu. Os fogos ainda estouravam no céu, mas eu só ouvia o som do meu coração, acelerado, ecoando o ritmo do dele. Era como se o tempo tivesse parado e, por um momento, eu achei que ele fosse me beijar. Nossos corpos estavam tão próximos e tudo parecia se resumir àquele momento singular, como se o universo inteiro existisse apenas ali, naqueles segundos.

Por alguma razão, não quis me afastar daquele abraço, e dava para sentir que ele pensava o mesmo.

Até que algo inesperado chamou minha atenção — algo macio e quente se enroscando nas minhas pernas. Me afastei ligeiramente, surpreso, e ao olhar para baixo, vi que era apenas Meia-Noite se intrometendo entre nós mais uma vez.

— Meia-Noite! — murmurei, minha voz tensa enquanto olhava para o gato que havia surgido entre nós.

Ele pulou no meu colo, como se marcasse território.

Yoshiro se afastou ligeiramente e, ao perceber que era apenas um gato, relaxou.

— Que gatinho fofo — comentou ele, com um sorriso leve, estendendo a mão para acariciá-lo.

Mas antes que seus dedos tocassem o pelo de Meia-Noite, o gato arregalou os olhos de maneira feroz, arqueou a coluna e eriçou todos os pelos. Com um rosnado baixo, mostrou os dentes e as garras, transformando-se em uma imagem completamente diferente do animal dócil que eu conhecia.

Instintivamente, eu o segurei com firmeza enquanto tentava controlar sua agitação.

— Meia-Noite, seu idiota, o que pensa que está fazendo? — o repreendi, mas ele já estava escapando de mim.

O gato caiu de pé e, num movimento rápido como um relâmpago, correu em direção à floresta. Antes que desaparecesse entre as árvores, ele se transformou em sua forma humana. Mesmo na escuridão, pude ver que havia lágrimas nos seus olhos.

Eu me virei para Yoshiro, que estava paralisado, os olhos arregalados e a boca entreaberta em choque.

— Um bakemono... — falou, com a voz baixa e assustada.

Meu coração batia descontrolado enquanto eu tentava processar o que tinha acabado de acontecer. Olhei para Yoshiro, seu olhar congelado em mim, como se esperasse uma explicação que eu não sabia como dar.

— Eu já volto — prometi, minha voz falhando levemente. — Fique aqui, por favor. Não saia daqui.

Ele não disse nada, mas seu silêncio me fazia perguntas que eu sabia que teria que enfrentar mais tarde. Com um último olhar para ele, como se pedisse desculpas sem palavras, me virei e corri atrás de Meia-Noite, que já havia desaparecido na escuridão do bosque.

O caminho foi ficando cada vez mais estreito à medida que eu me embrenhava na floresta. O ambiente parecia engolir qualquer traço de luz, tornando o espaço mais escuro e opressivo a cada passo. As lanternas e os sons vibrantes do festival desapareciam atrás de mim, substituídos por um silêncio pesado que parecia pressionar meus ouvidos. As copas das árvores se fechavam sobre minha cabeça, bloqueando o céu estrelado e mergulhando tudo numa escuridão quase absoluta. Nem mesmo o zumbido de grilos ou cigarras perturbava aquele vazio.

— Droga, Meia-Noite, onde você está? — chamei, minha voz ecoando pela mata, mas sem resposta. Apenas o som abafado dos meus próprios passos sobre as folhas secas quebrava o silêncio. — Pare de brincadeira, Meia-Noite! Não é hora para isso! — gritei.

Tive a impressão de que a temperatura estava caindo.

Então, eu o vi. Ou pensei que o vi. À frente, entre as sombras, uma figura branca e translúcida emergiu lentamente, banhada pela cálida luz da lua que conseguia, com muito esforço, atravessar a folhagem das árvores. Era uma mulher, com cabelos longos que cobriam o rosto e vestindo um yukata surrado. Ela segurava uma lanterna, cuja luz vacilava e parecia morrer aos poucos, como se fosse parte dela mesma.

Meu coração paralisou por um instante.

Um yurei.

Respirei fundo, tentando manter a calma.

Ela estava imóvel, olhando para o céu como se aguardasse algo — talvez mais fogos do festival. Eu queria me mover, mas minhas pernas pareciam feitas de chumbo, pesadas demais para obedecerem aos meus comandos. Cada músculo do meu corpo gritava para que eu corresse, mas eu estava paralisado, enraizado como se fosse mais uma das árvores do lugar.

Então, ela virou o rosto na minha direção. O movimento foi estranho, antinatural, como se suas articulações não seguissem as leis da física. Os olhos vazios encontraram os meus, e o frio que emanava deles atravessou minha pele, penetrando até os ossos. Era um olhar que não pertencia a este mundo, um aviso silencioso: *corra enquanto pode.*

Meu coração saltava no peito, bombeando adrenalina pelo meu corpo, mas eu ainda não conseguia me mover. Naquele instante, soube que estava lidando com algo muito além do que poderia controlar. Aquilo não era apenas uma alma perdida buscando descanso. Era um espírito vingativo, carregado de ressentimento e dor. E agora, por algum motivo, ele sabia que eu podia vê-lo.

Eu havia quebrado a principal regra: nunca deixe um espírito vingativo perceber que você está ciente de sua presença. Agora, fingir ignorância já não era uma opção.

— Oi... Não precisa se assustar, estou aqui para ajudar — falei, levantando as mãos em um gesto de paz. Tentei imitar o que Yoshiro faria, mas acabei soando mais como alguém tentando convencer a si mesmo de que tudo ia ficar bem.

O sorriso que surgiu no rosto dela foi lento, quase preguiçoso, mas transbordava uma malícia que fez meu estômago revirar. Seus lábios se curvaram de forma anormal, revelando dentes que pareciam afiados demais para serem humanos. Ela inclinou a cabeça, como se avaliasse minha oferta, mas os olhos permaneciam fixos em mim, sem vida...

O pressentimento de que tudo havia dado errado me atingiu como um soco no estômago. Ver um yurei nunca era um bom sinal. Eles eram lembretes cruéis de que a vida era frágil — se não para eles, para quem os via. E, agora, eu estava prestes a descobrir exatamente o quão frágil a minha era.

O grito agudo e lamurioso da figura cortou meus pensamentos. Ela flutuou na minha direção, braços estendidos, mãos curvadas para baixo. Em um reflexo de pânico, eu dei um salto para trás, correndo o mais rápido que meus pés permitiam, porém o chão parecia me puxar para trás. Àquela altura eu já não mais sabia se estava saindo ou entrando mais a fundo na floresta. Tudo o que podia ver era o vulto das árvores passando na direção contrária como um fluxo que ia se estreitando sobre mim deixando tudo ainda mais sombrio.

Troncos caídos surgiam no meu caminho sem aviso, me forçando a saltar e me desequilibrar. Cada obstáculo diminuía minha velocidade, mas eu não podia parar. Olhei rapidamente por cima do ombro e vi que ela ainda estava lá, seguindo implacável, flutuando sem esforço enquanto eu lutava para manter o ritmo. O pânico apertou ainda mais meu peito, como uma mão invisível que me sufocava. Quis gritar por Yoshiro, mas o pouco fôlego que restava precisava ser guardado para continuar correndo.

Meu corpo começava a falhar. Meus músculos ardiam, cada passo era uma punhalada nas pernas, mas eu sabia que não podia parar. A yurei estava ali, muito próxima, e, ao contrário de mim, ela não se cansava. Não havia limite para sua energia, apenas para a minha.

Então, o terreno sob meus pés mudou abruptamente. Um barranco íngreme surgiu à minha frente, e, antes que pudesse reagir, escorreguei. Rolei descontroladamente pela encosta, pedras e galhos arranhando minha pele, até que finalmente bati contra uma árvore que interrompeu minha queda. A dor explodiu em meu corpo, mas o impacto foi suficiente para me fazer parar.

Tentei me levantar, mas minhas pernas tremiam incontrolavelmente, recusando-se a obedecer. Minha visão turva começou a clarear, e lá estava ela. A yurei pairava a poucos metros de distância, os olhos vazios fixos em mim. Seu rosto tinha uma expressão que parecia me convidar a desistir.

Eu queria gritar, lutar, qualquer coisa, mas meu corpo já não respondia. Estava preso ali, indefeso, enquanto ela se aproximava lentamente.

Num único movimento, seus braços longos se estenderam sobre mim, as mãos apertando meus ombros. Eu já não sentia meu corpo — estava completamente anestesiado pela adrenalina, mas isso não impediu que o pânico tomasse conta de mim. Instintivamente, agarrei um de seus braços, tentando afastá-la. Ao contrário do que eu esperava, ela era sólida, fria como um cadáver.

Ela se inclinou sobre mim, e a cada esforço meu, sentia o ar escapando dos meus pulmões. Um frio intenso invadiu meu corpo, começando pelas pontas dos dedos e subindo até o peito. Era como se algo vital estivesse sendo arrancado de mim. Um filete de vapor quente escapava da minha boca em forma de névoa prateada, flutuando em direção à sua boca. Ela sugava aquela substância sem esforço, como se estivesse devorando minha própria vida. Era exatamente como nos sonhos em que eu me afogava, incapaz de respirar, incapaz de lutar.

Minha visão começou a falhar, as árvores ao redor giravam em um borrão confuso. Eu estava novamente dentro daquela onda sufocante, sendo engolido por algo muito maior do que eu. Meu peito queimava a cada tentativa inútil de puxar o ar de volta, mas era como se houvesse apenas vácuo. Desejei que tudo acabasse logo, que o sofrimento terminasse de uma vez. Minha mente gritava por alívio, mas meu corpo ainda resistia, preso naquele tormento. Logo tudo foi escurecendo.

Por um breve momento, meus sentidos voltaram. Me vi caído no chão, recostado contra a árvore, com o fantasma ainda sobre mim, sugando minha vida. Mas, então, algo surgiu. Atrás dela, uma silhueta começou a se formar na escuridão. Era quase humana, mas gradualmente cresceu em tamanho e presença, tornando-se impossível de ignorar.

Seu corpo era humano, grande e musculoso, mas a cabeça... essa não tinha nada de humana. Era a de um touro monstruoso, com chifres curvados e um focinho largo que parecia bufar silenciosamente. Os olhos, vazios, transmitiam uma apatia assustadora. Ele ficou ali, apenas observando tudo com uma indiferença total. Como se fosse um simples espectador da minha morte, não fez nada para intervir, apenas assistiu, talvez com algum prazer ou, mais provavelmente, sem qualquer interesse no que aconteceria. Então, devagar, virou-se e desapareceu na escuridão, como se nunca tivesse estado ali.

A sensação de estar morrendo lentamente era esmagadora. Quando minha vida era sustentada apenas por um fio frágil, um som agudo cortou o ar. Meia-Noite saltou sobre a yurei com um rugido feroz. Mas... ele não parecia mais o mesmo. Sua silhueta era muito maior, a pelagem mais densa, e sua cauda, agora duplicada, se agitava como chamas vivas. Seus olhos brilhavam com uma intensidade quase sobrenatural, e suas garras, afiadas como lâminas, rasgaram as costas do espírito, arrancando um grito assombrado. A yurei recuou, desorientada, como se não conseguisse compreender o que a havia atacado.

O peso que estava sobre mim logo se dissipou, e eu finalmente consegui respirar outra vez. Tossi descompassadamente.

A yurei se afastou confusa. Meia-Noite se colocou entre mim e ela. Seus olhos brilhavam em um tom verde-dourado ameaçador, e os dentes afiados estavam à mostra. Um rosnado grave e contínuo saiu de sua garganta ecoando pela floresta. Com um movimento ágil, ele saltou, investindo novamente contra a criatura com um miado estridente que mais parecia um grito de guerra. As garras acertaram a criatura em cheio, ferindo-a no rosto. O fantasma levou as mãos à face e emitiu um grito distorcido, quase humano, antes de se dissipar no ar como névoa, deixando o bosque em silêncio absoluto.

— Sensei! — gritou Meia-Noite, correndo até mim e voltando à forma humana. Ele se ajoelhou ao meu lado, segurando meus ombros. — Takeru-sensei, você tá bem?

— Obrigado, Meia-Noite — emiti um fio de voz. Sem pensar, me lancei sobre ele, abraçando-o com força. Meu corpo relaxou momentaneamente, e toda a tensão acumulada explodiu em lágrimas copiosas, mesclando alívio e desespero.

— Está tudo bem. Estou aqui. — Sua voz era preocupada, mas ele tentava me passar alguma segurança. Ele me abraçou, e permanecemos em silêncio durante algum tempo até que eu me acalmasse brevemente.

Ouvi o som de passos quebrando galhos e pisando na grama seca.

— Takeru! Você está aí? — A voz de Yoshiro quebrou o silêncio, e eu me virei para vê-lo, me sentindo ainda mais aliviado.

O shikigami me lançou um olhar triste, se transformou novamente em um gato e disparou para dentro da floresta, sumindo na escuridão.

— Meia-Noite! — chamei, mas ele já tinha desaparecido.

Yoshiro permaneceu ali comigo e quando fui capaz de me levantar, me acompanhou para mais perto do festival. As luzes do matsuri já eram visíveis e me deram a sensação de que, enfim, eu estava são e salvo.

Contei a Yoshiro sobre Meia-Noite, sobre a yurei, e ele apenas ouvia com atenção, o rosto calmo como sempre. Mas, quando mencionei a figura bovina misteriosa, seus olhos se arregalaram em uma expressão de medo que eu nunca havia visto nele.

— Gozu... — murmurou, a palavra escapando de seus lábios com medo.

— Gozu? — repeti, confuso, o nome não fazendo sentido para mim.

Ele não respondeu de imediato. Seus olhos estavam fixos no vazio.

— Você não devia ter visto isso, Takeru. Você tem certeza do que tá me falando? — Ele se ajoelhou na minha frente, os olhos apavorados.

Quis mentir, dizer que não, mas não consegui. Apenas assenti, com o coração acelerado por sua reação.

— Gozu... — frisou, mais baixo. — Ele aparece para guiar as almas dos mortos de volta ao outro mundo. E, quando surge, é sempre um sinal. Um... mau sinal. Você entende?

Ele tentou continuar, mas a voz falhou, e apenas sons desconexos saíram de sua boca. Finalmente, conseguiu dizer:

— Essa figura é vista apenas pelos mortos.

Minha respiração travou.

— Você não deveria ter visto isso, Takeru. É um presságio... de morte.

14

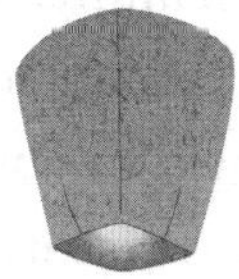

FOI DIFÍCIL DORMIR NAS NOITES SEGUINTES. OS pesadelos com o tsunâmi que me assombravam nos últimos meses foram substituídos por sonhos estranhos e desconcertantes. Em todos eles, eu estava de volta ao bosque, cercado pelas árvores escuras. E lá, entre os troncos, a figura com rosto bovino me observava, imóvel, como se esperasse algo de mim. Os olhos vazios pareciam me seguir, mesmo quando eu tentava correr ou gritar.

Yoshiro tentava me acalmar por mensagem.

Takeru, talvez tudo isso tenha sido apenas um delírio da sua parte. Você passou por muita coisa naquela noite.

Eu queria acreditar nele. Queria pensar que aquilo não passava de um excesso de imaginação ou algum resquício do medo que senti ao enfrentar o yurei. De qualquer maneira, os dias se passaram, e aquela lembrança foi ficando para trás. Consegui me convencer, ou pelo menos fingir para mim mesmo, que tudo aquilo havia sido uma mera ilusão, fruto do cansaço e da tensão daquela noite na floresta.

O feriado de Obon finalmente havia acabado, e, no último dia das férias de verão, pela primeira vez em dias, tive uma noite tranquila.

Dormi sem pesadelos e acordei com a sensação de que as coisas voltavam ao lugar. Eu estava ansioso para retomar as aulas, como se a rotina escolar pudesse, de alguma forma, afastar os fantasmas que ainda assombravam minha mente.

Acordei antes do despertador tocar, algo incomum para mim. O silêncio no santuário era interrompido apenas pelo canto distante dos pássaros e o barulho suave do vento balançando as folhas das árvores ao redor da casa. Meu pai já estava na sala principal, provavelmente preparando as oferendas matinais. Eu podia ouvir seus passos calmos ecoando pelo corredor, como sempre fazia. Era reconfortante, de certa forma.

Enquanto me arrumava para o primeiro dia de aula após as férias, não conseguia deixar de pensar na noite do Tanabata. Cada detalhe parecia se repetir na minha mente como um filme antigo na aula da professora Takamura. Me lembrei do jeito que Yoshiro sorriu quando me abraçou sob os fogos de artifício, da maneira como nossos olhos se encontraram e do calor da sua mão contra a minha. Aquela noite foi... especial. Não havia outra palavra para descrever. Foi como se, por alguns momentos, o mundo inteiro tivesse desaparecido, deixando apenas nós dois, em completa sintonia.

Eu sabia que estava começando a sentir algo por ele — algo que ia além da amizade. Talvez eu estivesse me confundindo, talvez fosse apenas admiração, mas, por mais que tentasse negar, aquele sentimento crescia em mim. Ele tinha essa capacidade de me fazer sentir seguro, mesmo quando tudo ao meu redor parecia prestes a desmoronar.

Mas então meus pensamentos foram interrompidos por um miado baixo vindo da cozinha. Meia-Noite estava sentado sobre a mesa, com aquele olhar impassível que ele às vezes adotava quando estava claramente irritado. Desde aquela noite no festival, ele vinha me evitando — ou talvez fosse mais correto dizer que ele estava *fingindo* me ignorar. Era óbvio que ainda estava ressentido pela bronca que dei nele na frente de Yoshiro.

— Bom dia pra você também — o cumprimentei enquanto colocava uma xícara de café na bancada.

Ele nem sequer piscou. Apenas lambeu uma das patas preguiçosamente, como se eu nem estivesse ali.

Suspirei, sentindo uma pontada de culpa. Sabia que tinha sido duro com ele na outra noite, mas na hora... bem, na hora eu estava assustado demais para pensar direito. Agora, vendo-o tão distante, comecei a questionar se ele estava ali apenas pela obrigação de ser meu shikigami.

Talvez eu deva pedir desculpas, pensei olhando para ele de relance.

Meia-Noite finalmente me encarou, seus olhos brilhando como se esperasse uma atitude minha.

— Desculpa — disse, dessa vez mais alto. — Eu sei que exagerei naquela noite.

Ele bufou baixinho, mas pude jurar que vi um lampejo de aprovação em seus olhos antes de ele saltar da mesa e sair andando pelo corredor. Era o máximo de perdão que eu conseguiria e decidi aceitar. Sabia que em breve as coisas voltariam ao normal entre nós.

Enquanto terminava de me arrumar, senti uma leveza estranha no peito. Talvez fosse bom estar de volta à rotina. Pela primeira vez em dias, me permiti imaginar que talvez tudo ficaria bem, pois em breve veria Yoshiro.

O primeiro dia de aulas após as férias de verão no Colégio Secundário Yamabuki mal começara, e uma nova lenda urbana já circulava pelos corredores: a máquina de refrigerante amaldiçoada. Segundo os rumores, a máquina automática de bebidas, localizada no corredor que levava à quadra, começou a cuspir latinhas aleatoriamente, sem que ninguém colocasse dinheiro nela. A lenda dizia que quem tomasse uma dessas bebidas atrairia má sorte.

Tudo começou quando Amano, um garoto do primeiro ano, no último dia de aula antes das férias de verão, tomou uma bebida que aparentemente pulou da máquina em sua direção. Pouco tempo depois, ele acabou quebrando o braço. A conexão entre os dois eventos foi imediata, e os alunos passaram a evitar a máquina, com medo de atrair desgraças.

Mas, ao contrário do que poderia parecer, eu não estava nem um pouco interessado em saber ou investigar esses rumores. Minha preocupação era outra.

Quando cheguei à sala de aula e vi a mesa de Yoshiro vazia, meu estômago se revirou. Mandei uma mensagem imediatamente:

Ei, você tá bem? Por que não veio pra aula?

Esperei por uma resposta que não vinha. Meus dedos tamborilavam nervosos sobre a mesa enquanto tentava me concentrar nas palavras da professora, mas minha mente estava longe. Cada minuto que passava sem notícias aumentava a ansiedade que borbulhava dentro de mim.

Meu celular vibrou no bolso. Peguei ele rapidamente, torcendo para ser uma mensagem de Yoshiro. Mas não era. Era apenas uma notificação automática do aplicativo de calendário, me lembrando de algo irrelevante. Desliguei a tela com frustração. Tentei respirar fundo e me controlar, mas meu estômago começou a embrulhar, e uma sensação de tontura tomou conta de mim. De repente, a sala pareceu girar ao meu redor, as vozes dos alunos e da professora se transformando em um zumbido distante.

— Sensei — chamei, levantando a mão lentamente, tentando manter a compostura.

— Sim, Takeru-kun? — respondeu a professora de inglês, a voz calma contrastando com a tormenta dentro de mim.

— Não estou me sentindo bem... Preciso ir à enfermaria.

Ela franziu levemente a testa, demonstrando preocupação.

— Você consegue ir sozinho ou precisa que alguém te acompanhe?

— Está tudo bem, eu posso ir sozinho

Me levantei devagar, evitando olhar para os outros alunos. O silêncio momentâneo de preocupação logo foi quebrado quando a professora retomou a explicação sobre verbos irregulares, e os sussurros na sala voltaram ao normal.

Caminhei até o bebedouro no corredor, e tomei alguns goles de água fria na tentativa de acalmar o calor que subia pelo meu pescoço. Depois, me agachei encostado na parede, apoiando as mãos nos joelhos. Minha respiração estava irregular, picotada, e a ânsia de vômito vinha em ondas. Fechei os olhos, tentando usar a manobra que costumava me acalmar: inspirar profundamente pelo nariz, segurar por alguns segundos e soltar devagar pela boca. Enquanto isso, mexi distraído num pedaço de papel que tirei do bolso da calça, buscando algo — qualquer coisa — que pudesse desviar minha mente da preocupação que desencadeou essa crise.

Foi então que Dai apareceu à minha frente, com as mãos nos bolsos da calça e aquele ar indiferente que ele sempre carregava, como se fosse o protagonista de um drama escolar dos anos 1980. Ele me encarou por um momento, como se eu fosse uma aberração que ele não sabia bem como lidar.

— Hoshino, a professora me mandou ver se tá tudo bem contigo.

— Está, sim — murmurei, tentando parecer convincente. — É só uma crise de ansiedade. Já está passando.

Ele bufou baixinho, mas não pareceu satisfeito. Em vez de sair andando, como eu esperava que fizesse, se agachou ao meu lado, ainda com as mãos nos bolsos. Apesar da aparência de encrenqueiro, Dai tinha um jeito estranhamente gentil às vezes, mesmo que tentasse disfarçar.

— Vai ficar tudo bem — disse ele, num tom surpreendentemente calmo. — Só respira fundo.

Eu o encarei em silêncio.

— Já passei por isso, embora não pareça. Sei como é barra pesada. Apenas tente se acalmar, pense em coisas boas. Geralmente temos essas crises, pois nosso corpo entende que estamos em perigo e libera adrenalina para que possamos nos safar. Por isso o coração acelerado e a respiração ofegante. Mas já vai passar. Você precisa entender que não está em perigo...

Fez-se um silêncio entre nós.

— Quando eu era pequeno, perdi meu irmão mais velho num acidente de moto — ele confessou. Eu não sabia se a história era real ou se ele apenas estava tentando me manter distraído. — Tive crises de ansiedade por muitos meses tentando lidar com esse sentimento. Depois que a gente perde alguém, percebe como a vida é frágil. Tive medo de perder meus pais. Meu irmão era tudo para mim. Mesmo tendo idades muito diferentes, ele era meu herói, saca? Queria ser como ele quando ficasse mais velho. — Ele se calou por alguns instantes. — Sabe, Hoshino, as pessoas não me perguntam por que me visto dessa maneira. Mas tudo isso é o jeito que encontrei de superar a perda do meu irmão. Ele era um yankii de verdade, se estivesse vivo seria conhecido e popular, mas eu... eu sou só uma cópia sem graça dele.

Nunca havia visto Dai tão vulnerável.

— Essa foi a maneira que eu encontrei de trazer meu irmão comigo. Hoje eu penso nele e não dói mais, a dor virou apenas uma lembrança boa. Uma saudade. Seja lá o que te preocupa, logo vai passar. Acredite.

— Por que está me contando essas coisas? — perguntei, me sentando no chão, pois as pernas na posição de cócoras já formigavam e doíam.

Dai olhou para o teto, como se quisesse desviar o olhar. Ele respirou fundo antes de responder.

— Você parece ser um garoto do bem, Hoshino, embora estranho. Me senti à vontade para desabafar com você. Só isso. Só quero que você saiba que toda dor uma hora passa. Mas, me diga, caso queira, o que te preocupa?

Pensei por um momento. Já que ele se abriu comigo, achava justo fazer o mesmo.

— Eu estou assim por causa do Yoshiro. Sei que pode parecer bobo, mas me preocupo com ele.

— Entendo. Preocupações são parte da vida.

— Sei que parece besteira, mas sempre que ele falta na escola, fico pensando se aconteceu algo de ruim com ele... — continuei, a voz embargada.

Ele ficou em silêncio enquanto se ajeitava se sentando ao meu lado.

— Não pense assim. Nem toda falta significa que algo ruim aconteceu. Ele só pode ter viajado, está na praia agora. Coisas boas também acontecem no mundo... mas, então, esse Yoshiro estuda aqui na Yamabuki?

Arregalei os olhos. Achei que tivesse ouvido errado.

— Como assim? Ele é da nossa turma — respondi, confuso.

Dai franziu a testa, tentando parecer pensativo, mas eu podia ver que havia algo estranho em seu olhar.

— Hoshino... — Ele hesitou, sua voz cautelosa. — Não existe nenhum Yoshiro na nossa turma.

Foi como se o chão desaparecesse sob meus pés. As paredes pareciam se desmontar ao meu redor e a escola se abrir para um eterno vácuo no universo. Eu caía em todas as direções, sem saber se para o lado, ou para baixo, perdido e atordoado.

Dai me olhava assustado, como se acabasse de dizer algo absurdo e não soubesse como consertar.

— Me diga que isso é uma brincadeira — implorei, minha voz trêmula. — Por favor.

Segurei sua camisa com força, buscando algum sinal de que ele estava mentindo, que aquilo era apenas uma piada de mau gosto.

— Takeru, calma. O que está acontecendo?

— Sasaki Yoshiro, o garoto transferido, que se senta do meu lado. — Minha voz falhava. — O garoto mais estranho da escola, você não se lembra dele?

Dai balançou a cabeça lentamente, os olhos cheios de preocupação.

— A mesa do seu lado está vazia o ano inteiro. Takeru, vamos, eu te levo pra enfermaria. — Ele pegou no meu braço, tentando me levantar.

Eu o soltei bruscamente e me levantei com um movimento desesperado, as pernas tremiam. Corri de maneira desajeitada pelo corredor. Parei em frente à sala de aula, ofegante, e entrei abruptamente. Todos os olhos se voltaram para mim.

— Já está melhor, Takeru? — perguntou a professora com uma pontada de preocupação na voz.

Meu corpo tremia, e eu mal conseguia formular as palavras.

— Alguém tem notícias do Yoshiro? — gritei, minha voz rouca flutuando pela sala.

Fez-se um silêncio absoluto. Então, murmúrios começaram a surgir, espalhando-se como um incêndio pela sala.

— De quem ele está falando?

— Pobre Takeru, está enlouquecendo.

Coloquei as mãos na cabeça, puxando os cabelos com força, como se pudesse arrancar aquele pesadelo da minha mente. Corri pelo corredor mais uma vez, esbarrando em alunos que se afastaram assustados ao me ver naquele estado, e então saí da escola.

Peguei o celular do bolso e abri o aplicativo de mensagens, sem pensar direito no que estava fazendo. Mas, ao olhar para a tela, algo estava errado. As mensagens que havíamos trocado estavam... diferentes. Apenas as minhas mensagens apareciam, enviadas uma após a outra, como se ele nunca tivesse respondido. O nome dele estava ali, claro, mas o ícone da foto estava vazio, um quadrado em branco, como se ele nunca tivesse existido.

Uma sensação gelada percorreu minha espinha. Meu coração começou a bater mais rápido, o que via não fazia sentido. *Isso não pode estar acontecendo...* pensei, com os olhos fixos na tela, tentando fazer com que as mensagens voltassem, como se eu pudesse consertar aquilo apenas olhando.

Desesperado, cliquei no ícone da chamada. O celular estava tremendo em minha mão, como se fosse um sinal de que eu estava prestes a descobrir algo que não poderia suportar. Eu precisava ouvir a voz dele. Eu precisava acreditar que aquilo tudo era um grande mal-entendido.

O som do chamado ecoou em meus ouvidos, mas logo foi substituído por uma voz fria e mecanizada, dizendo apenas: "Este número não existe". Meu estômago se revirou. Não podia ser. Eu tentei novamente. E de novo. Cada tentativa mais desesperada que a anterior. A voz dizia a mesma coisa, repetindo-se, como um aviso que feria primeiro meus ouvidos e depois meu coração.

A minha respiração começou a se tornar irregular. Não sabia mais para onde ir, como se as ruas da cidade tivessem se transformado em um labirinto sem saída. Eu corri, sem destino, passando por pessoas que me olhavam, mas nenhuma delas parecia me ver. Eu estava completamente sozinho. Gritei seu nome, sem saber se queria ouvir a resposta ou se estava tentando chamar a atenção de algo além deste mundo. "Yoshiro!", gritei, quase sufocado pela angústia, atraindo olhares curiosos e preocupados das pessoas ao meu redor.

O aperto no peito era insuportável. Eu disparava pelas ruas estreitas de Aokigahama, o vento quente chicoteando meus cabelos para trás enquanto o suor escorria pelo meu rosto, misturando-se às lágrimas que teimavam em cair. As casas antigas ao longo do caminho — as fachadas desgastadas e os telhados inclinados — eram apenas borrões na minha visão periférica, como se o mundo inteiro tivesse perdido a nitidez.

Por alguns instantes, corri como um animal encurralado tentando escapar de algo que não podia ser visto ou tocado. Gritos abafados escapavam da minha garganta, misturados à respiração ofegante e irregular. Finalmente, consegui pensar de maneira mais clara e tracei mentalmente o caminho que faria para chegar ao templo onde Yoshiro morava.

Passei pela linha férrea que cortava a cidade em duas, ouvi o som metálico do trem passando ao longe. Depois, virei à esquerda, em direção a um beco estreito. Ele era abafado, cercado por paredes baixas e o som dos ares-condicionados em pleno funcionamento parecia preencher todo o lugar.

Ao final da viela, numa areazinha mais rural, finalmente avistei o templo. Era um prédio simples, mas imponente, com telhas envelhecidas, tingidas de verde pelo tempo. Diferente dos santuários xintoístas, os templos budistas eram mais discretos, com menos ornamentos. Não havia portões torii, ou estátuas na entrada, só a velha arquitetura de madeira.

Meus sapatos emitiam um som agudo e seco enquanto eu atravessava correndo o portão do templo pisando no caminho de pedra. Meu peito parecia prestes a explodir, e o ar não parecia suficiente.

Parecia que a paz do templo zombava do caos na minha cabeça. Era tudo muito silencioso, a ponto de minha respiração parecer inconveniente. Um rapaz, com a cabeça raspada e vestido com uma túnica simples de um marrom acinzentado, varria o pátio com movimentos lentos, quase mecânicos. Devia ser no máximo dois ou três anos mais velho que eu. Ele parou quando me viu.

— Com licença — eu disse, com a voz fraquejando. — Eu... eu estou procurando por Yoshiro. Ele mora aqui, não mora?

O rapaz franziu o cenho, inclinando a cabeça como se eu tivesse falado algo incompreensível. Minha dicção no momento não era das melhores, mas tenho certeza de que falei de maneira compreensível.

— Yoshiro? — ele repetiu, como se testasse o nome pela primeira vez. — Não temos ninguém com esse nome aqui. Você está bem? Não me parece muito legal. Quer um pouco d'água?

— Não, não pode ser... — As palavras escaparam da minha boca antes que eu pudesse segurá-las. — Ele me disse que vivia neste templo, com o pai dele!

— Se acalme, vou te levar até os outros monges, talvez algum deles saiba quem é a pessoa que você procura.

— Você vive aqui, não vive?

— Sim, e me perdoe, mas não me lembro de ninguém com esse nome.

Ele caminhou na direção da entrada do templo, subindo um curto lance de escadas de madeira rangente. Deixou a vassoura apoiada ao lado da porta de correr e desapareceu por um momento no interior sombrio do prédio. Lá dentro, havia outros rapazes, todos vestidos com túnicas simples, aparentemente da mesma idade. Ele cochichou algo com eles, e seus rostos demonstraram a mesma confusão que eu já tinha visto antes.

O cheiro de incenso e madeira antiga estava por toda parte e por algum motivo me sufocava.

O jovem monge veio até mim.

— Você não está se confundindo de templo, ou de nome?

— De maneira nenhuma. Sasaki Yoshiro, estuda na Yamabuki.

— O mestre do templo realmente se chama Sasaki.

Uma luz no fim do túnel surgiu, talvez eu não estivesse assim tão enganado.

— Vou chamá-lo, só um momento.

Minhas mãos formigavam enquanto meus olhos passeavam pelo lugar. Havia alguns detalhes em dourado esculpido na madeira escura. Lembrei-me de uma das aulas de Tanaka, onde ele disse que o ouro era usado nessas construções não por ser valioso, mas por ser um metal que reflete perfeitamente a luz, e por isso era usado para clarear ambientes com pouca luminosidade.

No fundo do salão onde me encontrava, percebi algo isolado e ao mesmo tempo destacado, era um butsudan, o altar caseiro onde as pessoas faziam oferendas aos antepassados. Havia flores frescas, uma tigela de arroz, frutas, e a luz de velas tremeluzindo de um jeito quase hipnotizante iluminando um objeto roxo no canto, um Nintendo DS idêntico ao de Yoshiro. No centro do altar havia um porta-retratos com uma moldura dourada.

Meus olhos se fixaram na foto.

Era Yoshiro.

Ele usava uma camisa de gola branca, e tinha o mesmo sorriso lindo, embora o penteado fosse um pouco diferente.

O ar escapou dos meus pulmões. Minhas mãos tremiam enquanto olhava para a foto. Eu quis fechar os olhos, mas não conseguia. Meu corpo inteiro parecia desacelerar, como se eu fosse desmaiar.

— Não... — Minha voz saiu quase como um chiado contrariado. — Esse é Yoshiro! — disse, me aproximando do butsudan e apontando para a fotografia.

Os monges me olharam com expressões de medo e desconforto, como se eu tivesse perturbado algo sagrado. Um deles se aproximou e balançou a cabeça.

— Não. Esse é Kazuto-sama, o filho do mestre do templo.

Kazuto? Kazuto? Onde eu havia ouvido aquele nome? A memória escapava, escondida em algum canto da minha mente.

— Ele faleceu há alguns anos. Eu era apenas uma criança quando tudo aconteceu, pelo que o mestre nos conta.

Dei um passo para trás, assustado, quase tropeçando.

— Não... não pode ser. Eu falei com ele... Eu... — Minha voz foi sumindo, enquanto meu olhar ia e voltava entre o homem e a foto.

O discípulo me olhou, claramente confuso.

— Você deve estar enganado.

Mas eu sabia que não. Era ele ali na foto. Sabia que não estava enlouquecendo. E, mesmo assim, algo dentro de mim começava a vacilar. Comecei a duvidar de minhas memórias, da minha sanidade.

O velho hojo, o sacerdote do templo, se apresentou confuso e com olhar perplexo. Andava apressado, levantando a túnica até os joelhos. Alguns monges mais novos cochichavam coisas ao seu ouvido. Ele fez um gesto brusco com a mão, dispensando-os. Quando ficamos sozinhos, ele me encarou com uma curiosidade que rapidamente se transformou em preocupação.

— Quem você procura? — ele me indagou com a voz fraca e um olhar incrédulo.

— Yoshiro. Ele estuda comigo na Yamabuki, me disse que vive aqui — falei apontando para a foto no altar. — Ele se parece exatamente com esse garoto.

O velho congelou por um instante, os olhos fixos em mim como se eu fosse uma aberração. Então, lentamente, ele levou as mãos ao rosto e começou a chorar. Não era um choro silencioso; eram soluços profundos, desesperados, que ecoavam pelo salão vazio. Cada som parecia rasgar algo dentro de mim.

Um barulho de porta se fechando foi ouvido ao fundo. Os monges mais novos, curiosos, ainda nos espreitavam do outro lado do salão, mas o hojo não parecia notar.

— Como você sabe desse nome? — perguntou ele, sua voz subindo de tom, quase um grito.

— É o n-nome dele… — gaguejei. Minha mente girava, tentando encontrar palavras que fizessem sentido, mas tudo o que conseguia fazer era repetir a verdade. — É o nome dele.

Ele tornou a chorar, suas lágrimas escorrendo livremente pelos sulcos das rugas em seu rosto envelhecido. Por um momento, achei que ele fosse desabar ali mesmo, diante de mim.

— Isso é uma brincadeira de mau gosto, meu jovem? — disse ele, a voz embargada pela emoção. — Se você veio aqui para zombar de um velho monge, é melhor ir embora agora e arcar com a justiça divina. Ninguém no mundo merece passar por isso que você está me fazendo passar. O que você pensa que está fazendo?

Eu não entendia o que estava acontecendo. Fiquei apreensivo, apavorado, como se tivesse tirado uma peça sagrada de um templo antigo e o lugar começasse a desmoronar. Não sabia o que dizer ou fazer. Eu gaguejava coisas sem sentido enquanto o homem vertia lágrimas na minha frente.

— Eu não fiz nada, senhor. Me desculpe.

Ele me encarou por longos segundos, os olhos vasculhando os meus como se buscasse algum sinal de mentira ou maldade. Mas, finalmente, pareceu perceber que eu de fato falava a verdade.

Fiquei em silêncio com medo do que dizer.

Ele suspirou profundamente, limpando as lágrimas com as costas da mão. Sua expressão mudou, como se algo dentro dele tivesse se rendido. E então se pronunciou.

— Yoshiro… — emitiu um sussurro carregado de dor. — Esse é o kaimyō. O nome póstumo de meu filho. Kazuto.

A informação me atingiu como uma onda de choque.

Me lembrei imediatamente do que aquilo significava. Nas tradições budistas, o kaimyō era um nome dado aos falecidos, um novo nome que ajudava o espírito a se libertar das conexões com o mundo dos vivos. Era um nome sagrado, usado apenas em rituais e orações.

— Não pode ser… — Minha voz monocórdica. — Não pode ser verdade.

Mas, no fundo, eu sabia que era. Aquela dor era muito real. O vazio em meu peito se expandia, sufocante. Eu olhava para a foto de Kazuto, para aquele nome que nunca deveria ter me sido revelado, e sentia que a parte de mim que havia conhecido Yoshiro… já não existia mais.

— Ele estudou comigo nos últimos meses. A gente lanchou junto, fomos juntos ao Tanabata…

— O Obon — disse o monge, fechando os olhos num gesto de aceitação.

Ele se virou e caminhou na direção do butsudan. Pegou o porta-retrato e por alguns instantes ficou encarando a foto com um olhar vago.

— Você deve ter visto o espírito de Kazuto. Caso contrário, não teria como saber seu nome póstumo. Só os familiares e amigos próximos sabem desse nome. — Seus dedos tremiam enquanto alisava o vidro com cuidado. — Nós o perdemos na tragédia do tsunâmi. O mar… chegou de repente e levou tudo o que eu tinha. Juro com todas as minhas forças que tentei salvar meu filho, mas a força das ondas era maior que a minha. Não havia nada que eu pudesse fazer. — Ele fez silêncio, colocou a foto no altar e continuou com a voz embargada. — Eu passei todos esses anos tentando aceitar a ideia de que fiz tudo o que podia. Mas, toda noite, quando deito minha cabeça para dormir, o peso e a dúvida de não ter me esforçado o suficiente são esmagadores. Eu rezo todos os dias por Kazuto… mas, pelo visto, ele ainda não estava em paz. Sua alma estava presa nesse mundo, precisando de ajuda.

Ele se virou para mim, os olhos marejados encontrando os meus. Minha própria visão estava turva, as lágrimas começando a escorrer sem que eu pudesse controlá-las.

Eu não queria acreditar que Yoshiro já estava morto, há tantos anos… e todo esse tempo ele era um yurei assim como os outros que ajudamos. Seu espírito estava preso a este mundo por algum desejo não concretizado… Talvez nem mesmo ele soubesse que já estava morto. Essa ideia partiu ainda mais meu coração.

Precisava de tempo para processar tudo aquilo. Precisava de ar.

Fiquei sentado sozinho nos degraus da entrada do templo durante quase toda a tarde, completamente desolado. A luz do sol se inclinava lançando sombras sobre o pátio do lugar, enquanto o som hipnotizante de sinos ecoava e murmúrios lá de dentro chegavam até mim pela porta entreaberta. No salão principal, os monges entoavam preces para a alma de Yoshiro, ou melhor, Kazuto, a pedido do sacerdote.

Fechei os olhos por um momento e tentei me concentrar naquelas palavras, como se pudesse senti-las o alcançando onde quer que ele estivesse agora.

A imagem de Yoshiro no butsudan não saía de minha mente. Tentei imaginar seus últimos momentos de vida na tragédia do tsunâmi que atingira Tohoku mais de uma década atrás. As imagens dele sendo levado pelas águas — lutando contra a força avassaladora do mar, se afogando em meio ao caos — me apertavam ainda mais o coração. Eu me encolhi, segurando os joelhos com força, e chorei por mais algum tempo.

Até que ouvi passos suaves se aproximando atrás de mim. O velho hojo se sentou ao meu lado, uma presença silenciosa, mas reconfortante. Ele colocou a mão no meu ombro.

— Sei que é difícil lidar com a morte — argumentou ele, a voz baixa e calma, como se falasse diretamente para o vazio à nossa frente. — Ela parece tão injusta, desnecessária. Atrapalha planos, interrompe sonhos. Pode ser assustadora, pois não podemos fugir dela, nem salvar aqueles que amamos de sua chegada inevitável.

Ele suspirou profundamente, olhando para o horizonte. O sol começava a se pôr, tingindo o céu de tons alaranjados e dourados. Era uma visão bonita, quase irônica diante da dor que eu sentia.

— Mas a morte não é o fim — continuou. — Ela é apenas uma parte da impermanência, do fluxo constante do ciclo da vida. — Ele se curvou e pegou uma folha de bordo que havia caído nos degraus da escada, girando-a entre os dedos. — Assim como as estações mudam e as flores desabrocham para depois cair, todos nós seguimos esse ciclo. O sofrimento, meu jovem, vem do apego, do nosso desejo de manter o que é temporário como se fosse eterno. Temos que entender que todos nós passaremos a qualquer momento pelo encerramento desse ciclo atual, e quanto mais difícil for aceitarmos isso, mais sofrimentos nos infligimos.

Eu olhei para ele, tentando absorver o que me dissera. Queria falar algo, responder, mas estava completamente vazio. Não havia palavras suficientes para expressar o que sentia.

— Não significa que não devamos sentir tristeza ou saudade — ele acrescentou, como se lesse meus pensamentos. — A dor da perda é natural, humana. Mas precisamos deixar que a compaixão e a aceitação nos guiem. A memória de Kazuto, ou Yoshiro, como você o conheceu, deve ser celebrada com gratidão. Ele esteve aqui, tocou sua vida, trouxe alegria e significado. Isso é um presente.

— Eu não entendo — falei com a voz pouco nítida. — Até o dia do festival, ele estava comigo. Era tão real... como se ele estivesse realmente vivo. — Minhas mãos tremiam enquanto eu tentava encontrar as palavras certas. — E então... ele desapareceu. Sem aviso. Do dia para a noite, tudo o que tínhamos se foi. Eu nem tive a chance de me despedir.

Meu corpo inteiro tremia enquanto eu tentava dar forma às emoções que me consumiam.

— Ele era tão importante para mim — continuei. — Ele não pode simplesmente me deixar. Eu... eu não quero que ele me deixe.

O pai de Yoshiro ficou em silêncio por um momento, me observando com olhos cheios de compreensão. Então, ele falou novamente, a voz suave como uma brisa:

— Ele nunca te deixará. O que ele representou e tudo o que fizeram um pelo outro permanece. E talvez, durante o tempo que passaram juntos, ele tenha encontrado a paz que tanto buscava. Você pode ter sido a ponte que ele precisava para seguir em frente.

Eu abaixei a cabeça, incapaz de sustentar seu olhar. Suas palavras faziam sentido, mas, ainda assim, a dor era insuportável. Como alguém poderia aceitar algo assim?

— Leve o tempo que precisar — disse ele, apertando levemente meu ombro. — Não há pressa para curar uma ferida tão profunda. Mas lembre-se: ele vive em você. Nos momentos que compartilharam, nas lembranças que guardará para sempre.

Ele ensaiou se levantar, mas hesitou, se sentando novamente como se algo ainda precisasse ser dito.

— Você chegou a conversar com ele? Sabe o que poderia o estar preocupando?

Baixei a cabeça, sem coragem de encará-lo.

— Não... não sei — confessei constrangido. — Me perdoe, eu não fui capaz de perceber isso.

Seu olhar dizia que ele examinava minhas palavras.

— Não se culpe tanto — disse ele, com uma gentileza que me desarmou. — Se Yoshiro desapareceu depois do Obon, é provável que tenha encontrado a paz que buscava. Talvez você o tenha ajudado sem nem perceber. Às vezes, o bem que fazemos não é óbvio nem para nós mesmos.

Parte de mim queria acreditar que havia feito o suficiente, que tudo o que vivemos juntos tinha valido a pena. Mas outra parte ainda se agarrava à dúvida, ao peso de não ter entendido completamente do que ele precisava.

— Eu só... queria ter feito mais.

Ele balançou a cabeça lentamente, como se já tivesse travado essa mesma batalha interna muitas vezes.

— O importante é que fizemos o que estava ao nosso alcance enquanto ele esteve conosco. Amar, cuidar... isso é o que realmente importa. Quando chega a hora, precisamos aceitar que não podemos segurar quem amamos, por mais doloroso que seja.

As palavras ecoaram dentro de mim, trazendo uma sensação estranha de conforto misturado com dor.

— Preciso ir — falei me levantando e secando as lágrimas que ainda estavam ali.

Ele assentiu, levantando-se também.

— Volte sempre que precisar. Reze por ele quando sentir saudades. Um amigo de Kazuto será sempre bem-vindo aqui.

Fiz uma leve mesura em agradecimento, evitando prolongar o momento. Me virei e comecei a caminhar, me afastando sem olhar para trás.

No caminho de volta para casa, tudo parecia diferente. Era a mesma cidade, mas o mundo parecia vazio. Passei em frente à confeitaria onde havíamos comido a torta de morango alguns dias atrás. Por um momento, quase consegui nos ver ali, como hologramas na entrada da loja, sorrindo. Mas a imagem logo se dissipou da minha mente.

Me aproximei do estabelecimento e fiquei parado, olhando para dentro. Tudo estava exatamente igual: as mesmas mesas, a mesma atendente com cabelo estilo chanel, o mesmo cheiro de farinha e café no ar. Entrei devagar, tentando não chamar atenção, mas o sino da porta denunciou minha presença.

No balcão, meus olhos buscaram a torta que ele tanto amava. Não estava lá. Lembrei que era um item servido apenas na primavera. *A vida é um ciclo, como as estações.* As palavras do pai de Yoshiro ecoaram na minha cabeça.

A atendente me cumprimentou com um sorriso educado, mas eu não consegui responder. Virei-me rapidamente e deixei o lugar às pressas, tentando esconder o choro que começava a escorrer pelo meu rosto outra vez.

Não sei como cheguei lá, na verdade o espaço-tempo se transformou num grande borrão em minha percepção. Mas, quando percebi, estava sentado em um banco, de frente para um córrego nas redondezas da minha casa. Apenas ali lembrei de mandar mensagem para meu pai dizendo que estava tudo bem e que não era para ele se preocupar. Havia dezenas de chamadas perdidas dele, pois àquela altura a escola já o havia comunicado sobre minha fuga.

Foi então que ouvi um som seco ao meu lado. Algo pousou com força no banco. Virei o rosto e vi Meia-Noite, na forma de gato, me encarando com aqueles olhos grandes e enigmáticos. Ele se sentou sobre as patas traseiras e, com um movimento lento e gentil, encostou a cabeça no meu braço, como se estivesse tentando me consolar.

— Você sempre soube, não é mesmo? — afirmei.

— Sim, sensei — ele concordou sem rodeios. — Só não sabia como te dizer. Eu juro que tentei te assustar, afastar você dele, quando percebi que ele era... que ele era um fantasma. E que você estava se apegando a ele. Mas já era tarde demais. Não tive como livrá-lo desse sofrimento. E acredito que não fosse capaz de impedir essa ligação. Me desculpe, eu falhei em proteger você...

— Por que ele tinha que ir? Por que se aproximou de mim, deixou que criássemos laços?

— Mas não é isso que todos fazemos o tempo todo? — ele respondeu. — Se o simples fato de precisarmos partir fosse motivo para não nos aproximarmos de alguém, nunca formaríamos laços. Não existe garantia de permanência, sensei. Não importa se somos humanos, yokais ou outra coisa. A vida é transitória, e é isso que a torna preciosa.

— Mas dói demais — admiti, apertando os punhos sobre os joelhos. — Eu só queria que tivéssemos mais tempo juntos.

— O tempo que vocês tiveram foi verdadeiro, não foi? — ele disse, mais como uma constatação. — Cada momento. Cada conversa. Cada sorriso. Ele escolheu estar com você enquanto podia, porque você era importante para ele. E isso não desaparece só porque ele teve que partir. Nossas lembranças são pedaços de outras pessoas que ainda vivem em nós, e que levaremos conosco para sempre... Musubi, sensei...

— Musubi? — repeti, a palavra soando estranha na minha língua, como se pertencesse a outro mundo. — O que você quer dizer?

— Musubi é a força que conecta todas as coisas — explicou ele. — São os laços invisíveis que unem pessoas, destinos, vidas... Não é algo que pertence apenas a esta vida. É um fio que atravessa vidas passadas e futuras. Acredito que você e Yoshiro já estiveram juntos antes, em outras vidas. Esses laços persistem. É por isso que você foi capaz de vê-lo, de dividir momentos com ele, mesmo depois que ele partiu. O musubi entre vocês é forte, tão forte que nem a morte é capaz de quebrá-lo.

Outras vidas? Se fosse em outro momento, eu teria achado isso ridículo, mas naquele instante, soava tão natural, tão necessário. A ideia me fez parar por um momento. Até então, eu estava preso à dor da partida dele, incapaz de ver além do vazio que ela deixara. Mas, agora, começava a enxergar algo mais profundo: uma continuidade.

Meus olhos se voltaram para o céu. As estrelas brilhavam lá no alto, e, ao vê-las, me lembrei do Tanabata. Já ouvira dizer que muitas das estrelas que vemos já não existem mais — sua luz viaja por anos, séculos, milênios, até finalmente nos alcançar. Quando as contemplamos, talvez estejamos vendo apenas o eco de algo que já se foi, como se o céu estivesse repleto de fantasmas de outros tempos.

E então me perguntei: *seria assim com Yoshiro?* Sua presença, sua essência, ainda chegava até mim, mesmo depois de ele ter partido, como a luz de uma estrela distante que persiste no firmamento, desafiando a escuridão? Seria essa a maneira como o musubi funcionava?

— Você acha que ele soube o quanto foi importante para mim? — perguntei ainda assombrado pela saudade.

Meia-Noite sorriu suavemente, inclinando a cabeça como um gato curioso.

— Tenho certeza de que soube. E ainda sabe, sensei.

Num movimento fluido, ele assumiu a forma humana, agora vestido com um uniforme escolar antigo. Sua postura me transmitia conforto.

— Meia-Noite... não me deixe. — Pus dois dedos na testa dele, como se selasse uma promessa. — Isso é uma ordem... um voto de obediência.

As palavras saíram trêmulas, não como um comando real, mas como um desejo desesperado de que ele ficasse. Mas, claro, nada aconteceu. Talvez porque amor verdadeiro exija liberdade de escolha, todos sabem disso.

Meia-Noite parou por um instante, os olhos brilhantes e indecifráveis. Então, sem hesitar, me puxou para um abraço.

— Nem precisava me impor isso, sensei. Eu não vou te deixar.

Ele baixou os olhos, e, por um instante, parecia esconder algo que não queria revelar.

— Mas… e eu? — murmurou. — Em algum momento, você vai me deixar. E não há nada que possamos fazer para evitar isso.

Eu o apertei mais forte.

— Não pense nisso agora, Meia-Noite. Eu ainda estou aqui.

15

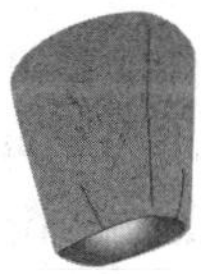

NINGUÉM ME AVISOU QUE O LUTO SE PARECIA TANTO com o medo. Talvez não fosse exatamente isso, mas o frio na espinha era o mesmo. Cada passo que eu dava fazia meu estômago se revirar, como se algo ruim estivesse prestes a acontecer. Eu me sentia irritado o tempo todo, e nada ao meu redor conseguia me acalmar. Tudo parecia distante, como se não fizesse mais parte de mim. Dizem que, quando estamos tristes pela perda de alguém, precisamos sair de nós mesmos, fugir das memórias que nos assombram. Mas como poderia fazer isso, se tudo ao meu redor também me lembrava dele?

Naquela semana, passei quase todos os dias no meu quarto, deitado na cama, olhando para o teto ou perdido no escuro. Tentei dar algum sentido àquilo; repetir para mim mesmo que era só o ciclo natural das coisas. Mas minha cabeça não aceitava essas explicações, como se rejeitasse qualquer tentativa de racionalizar o que eu estava sentindo. Quando estamos tristes, não queremos respostas prontas ou conselhos vazios. O que a gente deseja é complicado: queremos alguém por perto, mas sem que essa pessoa precise dizer ou fazer nada. Só queremos que ela esteja ali, em silêncio, compartilhando aquele espaço com a gente.

Descobri que pior do que um fantasma voltar para te assombrar é ele desaparecer para sempre. Esse era o peso que me esmagava dia e noite: a certeza de que eu nunca mais ouviria sua voz, de que nunca mais sentiria sua presença ao meu lado. Nem mesmo meus sonhos me davam descanso. Eles também eram invadidos por Yoshiro. Na calada da noite, ele aparecia: seu rosto, a voz tranquila e misteriosa. Eu acordava com o coração disparado, só para me dar conta de novo da verdade cruel: ele não estava mais aqui.

Por falar em sonhos, foi naquele momento de solidão que comecei a pensar melhor sobre eles, em especial os pesadelos sobre o afogamento. Até então, eu os tinha como algo aleatório, fragmentos desconexos da minha mente cansada. Mas, agora, sozinho no silêncio do meu quarto, as peças começaram a se encaixar de um jeito estranho, quase assustador.

E se aqueles sonhos onde me afogava não fossem meus? E se fossem... dele? Afinal, ele morrera no tsunâmi. Será que, de algum modo, estava revivendo suas memórias? A ideia parecia absurda, mas, ao mesmo tempo, tinha uma lógica que não conseguia ignorar. Como poderia sentir aquilo de maneira tão nítida e intensa? O frio cortante da água, o desespero sufocante das ondas me puxando para baixo, nunca passei por algo assim. Então, por que eu sentia cada detalhe, como se estivesse realmente lá?

E havia também aquela figura taurina misteriosa na floresta: Gozu. Ele apareceu antes do Obon, como um sinal silencioso que eu não soube interpretar na época. Naquele momento, achei que fosse apenas minha imaginação pregando peças, mas agora eu não tinha tanta certeza. Depois disso, comecei a sonhar com ele. Sonhos confusos, nos quais o monstro parecia me vigiar. E se a pessoa que ele veio buscar não fosse eu, mas sim o garoto com quem eu já vinha compartilhando memórias... se eu estivesse vendo aquele ser pelos olhos de Yoshiro?

Meia-Noite falou sobre o musubi, laços invisíveis que conectam pessoas, destinos, vidas. Ele disse que talvez eu e Yoshiro já tivéssemos nos conhecido antes, em outra vida. Mas o que isso significava? Será que era por isso que eu conseguia acessar suas lembranças? Nossa ligação era tão forte a esse ponto?

Eu não sabia ao certo. Mas quanto mais pensava nisso, mais começava a ver sentido. Talvez o musubi fosse a explicação para tudo: para os sonhos, para as visões, e até mesmo para que eu tivesse encontrado Yoshiro.

Mesmo que essas deduções fossem a resposta correta, do que me adiantavam? Nada daquilo traria ele de volta.

Encarei o teto pela última vez naquela manhã antes de reunir coragem para me levantar. O mundo não iria parar porque eu estava de luto. Yoshiro se fora, e a vida insistia em continuar, me arrastando como uma onda, me trazendo de volta à praia, cada vez mais longe dele. Desci as escadas devagar, ainda me sentindo como uma sombra de mim mesmo, mas determinado a enfrentar mais um dia.

Na cozinha, meu pai já estava sentado à mesa, tomando café enquanto folheava o jornal. A ele eu havia dito apenas que perdi um amigo, sem dar mais detalhes. A luz da manhã entrava pela janela, destacando as linhas de expressão em seu rosto, marcas de anos de devoção ao templo e à nossa família. Ele estava envelhecendo e, pela primeira vez, de maneira consciente, um pensamento me invadiu: eu não o teria pra sempre comigo.

— Bom dia, Takeru — disse ele, com um leve sorriso erguendo os olhos ao me ver. — Está melhor hoje?

— Estou tentando — respondi, me servindo de uma tigela de arroz, peixe grelhado e um pouco de chá. Não era exatamente verdade, mas também não era mentira.

Meu pai assentiu, como se estivesse acostumado com essa resposta. Ele me observou por um momento, como sempre fazia, mas não insistiu. Era a mesma pergunta todas as manhãs, e eu sabia que ele se preocupava, mesmo sem dizer muito.

Me sentei à mesa e mexi no arroz com os hashis por um instante, em silêncio. Eu precisava conversar sobre algo, mas não sabia como começar. Não queria que ele ficasse desconfiado ou começasse a fazer perguntas.

— Pai, posso te perguntar uma coisa? — falei, quebrando o silêncio.

Ele colocou o jornal de lado, parecendo surpreso pelo tom da minha voz.

— Claro, Takeru. O que foi?

— Você sabe algo sobre musubi? — A palavra soou estranha quando saiu da minha boca.

Meu pai ergueu as sobrancelhas, visivelmente intrigado.

— Musubi? — repetiu ele, com um sorriso quase imperceptível. — Por que o interesse?

— Não sei... ouvi alguém falando sobre isso e fiquei curioso — menti, desviando o olhar para minha tigela.

Ele pareceu satisfeito, como se a curiosidade fosse um pequeno sinal de que eu estava finalmente me abrindo para algo que ele considerava valioso.

— Musubi é um conceito muito importante — começou ele, com aquele tom paciente que usava quando ensinava algo. — Significa união ou conexão. Está presente em tudo. É a força que conecta as pessoas umas às outras, que une o céu e a terra, o mundo espiritual e o físico.

Assenti lentamente, me mostrando atento.

— Então... é como se fosse um laço? Algo que já existe entre as coisas?

Ele sorriu, surpreso pela pergunta.

— Exatamente. Musubi não é algo que criamos; é algo que simplesmente existe. É como o fio invisível que conecta tudo no universo. Às vezes, essas conexões são fracas e passageiras. Outras, são tão profundas que transcendem tempo e espaço. Não é fácil de explicar, e não sei se sou capaz disso.

— Acho que compreendi.

Houve uma pausa, e eu senti os olhos dele em mim, como se estivesse esperando por mais alguma coisa.

— Por que essa curiosidade agora? — perguntou com um leve sorriso. — Você parece bem interessado nesses assuntos ultimamente.

— Só achei interessante, só isso — respondi, me levantando da mesa para colocar a tigela na pia.

Ele não insistiu.

— Está quase na hora de ir para a escola, Takeru. Tem certeza de que está bem para isso? — ele perguntou, sem soar insistente.

Eu peguei minha mochila e dei de ombros.

— Não sei... mas vou tentar. Vai me fazer bem sair um pouco de casa.

Quando retornei à Yamabuki, a turma se mostrou preocupada. Não era pra menos, afinal eu também ficaria se visse alguém deixando a escola como eu deixei naquele dia. Precisei inventar desculpas vagas que explicassem minha ausência, sem precisar falar muito do assunto.

— Eu só não estava me sentindo bem — disse, esperando que acreditassem enquanto guardava meus materiais. Alguns colegas me olharam com desconfiança, mas logo mudaram de assunto, ocupados com a rotina escolar como se tudo já tivesse voltado ao normal.

— Você fez os deveres de casa que entreguei ao seu pai na semana passada? — perguntou Dai se aproximando de mim.

— Sim, eu fiz. Obrigado.

— Por nada, Hoshino. A gente ficou preocupado. Às vezes pegamos no seu pé, mas no fundo nos importamos com a forma como você saiu da escola naquele dia.

— Está tudo bem, eu só não estava legal, mas já passou.

Ele sorriu sem mais questionamentos.

— Então é isso, Hoshino. Se precisar, estou no meu lugar. Só me chamar.

Ele voltou à sua mesa com as mãos nos bolsos, com a pose de durão. Meu pai diria que Dai era um homem de verdade, porque homens de verdade são como crustáceos: por fora, têm cascas duras que parecem impenetráveis; por dentro, porém, são macios e vulneráveis, sensíveis a tudo o que realmente importa.

No intervalo, enquanto andava pelos corredores, encontrei Kotaro, do clube de ciências, perto da máquina de bebidas automáticas, a mesma que, segundo os boatos, estava amaldiçoada.

— Olha quem voltou! — disse ele, abrindo uma latinha com um estalo. O chiado do gás da bebida se espalhou pelo corredor. — Espero que esteja se sentindo melhor. Por falar nisso, quer testar sua sorte? Dizem que essa máquina ainda está amaldiçoada. Dá pra acreditar nisso? A ciência não tem um dia de paz nessa escola.

— Prefiro não arriscar — justifiquei, tentando fingir um sorriso.

— Bem, parece que eu fui o escolhido, a máquina acabou de cuspir essa latinha antes de eu passar — ele explicou, erguendo a latinha no ar como se fosse um troféu. — Ninguém teve coragem de pegar. Mas vou provar para todos que essas coisas não passam de superstições sem fundamento algum. Afinal, é meu papel como futuro cientista trazer um pouco de luz às trevas que se instalaram nesta escola.

Ele virou a latinha e deu um longo gole, sua traqueia se movimentava ferozmente. Terminou de beber e deu um suspiro satisfeito.

— Vivo em folha, viu? — ele disse com os braços abertos.

Alguns garotos se aproximaram dele numa algazarra, comemorando seu ato de coragem. Logo a multidão o arrastou para longe de mim sob uivos de empolgação, como se comemorassem uma medalha olímpica. Kotaro seria o novo herói da escola, caso nada acontecesse com ele. Apenas dei de ombros e segui.

De volta à sala, o professor de literatura estava imerso em sua aula sobre *Édipo Rei*, a tragédia de Sófocles que girava em torno do destino inevitável do protagonista. Ele gesticulava animadamente enquanto explicava:

— Édipo tentou escapar, mas tudo o que fez para se afastar do destino acabou levando-o exatamente ao desfecho previsto pela profecia. O destino, meus caros, é implacável. Não importa o quanto tentemos fugir, ele sempre nos alcança. Pelo menos essa é a mensagem do texto.

As palavras do professor pairavam no ar quando, de repente, o som de gritos e passos apressados irrompeu pelos corredores, cortando sua fala abruptamente. Todos na sala ficaram alertas, antes de começarem os cochichos. O professor franziu o cenho, claramente desconcertado com a interrupção, e ergueu as mãos pedindo calma.

— Silêncio, por favor! — pediu, tentando recuperar o controle da sala. Mas a comoção lá fora só aumentava, impossível de ignorar.

— O que está acontecendo? — perguntou Makoto.

Num piscar de olhos, a turma inteira já estava aglomerada na porta, espiando o corredor. Alunos corriam em todas as direções, alguns gritando, outros com expressões de puro pânico. O caos era palpável.

— Alguém se machucou! — gritou um garoto em meio à histeria geral.

Meu coração disparou. Sem pensar muito, segui a multidão que descia as escadas e se aglomerava perto da escadaria principal. Quando finalmente consegui me aproximar, encontrei professores tentando organizar o tumulto, mas até eles pareciam abalados. O diretor falava ao telefone, sua feição era de preocupação, a veia na têmpora saltando.

Me espremi entre os alunos, me empurrando para a frente até conseguir enxergar o centro da comoção.

Lá estava Kotaro, deitado no chão, com a perna torcida em um ângulo estranho. Ele gritava de dor. Havia uma latinha ao lado dele. A mesma latinha da bebida que ele tinha tomado durante o intervalo. Foi inevitável, até mesmo o mais cético faria a associação que fiz entre os fatos.

— Ele caiu da sacada — disse uma garota entre soluços. — Eu vi! Ele tomou aquela bebida e... e foi como se tivesse perdido o equilíbrio, como se um fantasma o tivesse empurrado.

Uma ambulância logo chegou, levou Kotaro para o hospital e os alunos foram retirados do local onde o acidente havia acontecido.

O clima na escola estava tenso, os professores tentavam sem sucesso reconduzir os alunos de volta para as salas. No alvoroço pelos corredores, encontrei Mieruko e, sem pensar duas vezes, a arrastei até a biblioteca. Levei-a até um canto afastado, longe do falatório que envolvia até mesmo aquele ambiente que deveria ser silencioso. Ela me encarava esperando que eu dissesse algo, tentando entender o que eu queria.

— Ele tomou a bebida — disse de uma única vez.

— Sim, já estão todos comentando. Não é o máximo? — respondeu ela com um brilho estranho nos olhos.

Arqueei a sobrancelha, confuso.

— Digo, não é preocupante? — ela corrigiu rapidamente, esboçando um sorriso nervoso.

— Mieruko-san, você acha que podemos fazer algo?

Ela me olhou por um instante, surpresa, e depois soltou uma risada curta.

— Como assim, Takeru?

— A máquina está mesmo amaldiçoada. Somos do clube de ocultismo. Nós somos as únicas pessoas na escola que podemos fazer algo.

Por um momento, Mieruko me encarou como se eu tivesse acabado de dizer algo absurdamente engraçado. Ela esboçou um riso breve, mas logo sua expressão mudou, e os lábios formaram uma linha reta.

— Você está falando sério? — questionou, inclinando a cabeça ligeiramente. — Takeru, você realmente acredita nessas coisas?

A pergunta me pegou desprevenido. Fiquei em silêncio, tentando organizar meus pensamentos, mas ela continuou antes que eu pudesse responder.

— Você acredita mesmo que a máquina está amaldiçoando as pessoas? — Ela cruzou os braços, seu tom oscilando entre cético e divertido. — Vai me dizer que também acredita naqueles aplicativos de maldição que andam circulando por aí?

Eu fiquei paralisado, sem saber o que dizer. Antes que eu pudesse recuperar a voz, ela estalou os dedos bem na minha frente, como se tentasse me tirar de um transe.

— Hoshino! — exclamou, com um meio-sorriso irônico. — O clube de ocultismo não é pra ser levado tão a sério. É tudo fachada. Ele existe só para preservar tradições culturais e folclóricas. Nossa cultura é cheia de histórias de assombrações, e a ideia é manter isso vivo, sabe?

Eu a encarava com descrença. Ela prosseguiu, sem dar espaço para que eu me recuperasse.

— Ser líder desse clube foi só uma forma de preencher meu currículo. Foi o único que sobrou para eu liderar. Para ser honesta, eu preferia estar à frente do clube de teatro, mas, claro, a Mika, aquela vadia, pegou a vaga depois de jurar que não ia se inscrever em nada. — Ela revirou os olhos, parecendo genuinamente frustrada. — Se maldições fossem reais, já teria feito um boneco de palha com a cara dela e pregado num templo no meio da madrugada. Quem sabe ela aprendesse alguma coisa.

As revelações dela me deixaram ainda mais confuso. Ela suspirou, como se estivesse explicando algo óbvio.

— Você sabia disso, não é, Takeru? — observou, inclinando a cabeça de lado com um sorriso que parecia esperar uma confirmação.

As palavras simplesmente não vinham. Mieruko percebeu meu constrangimento e sua expressão suavizou um pouco.

— Ai, Takeru... você é mesmo adorável. Vamos, não fique tão sério assim. Às vezes, é divertido fingir que essas coisas são reais. Mas no fundo, todo mundo sabe que não passam de histórias para assustar crianças e vender livros, como o próprio Tanaka-sensei nos ensinou.

Saí da biblioteca desolado. Eu me sentia completamente abandonado naquele momento. Ninguém mais parecia acreditar nas coisas que eu via e sabia. Ali na Yamabuki, somente Yoshiro seria capaz de me entender. Mas agora ele não estava ali, e eu precisava lidar com isso sozinho.

Voltei para o corredor onde ficava a máquina de bebidas, mesmo que Mieruko não acreditasse, eu sabia que algo realmente estranho estava acontecendo ali. Para minha surpresa, havia alguém parado ao lado dela. Um aluno chutava a máquina com violência, mas estranhamente ninguém ao nosso redor parecia notar o vandalismo.

O garoto tinha uma franja longa que cobria parte dos olhos, e usava o mesmo uniforme da Yamabuki, mas eu nunca o tinha visto antes. Me aproximei devagar, observando sua atitude. Ele resmungava baixinho, e só consegui entender o que dizia quando cheguei bem perto.

— Máquina vagabunda, por que você não está mais funcionando?

Olhei para o cabo de energia enrolado e vedado com fita adesiva. Provavelmente, algum funcionário havia desligado a máquina após o acidente de Kotaro, tentando conter os boatos e evitar mais problemas. Mas o garoto parecia não perceber isso. Continuava chutando a lataria com uma raiva que beirava o desespero.

Ele desistiu enfurecido, bufando enquanto se afastava com os punhos cerrados e passos pesados. Alguns alunos passaram por ele sem sequer notá-lo. Era óbvio que ele era um yurei. Ele fazia caretas exageradas e gestos ofensivos para os estudantes que cruzavam seu caminho, mas ninguém parecia perceber sua presença. Apertei o passo para acompanhá-lo.

Ele subiu as escadas para o segundo andar do prédio anexo. O corredor estava quase deserto — aquela parte da escola era usada principalmente para atividades extracurriculares, e naquele momento não havia ninguém por ali. Ele se apoiou na mureta, descansando as mãos abaixo do queixo enquanto observava os alunos lá embaixo, distraídos, rindo uns com os outros. Fui me aproximando devagar, tentando parecer casual, como se não estivesse prestando atenção nele.

De repente, ele começou a fazer caretas para mim. Se estava tentando me intimidar ou ofender, não estava funcionando. Pelo contrário, era quase engraçado — seu rosto infantil e suas expressões exageradas não tinham nada de assustador. Quando ele me mostrou a língua, decidi encará-lo diretamente.

— O que você pensa que está fazendo? — perguntei.

Ele se assustou tanto que quase caiu para trás, tropeçando nos próprios pés.

— Você quer me matar de susto?! — gritou, antes de parar abruptamente, como se lembrasse de algo importante. Sua expressão mudou para uma mistura de confusão e incredulidade. — Espere... eu já estou morto. — Ele balançou a cabeça, tentando se recompor. — Você pode me ver?

— Quem é você? — rebati, ignorando sua pergunta.

— Eu que pergunto! — retrucou ele, recuando alguns passos, claramente nervoso.

Era só o que faltava: um fantasma com medo.

— Por que você estava chutando a máquina? — insisti, sem esconder minha curiosidade. — Era você quem estava lançando maldições sobre os alunos?

— Não se meta nas minhas coisas! Isso não tem nada a ver com você! É o meu assunto inacabado, tá bom? Quando você morrer, vai ter o seu. Então cuida da sua vida.

Ele me deu as costas e começou a andar, mas antes que pudesse dar mais alguns passos, eu gritei:

— *Kuwabara, Kuwabara*!

Ele congelou. Sua figura tremeu levemente antes de se virar, os olhos arregalados de pânico.

— Por favor, não faça isso! Você é um... onmyoji *?

Onmyoji? Não fazia ideia do que significava, mas o medo estampado no rosto dele era evidente. Aproveitei a oportunidade e prossegui no blefe.

* Termo que se refere a um praticante da onmyodo, uma antiga prática esotérica japonesa que combina elementos de astrologia, geomancia, espiritismo e divinação. Originalmente, os onmyoji eram responsáveis por proteger a sociedade contra forças sobrenaturais, como espíritos malignos, e realizavam rituais para manter o equilíbrio entre os mundos físico e espiritual. Eles eram empregados pela corte imperial e outras autoridades para prever eventos e garantir proteção espiritual.

— Sim — respondi, tentando soar confiante, como uma criança que mente para impressionar.

O yurei caiu de joelhos, juntando as mãos em um gesto desesperado de súplica.

— Por favor, não me exorcize! Eu prometo que amaldiçoo só mais uma pessoa, e depois paro.

— O quê?! — exclamei, incrédulo. — Como assim só mais uma pessoa?

Coloquei as mãos nos bolsos, tentando imitar a pose relaxada e durona de Dai. Talvez aquilo o intimidasse ainda mais.

— Me diga por que você está fazendo isso — insisti, a voz inabalável.

Ele hesitou, mas acabou suspirando em rendição.

— Porque a vida é injusta, tá satisfeito? Ninguém se importa com o que aconteceu comigo. Ninguém mais se lembra de mim. Eles só continuam vivendo suas vidas, indiferentes a tudo o que passei, felizes, enquanto eu...

Eu baixei minha guarda, soltei o ar do peito. Imaginando o que viria ali.

— O que aconteceu com você? — perguntei num tom mais amigável.

O yurei abaixou a cabeça.

— Eu estudava aqui, sabe? Há alguns anos. Sempre fui alvo da zoação dos outros alunos. Eles me empurravam, riam de mim... falavam mal do meu cabelo, da minha voz. Eu nunca fiz nada para merecer isso. Mesmo me afastando dos outros, tentando ser o menos perceptível possível, ainda assim eu era alvo de falatórios. Era a chacota da escola e sem um único amigo para me defender. — Ele levantou os olhos que transbordavam indignação. — Você tem ideia de como é viver dessa maneira? — Ele se aproximou de mim com o rosto próximo ao meu e os olhos irados. Então se virou de costas. — Um dia simplesmente não aguentei mais tudo aquilo e decidi fugir. Achei que, se me afastasse, tudo ia melhorar. Fui até a praia para chorar em paz. Mas havia um tsunâmi no meu caminho...

Nem a natureza parecia respeitar o meu momento. Ninguém sequer percebeu que eu tinha sumido. Meu corpo ficou em meio aos escombros por dias, entre latarias e algas marinhas. — Sua voz ficou mais grave e furiosa. — Fiquei em pé ao lado do meu corpo por semanas, tentando entender o que tinha acontecido, esperando alguém vir em meu socorro, mas não apareceu ninguém para me buscar, nem bombeiros, nem meus pais, nem amigos... Então, não aguentei mais ver meu estado deteriorado. Você tem ideia do quão assustador é ver seu próprio corpo decadente sendo esquecido como um indigente?

Eu respirei fundo. Se antes eu tentei intimidá-lo, naquele momento só conseguia pensar em abraçá-lo.

— Você... morreu no tsunâmi de 2011?

Ele confirmou com a cabeça, os olhos fixos no chão.

— E agora estou aqui. Preso a essa escola maldita. Eu só queria que alguém notasse que eu existi, que soubesse o quão doloroso foi o que passei.

— É por isso que você amaldiçoa os alunos? — indaguei, tentando entender sua motivação.

Ele me lançou um olhar amargo, como se eu tivesse tocado numa ferida aberta.

— É fácil para você me julgar. Você está vivo. Vocês têm tudo o que eu nunca tive. Por que não posso fazer com que sintam um pouco do que eu senti? Que mal há em tentar equilibrar um pouco que seja o universo? Já parou para pensar por que algumas pessoas são sobrecarregadas com tanto sofrimento, enquanto outras passam pela vida sem enfrentar grandes dores ou consequências? Não parece injusto para você?

Respirei fundo, tentando não me abalar. Ele tinha razão em parte das coisas que dizia, mas aquilo não justificava suas ações. Ainda assim, meu coração doía ao ouvir suas palavras. Pensei em lhe dizer que amaldiçoar os alunos não era a melhor solução, mas sabia que ele não precisava de uma lição de moral naquele momento. Foi então que uma ideia me ocorreu.

— Como você se chama? — perguntei, mudando de assunto de forma deliberada.

Ele pareceu surpreso com a pergunta.

— Yamato. Esse era meu nome quando eu estava vivo. Ninguém se importou em me dar um nome póstumo.

Fiquei feliz por isso. Era trágico e triste, mas também significava que havia uma maneira de ajudá-lo.

— Venha comigo — disse, tentando soar firme, mas acolhedor ao mesmo tempo. — Quero te mostrar uma coisa na biblioteca.

Ele me olhou com desconfiança, mas algo em meu tom pareceu convencê-lo. Sem dizer nada, ele me seguiu.

Quando chegamos, o lugar já tinha retornado à sua calmaria habitual. O silêncio era quase absoluto, quebrado apenas pelo som distante de alguém virando páginas. Fui direto para a seção onde os anuários antigos eram guardados, no fundo da sala, torcendo para que ninguém tivesse tirado o volume que procurávamos.

— Turma de 2011... Deve estar aqui em algum lugar — sussurrei, passando os dedos pelas lombadas empoeiradas dos livros.

Yamato pairava ao meu lado, impaciente.

— Isso é uma perda de tempo. Ninguém ligava para mim naquela época, por que ligariam depois que eu morri?

— Vamos descobrir. — Tentei parecer mais confiante do que realmente estava.

Encontrei o volume encadernado em azul-escuro, com letras douradas gravadas na capa. *Yamabuki Kōkō – Turmas de 2011*. Puxei o livro da prateleira e o levei até uma mesa próxima.

Comecei a folhear as páginas, sentindo um peso no estômago. Ele tinha razão em estar cético. E se não houvesse nada ali? Aquilo poderia ter o efeito oposto do que eu planejava. Poderia magoá-lo ainda mais.

Passei as páginas rapidamente, procurando algo relacionado à sua turma. Já estava quase perdendo as esperanças quando, perto do final do anuário, encontrei uma seção especial dedicada aos alunos que haviam perdido a vida no tsunâmi daquele ano. No centro de uma das páginas, lá estava ele: Yamato. A expressão tímida na foto era inconfundível, embora fosse um rosto menos marcado pelo sofrimento. Ao redor da imagem, várias mensagens escritas à mão enchiam o espaço em branco.

— Aqui. Olha isso. — Apontei para a página, tentando esconder a emoção na minha voz.

Empurrei o anuário em sua direção, o garoto hesitou por um momento antes de se inclinar para ver melhor. Ele começou a ler em silêncio, os olhos percorrendo cada linha:

Yamato-kun, sentimos muito por tudo. Você era mais forte do que imaginávamos. Que esteja em paz.

Nunca tivemos a chance de te dizer isso, mas você faz falta nas aulas. Desculpe por não perceber antes.

Onde quer que esteja, saiba que sua turma sente muito a sua ausência. Nos desculpe.

Me perdoe, Yamato-kun. Estará sempre no meu coração.

Seu rosto se contraiu numa expressão de comoção. Imaginei quantas memórias passavam pela sua mente naquele momento. Os dias na escola, os risos e até mesmo as dificuldades agora pareciam ganhar um novo significado. Ele ergueu a cabeça lentamente, me encarando com uma mistura de incredulidade e gratidão.

— Eles… eles escreveram isso para mim? — perguntou, a voz tremendo.

— Sim. E tem mais.

Apontei para uma nota oficial da escola abaixo das mensagens, explicando que Yamato havia sido vítima do tsunâmi de 2011, junto com os pais. A escola dedicara aquela página em homenagem a ele e à sua família.

— Então… meus pais… — murmurou Yamato, como se seu mundo ganhasse novo significado.

— Sim, Yamato. Eles se foram naquele mesmo dia que você, por isso eles não reclamaram seu corpo. Você não foi esquecido. Eles estão esperando por você… do outro lado. Você só precisa deixar isso para trás. Esse rancor, essa dor... ela não vai te levar a lugar algum. Na beira de um abismo, a única maneira de seguir adiante... é dar um passo atrás.

Ele se abraçou, tentando conter a tremedeira nos ombros. Olhou para o anuário e depois para mim, como se buscasse alguma confirmação. Por um momento, ficou imóvel, absorvendo minhas palavras. Então, respirou fundo, embora eu soubesse que não precisava de ar e apenas repetia os gestos que fazia em vida de maneira mecânica.

— Acho... acho que você está certo. — Sua voz parecia diferente. — Minha família está me esperando. Eles não me abandonaram, não é? — Um sorriso brotou em seu rosto. — Obrigado por tudo. — Ele segurou o livro emocionado, lendo as mensagens mais uma vez.

Fiquei de cabeça baixa, tentando conter o choro, mas as lágrimas insistiam em escapar. Foi então que o som do livro caindo sobre a mesa me trouxe de volta. Levantei o olhar rapidamente, mas Yamato não estava mais ali.

Movi a cabeça numa reverência e juntei as mãos de forma desajeitada, como se aquele gesto fosse estranho para mim. Mas, agora, diante do silêncio da biblioteca e da ausência de Yamato, senti que precisava fazer algo. Pronunciei timidamente algumas palavras desconexas, tentando formular uma prece simples. Não sabia bem como começar, então apenas pedi que ele encontrasse a paz que tanto buscava.

Sabia que seu ciclo havia se encerrado, e isso me trouxe uma sensação de alívio, ainda que misturada à melancolia. Inspirei fundo, deixando que essa tranquilidade tomasse conta de mim aos poucos.

Mas meus pensamentos logo se voltaram para Yoshiro. A história de Yamato me fez lembrar dele.

Olhei o anuário fechado diante de mim. A ideia tomou forma antes que eu pudesse resistir a ela: se Yamato estava no anuário, quem sabe Yoshiro também não estivesse. A ansiedade se manifestou em forma de uma palpitação. Talvez houvesse ali alguma pista, algo que me ajudasse a entender o que o prendia aqui.

Respirei fundo e, com dedos trêmulos, estendi a mão em direção ao livro.

Abri as páginas finais do anuário com receio, quase como se temesse o que poderia encontrar. Não demorei muito para localizar: lá estava ele — Kazuto. Usava o mesmo uniforme escolar, com um sorriso discreto, mas cativante. Fiquei paralisado por um instante, meus dedos pairando sobre a imagem antes de tocar a página suavemente.

Meu coração se apertou, e antes que eu pudesse me conter, o choro voltou, silencioso e intenso. Percebi, com um aperto ainda maior no peito, que a imagem que eu guardava dele em minha mente já começava a se desfazer, transformando-se em um mero borrão diante da nitidez daquela fotografia. Era como se a memória estivesse perdendo a batalha contra o tempo, deixando escapar detalhes que eu jurava nunca esquecer.

Lamentei profundamente não ter tirado uma única foto com ele. Nem um registro simples, nem um momento congelado que pudesse provar que estivemos lado a lado, mesmo que por pouco tempo. Agora, tudo o que me restava era aquela fotografia antiga, impressa em papel amarelado, incapaz de capturar o calor ou a presença que ele tinha.

Abaixo da foto pude ler algumas mensagens.

Se soubéssemos como seria o amanhã, teria sido um colega melhor.

Me perdoe Kazuto-kun.

Queria poder voltar no tempo e ter sido seu amigo.

Você não merecia o que fizeram contigo.

Fechei o anuário assustado.

O que significavam aquelas mensagens? O que teria ocorrido com ele?

Temi que Yoshiro tivesse passado pelo mesmo que Yamato.

16

CHEGUEI EM CASA EXAUSTO. ASSIM QUE ENTREI NO quarto, me joguei na cama de braços abertos, sem nem me preocupar em tirar a mochila. Ela escorregou do meu ombro e caiu no chão com um baque surdo, a alça escapando dos meus dedos. O impacto fez com que o conteúdo se espalhasse pelo quarto, formando uma pequena pilha desorganizada de livros, cadernos e objetos no carpete. Recolhi parte deles ainda deitado de bruços, estendendo os braços para o chão. Minhas mãos vasculhavam debaixo da cama, procurando por algum item perdido, quando senti algo sólido e quente sob os dedos.

Gelei. Espiei timidamente por debaixo da cama e dois olhos grandes, brilhantes, me encararam no escuro. Gritei de susto e me encolhi, fugindo para debaixo do lençol da cama.

Meia-Noite, em sua forma humana, escorreu pelo chão, engatinhando e saindo debaixo da cama com calma, vestindo apenas um short vermelho e curto. Os olhos, ainda cansados e levemente confusos, me encaravam em silêncio, a expressão séria e sonolenta. Seu peito inspirou e logo após o ar saiu de uma única vez, fazendo-o parecer mais franzino. Sua feição logo mudou, como se estivesse prestes a vomitar. Sua traqueia se movimentou, as bochechas incharam e a boca travou como se impedisse algo de sair e então emitiu um som gutural e soltou uma bola de pelo que caiu no chão. Ele se aproximou da beirada da cama com uma leve careta como se aquilo fosse a coisa mais natural do mundo.

Eu me encolhi ainda mais debaixo do lençol, segurando-o firme imprensado contra o queixo e os joelhos.

— Você me assustou — murmurei, ainda tentando acalmar o coração. — Achei que fosse um yurei.

— Eu sou o único fantasma dessa casa, não se preocupe, sensei — ele respondeu, colocando as mãos na cintura em uma pose exageradamente heroica. Sua barriga parecia mais definida do que de costume, destacada pelo short vermelho mínimo que usava.

— Você andou fazendo abdominais? — perguntei sem pensar.

— Estava fazendo agora há pouco — ele disse, arqueando uma sobrancelha com satisfação. — Até que cansei e apaguei debaixo da cama... é bem fresquinho dormir ali. Você devia tentar, sensei. Aliás, sobre os exercícios, que bom que percebeu! Estou tendo bons resultados com uma dieta rica em proteínas...

— Sim... Não tem como não perceber — respondi rapidamente, desviando o olhar.

— E gostou? — Ele sorriu com malícia, passando a mão pela barriga, onde alguns gominhos estavam discretamente à mostra.

— C-como assim?! — gaguejei, sentindo o rosto esquentar. — Coloque uma camisa, Meia-Noite!

— Tanto faz. — Ele se jogou na cama em cima de mim, o corpo me envolvendo em um abraço inesperado.

Respirei fundo e o empurrei de leve, tentando manter alguma distância.

— Eu vou tomar um banho, já volto.

— Precisa de ajuda para lavar as costas, sensei? — ele perguntou, lambendo as mãos dramaticamente.

— Não, não precisa. — Desviei o olhar, mas não pude evitar notar como a luz que entrava pela janela delineava suavemente os músculos de seu corpo. Balancei a cabeça, tentando afastar aquele pensamento.

— Descobri algo sobre Yoshiro hoje no anuário da escola...

— Sério? O quê?

— Aconteceu algo na Yamabuki enquanto ele era vivo. Havia vários pedidos de desculpa, textos cheios de remorso.

— Talvez isso ajude a entender o que o mantinha preso aqui — ele refletiu, inclinando a cabeça.

— Eu fico com medo de descobrir algo que o tenha feito sofrer... Hoje conheci o fantasma de um ex-aluno. Foi horrível saber o que ele viveu. Não sei o que faria se descobrisse que a vida do Yoshiro foi tão triste, ou pior do que aquilo. Uma coisa é ouvir a história trágica de alguém que você nem conhece, outra é saber que alguém tão próximo passou por algo assim...

Meia-Noite ficou em silêncio por um momento, o olhar perdido. Então, falou com uma seriedade incomum:

— Sensei, seja lá o que for, já passou. Por mais terrível que tenha sido, pense que Yoshiro já está livre disso. O passado não pode mais afetá-lo.

— Eu acho que compreendi isso — respondi baixinho. — Ele já está livre do que o prendia aqui... mas e eu? Como faço para ficar livre disso?

Na manhã seguinte, decidi que conversaria com o professor Tanaka sobre Kazuto. Talvez tivesse alguma resposta vaga sobre o que poderia ter acontecido com ele na escola.

Com o anuário firme nas mãos, que eu acabara de pegar na biblioteca, caminhei pelos corredores quase vazios da escola, pouco antes do final da aula, em direção à sala onde Tanaka-sensei estava.

Quando alcancei a porta, bati levemente.

— Entre. — A voz de Tanaka-sensei soou lá de dentro.

Abri a porta e o encontrei sentado à mesa, cercado por pilhas de papéis e livros. Estava corrigindo algumas provas. Ele ergueu os olhos por trás dos óculos, visivelmente cansado, mas com a habitual cordialidade própria dele.

— Ah, Takeru-kun. Algum problema?

— Não exatamente, sensei. Eu queria perguntar sobre algo.

Ele gesticulou para que eu continuasse enquanto ajeitava os óculos.

Coloquei o anuário sobre a mesa. Ele o olhou com curiosidade.

— Algum trabalho para a escola?

— Não, apenas uma curiosidade particular. É sobre este aluno... — Abri o livro na página de memórias. Meu dedo indicava uma foto: Sasaki Kazuto, como estava registrado ali. — O senhor se lembra dele?

Tanaka-sensei se inclinou para observar a página. Semicerrou os olhos por um momento, como quem tenta puxar algo de um canto distante da memória.

— Sim, me lembro vagamente. Ele era um garoto... reservado, eu diria. — Sua voz era cautelosa.

— Reservado? — insisti.

— Não muito popular. Sempre mantinha distância dos colegas, parecia... misterioso, como se escondesse algo. Não sei dizer exatamente o quê. — Ele fechou o anuário e passou a mão no rosto, pensativo. — Por que quer saber sobre ele?

— Apenas curiosidade — respondi, embora sentisse que minha expressão me traía.

— Entendo. Bem, é algum parente, amigo da família?

— Não necessariamente. Estava pensativo a respeito de alunos que perderam a vida no desastre de 2011.

— Entendo. Foi algo realmente doloroso para toda a cidade.

— Você sabe de alguma coisa que aconteceu com ele, digo, na escola, naquele ano?

Tanaka estava pensativo, mas negou com a cabeça.

— Ele só não tinha amigos.

— Os alunos faziam *bullying* com ele?

— Nada além do normal entre vocês. Ele era do tipo que não se misturava. Não dava muita abertura para os outros alunos chegarem nele, por isso, mesmo as provocações eram mais distantes. Acho que ele ficaria feliz em te conhecer, pelo menos é o que suponho pela maneira como demonstra preocupação. — A afirmação me pegou desprevenido. — Vocês seriam bons amigos.

— Tem uma mensagem no anuário, de um aluno pedindo desculpa pelo que fizeram com ele.

Tanaka pareceu vasculhar suas lembranças.

— Não me lembro de nada específico, desculpe, Takeru. Mas é comum as pessoas desenvolverem algum tipo de remorso após a perda de alguém, e se sentirem culpados por coisas das quais não foram responsáveis. Às vezes, até coisas pequenas, como uma brincadeira inocente ou uma conversa banal, podem se transformar em um peso enorme na memória após a morte da pessoa que foi alvo desses atos.

Eu fiquei sem saber o que dizer, com um aperto no peito.

— Então era isso? — ele disse pegando uma prova sobre a mesa.

— Sim, era só isso, sensei.

Agradeci e já estava me virando para sair quando Tanaka-sensei falou novamente:

— Você também se lembra dele deste ano, não é, Takeru?

Congelei.

— Como assim? — Me virei lentamente.

Ele apenas sorriu de maneira quase imperceptível, como se estivesse testando algo. Antes que eu pudesse questioná-lo, ele tirou os óculos e olhou fixamente para mim.

— Espere um momento. Feche a porta, Takeru-kun. Há algo que talvez você precise saber.

Minha mão vacilou na maçaneta antes de girá-la e trancá-la. Voltei para perto da mesa apreensivo.

— Sobre Kazuto? — perguntei.

Tanaka assentiu e fez sinal para que eu me sentasse.

— Há coisas estranhas que ocorrem nesta escola, e temo que você talvez já tenha percebido. Uma delas envolve esta turma. Todo início de ano letivo, um novo aluno aparece nela. Sempre do mesmo jeito. O aluno mais estranho do grupo. Sempre sozinho, reservado, como você mesmo viu no anuário e acredito ter visto pessoalmente.

Engoli em seco.

— E o que acontece com ele?

— Ele desaparece no final do Obon e ninguém mais na turma é capaz de se lembrar dele pelo resto da vida. Todo ano é assim. Desde... — Tanaka parou, como se as palavras o machucassem. — Desde um ano após o grande desastre do tsunâmi.

Foi como se uma pedra de gelo se materializasse no meu estômago.

— Então o senhor sabe que ele é...

— Sim. Um yurei. — Tanaka cruzou os braços, seus olhos sérios. — Mas o mais estranho é que ele parece não perceber isso. Ele não percebe que está morto. É como se ele tentasse resolver algo que deixou em aberto em vida, mas nunca sei o que é. Nunca tive coragem de lhe contar a verdade. Talvez ele não acreditasse. Não sei o que poderia acontecer, então, na dúvida, sempre fico na minha. Me dói só de pensar. Fico feliz que mais pessoas possam vê-lo agora. Talvez alguém tenha coragem de fazer isso que não fui capaz até hoje.

— E o senhor? Por que consegue vê-lo?

Tanaka suspirou.

— Essa é uma longa história, mas digamos que Yoshiro não é o primeiro yurei que vejo. Não será o último. Eu tento apenas não me envolver, como fiz a vida inteira, e tem funcionado. Você também os vê, por aí, não é, Takeru? — Apenas concordei com a cabeça. — Não me pergunte como lidar com isso, pois não tenho respostas, apenas os ignoro. Mas saiba que fiquei muito feliz em ver Yoshiro fazendo uma amizade este ano. E se soubesse que você não o esqueceria ao fim do Obon, talvez tivesse conversado com você antes. Você poderia ter feito algo, já que foi tão próximo dele.

Um silêncio se espalhou pela sala de maneira incômoda. Me levantei e numa reverência agradeci ao professor.

— Se precisar conversar sobre isso, é só me procurar. Como disse, não posso te ajudar com respostas, pois não as tenho nem para mim. Mas acredito que ouvir já ajude.

— Obrigado, sensei. — Eu me virei na direção da saída e fiquei parado alguns segundos pensando se deveria dizer o que martelava em minha mente. Até que me virei para ele.

— Sensei, talvez ele tenha conseguido se resolver... sinto isso.

— Espero que você tenha razão, Takeru.

Era tarde de uma sexta-feira, eu havia chegado da escola e meu pai arrumava sua mala no pequeno hall de entrada de casa. Ele usava vestimentas sacerdotais, um hakama completamente branco.

— Bem-vindo, filho — ele me cumprimentou com um sorriso. — Estou indo para o festival em Ise — disse ele, amarrando o obi com um cuidado meticuloso.

Eu andava tão aéreo que tinha me esquecido completamente que ele havia comentado sobre esse evento. Tentei esconder a surpresa e agir como se tudo aquilo já estivesse planejado — e estava.

— Volto no domingo à noite, Takeru. Tem dinheiro na gaveta da minha cômoda. Se precisar de qualquer coisa, chame seu tio e me mantenha informado de tudo. Agora preciso ir, pois o táxi está me esperando lá embaixo na entrada do santuário. Até mais. — Ele caminhou, mas logo parou e olhou para trás como se houvesse esquecido de me dizer algo importante. — Não vá dar nenhuma festa na minha ausência, hein. — Ele sorriu como se aquilo fosse uma piada.

Dei de ombros, fingindo despreocupação, como se estivesse tudo sob controle.

— Tudo bem. Não se preocupe. Boa viagem, pai — respondi com uma mesura, enquanto fechava a porta atrás dele.

Com a casa finalmente em silêncio, fui para meu banho tentando esfriar um pouco a cabeça. Talvez jogar um pouco ou assistir a algum anime me ajudasse a espairecer os pensamentos. Olhei para Meia-Noite, que não saía da minha cola. Fiquei feliz por tê-lo ali comigo. Agachei e fiz carinho nele.

— Este final de semana é só eu e você, Meia-Noite. Vamos escolher uns filmes para assistir enquanto comemos pipoca.

— Vai ser divertido, sensei. — Sua voz era grave demais em contraste com o animalzinho fofo que aparentava.

Será que bakemonos gostam de pipoca?, pensei.

Após o banho me lancei sobre a cama e liguei o Playstation. Consegui sem muita dificuldade me distrair na imersão do jogo, porém um barulho pela casa me trouxe de volta. Pausei o jogo abruptamente, deixando o controle escorregar de minhas mãos para cima da cama. Minha missão secundária em *The Witcher 3* poderia aguardar. Tinha certeza de que ouvira um som. Passos leves, quase inaudíveis, vindos do corredor.

— Meia-Noite, é você? — perguntei sussurrando e olhando para o gato, que estava deitado no canto do quarto, cochilando. Ele apenas ergueu a cabeça e me encarou com aqueles olhos verdes, sem qualquer sinal de que tinha se movido.

Me levantei abrindo a porta do quarto com cuidado. O corredor estava vazio, iluminado apenas pela luz fraca da lua através de uma janela no fim do corredor. Tudo parecia normal, mas o som tinha sido tão claro... talvez fosse apenas o assoalho velho rangendo. Meu pai vivia dizendo que um dia terminaria de reformar toda a casa. Segundo ele, meu avô lhe contava histórias de que a casa era assombrada por yokais. Mas, afinal, qual velho japonês não conta a mesma história para os filhos e netos?

Fechei a porta e tentei esquecer. Talvez fosse coisa da minha cabeça. O outono se aproximava e os dias começavam a ficar levemente mais frios, isso fazia a parte antiga da casa se contrair e ranger. Se bem que o frio daquela época não era suficiente para isso ainda.

O resto da noite transcorreu tranquilo. O jogo logo me deu sono, e me deitei, exausto. Meia-Noite se ajeitou ao meu lado, ronronando baixinho. No entanto, durante a madrugada, ele já estava em sua forma humana, completamente largado em cima de mim. Não achei ruim; gostava de sentir que não estava sozinho. Me agarrei a ele, buscando conforto.

Na manhã seguinte, algo estranho me chamou a atenção logo no café da manhã. A escada do sótão, que sempre ficava fechada, estava levemente abaixada, como se alguém a tivesse puxado.

Franzi a testa, sentindo um arrepio subir pela espinha. Era impossível que aquilo tivesse acontecido sozinho. O peso da escada não era suficiente para fazê-la se mover por conta própria. Além disso, eu tinha certeza de que ela estava no lugar na última vez que conferi.

— Que estranho... — resmunguei baixinho, enquanto empurrava a escada de volta para o lugar com cuidado, como se temesse que algo pudesse saltar lá de cima.

Nesse momento, Meia-Noite apareceu na cozinha. Ele estava na forma humana, vestindo um quimono tradicional que parecia surpreendentemente adequado para ele. Segurava uma xícara de chá fumegante, os olhos verdes brilhando com curiosidade enquanto observava meus movimentos.

— Algum problema, sensei? — questionou, levantando uma sobrancelha, mas sem demonstrar muita preocupação.

— Nada demais — assegurei, tentando soar casual, embora minha voz traísse com um leve desconforto. — A escada do sótão estava aberta, mas deve ter sido o vento ou... sei lá, talvez as dobradiças estejam velhas e já não suportem mais o peso da escada.

Meia-Noite apenas assentiu, tomando um gole lento de chá. Mas percebi que seu olhar demorou um pouco mais na direção do sótão antes de voltar ao copo em suas mãos.

Depois de limpar o pátio do santuário, entrei para tomar um banho quente e relaxar os músculos. Meia-Noite ficou lá fora, descansando em cima do telhado da varanda exterior, aproveitando os últimos resquícios de luminosidade do dia. Relaxei na banheira, o vapor preenchendo todo o banheiro, fazendo com que eu me esquecesse momentaneamente de tudo ao meu redor. Afundei na água, deixando apenas o rosto de fora para respirar. Meu celular tocava minha *playlist* favorita no aleatório. Me desliguei completamente do mundo.

Ao sair da água, me enrolei na toalha, encarei o espelho embaçado e pude ver meu reflexo. Meus cabelos molhados pareciam incrivelmente charmosos. Peguei o celular para registrar aquele momento, e, ao focar a câmera no espelho, percebi algo estranho. No vapor depositado sobre a lâmina do espelho começavam a se desenhar linhas e curvas que logo formaram letras e duas palavras: *me ajude*.

Tremi por inteiro e deixei o banheiro correndo, meus pés deixando pegadas molhadas por todo o chão de madeira do corredor. Abri a porta do quarto e fui até a janela, onde gritei por Meia-Noite. Ao me virar, me assustei com uma presença no quarto. Era o shikigami, que já havia entrado sem que eu percebesse.

— Foi você? — indaguei, tentando disfarçar o tremor na voz. — Me diga que foi você.

Ele me olhou confuso, pensando no que responderia, como se escolhesse qual confissão mais amena fazer entre várias possíveis.

— Depende... — ele respondeu pausadamente. — Do que exatamente estamos falando, sensei?

— Do banheiro, do pedido de ajuda no espelho.

Ele arregalou os olhos e, ao mesmo tempo, suspirou aliviado.

— Não. Eu acabei de entrar...

Implorei para que fosse mentira o que disse, mas ele estava irredutível. Isso só podia significar que havia um fantasma na casa.

Mas como? Como essa coisa passou pelo portão torii?

Meia-Noite fechou a porta do quarto e me encarou. Só ali se deu conta de que eu estava apenas de toalha enrolada na cintura. Ele me olhou de cima a baixo como se me julgasse, mas logo ignorou. Sua expressão se tornando séria.

— Sensei, não saia daqui. Seja lá o que for, deve ser algo mais perigoso do que imaginamos.

— Quais as chances de ser apenas um tanuki ou kappa? — perguntei, tentando soar esperançoso.

Ele me olhou como se seus olhos respondessem de maneira automática: nenhuma.

As luzes da casa começaram a piscar descompassadamente, e passos puderam ser ouvidos pelo corredor.

— Isso não era pra estar acontecendo — disse Meia-Noite, ficando em posição de combate, olhando para a lâmpada do meu quarto, que não parava de oscilar.

Uma silhueta então se formou do lado de fora da porta, podendo ser vista por entre a opacidade do papel shoji. Tinha a forma humana, a postura cansada. A luz piscando de maneira intermitente fazia com que a silhueta aparecesse e sumisse a cada milésimo de segundo, cada vez mais próxima da entrada.

Meia-Noite foi caminhando para trás, o corpo tenso, o olhar sério como um verdadeiro protetor. A porta se abriu. A primeira coisa que vi foram seus olhos fundos, as olheiras marcadas, a face pálida, um tanto acinzentada, sumindo e aparecendo em meio ao caos proporcionado pelas luzes piscando.

Eu não podia acreditar. Meu coração acelerou, e quando percebi, havia me lançado num abraço apertado sobre ele.

— Yoshiro — gritei, agarrando-o com tanta força que achei que nunca mais o soltaria. — Você é real? V-você está aqui...

Minhas mãos acariciavam seu rosto cansado, os olhos ainda mais sem expressão do que o normal. Ele ensaiou um abraço, mas suas mãos pesavam e logo cederam.

Sua voz enfraquecida murmurou algo em meu ouvido:

— Me ajude, Takeru.

17

SE NO INÍCIO DO ANO ALGUÉM ME DISSESSE QUE, EM breve, eu estaria tomando chá na sala de casa com dois fantasmas, eu teria rido na cara dessa pessoa e pensado que ela estava completamente maluca. Mas lá estava eu, sentado no sofá com uma xícara quente entre as mãos. De um lado, Yoshiro, em seu impecável uniforme escolar, olhava fixamente para o chá como se procurasse respostas dentro da xícara. Seu rosto estava apático, mas já um pouco melhor do que quando o encontrei no quarto. Do outro, Meia-Noite, com suas inseparáveis orelhas de gato brilhantes no fone de ouvido, brincava com a colher de chá, girando-a no ar distraidamente. Cada dia que passava ele parecia mais forte, como se estivesse fazendo academia escondido de mim.

Por um longo momento, ninguém disse nada. Apenas o som do vento uivava pela fresta da janela quebrando o silêncio. Então, decidi falar.

— Estou feliz que você tenha voltado. O que aconteceu? Por que desapareceu daquele jeito? E o que está fazendo aqui?

Yoshiro continuava perdido em pensamentos. As mãos tremiam levemente ao segurar a xícara, os olhos sombrios, com olheiras que me faziam pensar que ele era um tanuki.

— Minhas memórias estavam confusas... Eu realmente achei que estivesse vivo nos últimos meses. Estava preso num ciclo, como se minha vida escolar se repetisse sem fim. Havia algo que eu precisava concluir, mas nunca conseguia. Naquele momento, eu não tinha consciência disso... nem lembrava como havia morrido. — Ele paralisou, seu olhar distante, como se revivesse o desastre do tsunâmi em sua mente. Após alguns segundos, continuou: — Todo ano era a mesma coisa. No final do Obon, quando os espíritos devem voltar ao seu mundo guiados pelas lanternas na água, eu simplesmente não conseguia fazer a passagem. E tudo recomeçava: uma nova turma, os mesmos problemas... até você aparecer, Takeru.

— Yoshiro...

— Foi graças a você que eu entendi o que realmente me prendia aqui. Não era algo grandioso ou complicado... Era o desejo simples de ser aceito, de pertencer. Minha família sempre me amou, e não havia pendências com eles. Mas na escola... minha vida social era um desastre. Eu me sentia isolado, como se não fizesse parte de nada.

Ele desviou o olhar e continuou.

— Eu tinha minhas responsabilidades no templo... essa habilidade de ver e ajudar os espíritos... e sempre fiz isso com dedicação. Mas, no fundo, isso também me afastava das pessoas. Eu vivia com medo de que, se soubessem o que eu fazia, me achassem estranho ou diferente. Então, para evitar isso, eu mesmo mantinha distância. — Ele se calou, como se falar o deixasse ainda mais exausto.

Eu o encarei incentivando que continuasse.

— Minha ligação com o sobrenatural era algo que eu não podia explicar facilmente. Sempre achei que, se os outros soubessem... sobre os rituais, sobre exorcizar espíritos... ficariam assustados ou não iriam me entender. E, no fim, foi como se o medo que eu tinha de ser rejeitado criasse uma barreira entre mim e os outros antes mesmo que pudessem tentar se aproximar.

Ele parou por um momento, bebericou o chá.

— Talvez, se eu tivesse sido mais corajoso, as coisas teriam sido diferentes. Mas na época... eu só queria me proteger. E acabei me isolando sozinho.

Ele ergueu os olhos para mim, com um sorriso triste.

— Eu nunca consegui criar laços de verdade com ninguém na escola. Pelo menos... até você aparecer.

— Esse era seu assunto inacabado? — comentou Meia-Noite, inclinando-se para a frente como se quisesse entender melhor.

Yoshiro meneou a cabeça, confirmando.

— Às vezes, os assuntos que prendem os espíritos neste mundo são tão simples que nem percebemos. Estão bem na nossa frente, de tão óbvios, passam despercebidos.

— Mas se você conseguiu resolver sua pendência, por que ainda está aqui? — perguntei, levando a xícara à boca.

— Algo está me impedindo de fazer a passagem, e não é um desejo inacabado. Há algo estranho acontecendo na escola. Algo está distorcendo o caminho para o outro lado e, ao mesmo tempo, atraindo yurei de outros lugares para cá. Os espíritos que ajudamos... todos eles ainda estão vagando, perdidos. Tentei me comunicar com você nos últimos dias, mas não consegui, estava fraco sem conseguir me materializar. Mas graças às preces do meu pai no templo, consegui reunir forças para aparecer agora. Mas isso teve um custo alto demais, eu sinto que estou cada vez mais fraco, não sei por quanto tempo vou aguentar.

Ele fez uma pausa. Deu outro gole no chá, como se aquilo lhe desse forças.

— Takeru, você precisa parar as reuniões do clube de ocultismo. Os eventos das *Cem Histórias* estão causando esses distúrbios no mundo espiritual. São eles que me mantêm preso aqui.

Meia-Noite arqueou as sobrancelhas, o brilho em seus olhos mostrando que já desconfiava de algo. Ele estalou os dedos secamente, como se quisesse marcar o momento e disse:

— Faz sentido... Mesmo que Mieruko ache que é só diversão, as *Cem Histórias* sempre foram conhecidas como uma prática ancestral para invocar espíritos. Não sei se é exatamente isso, mas parece que o evento funciona como um ímã, um buraco negro que puxa assombrações para a escola. Ele deve criar uma espécie de distorção entre os mundos, impedindo que os espíritos sigam seu ciclo natural, deixando-os presos aqui.

— É exatamente isso. — A voz de Yoshiro ficou mais tensa. — Quando o desejo de um yurei é concluído, ele precisa seguir em frente. Se não consegue, fica preso neste mundo, e quanto mais tempo permanece aqui, mais difícil se torna completar sua passagem. Isso enfraquece e desgasta sua essência, e o risco de nos tornarmos algo maligno e perigoso é real.

Ver Yoshiro novamente era como um milagre, uma felicidade indescritível. Mas a realidade era inescapável: ele não pertencia mais a este mundo. Mesmo estando ali, tão próximo, eu sabia que era temporário. Ele precisava atravessar o Sanzu e seguir para o anoyo, para que pudesse reencarnar.

Deslizei minha mão sobre a dele, sentindo a frieza suave de sua pele.

— Não existe mesmo outra maneira de você ficar aqui... comigo?

Yoshiro balançou a cabeça lentamente, sua expressão refletiu um pesar profundo.

— Temo que não, Takeru. É perigoso, para mim e para todos. Ouça... ainda poderemos nos encontrar, nesta ou em outras vidas, mas para isso eu preciso completar meu ciclo. Se eu ficar aqui por mais tempo, nossas chances de nos reencontrarmos desaparecem por completo. Eu sei que isso não é o que você queria ouvir, mas não posso ficar. O que temos... isso não desaparece. Mesmo que eu siga em frente, a conexão entre nós estará lá, em algum lugar.

Por mais que minha vontade fosse segurá-lo aqui, eu sabia que isso seria errado. Um ato de puro egoísmo. Ele merecia encontrar a paz que tanto buscava.

Na segunda-feira, cheguei à escola com a mesma pressa do primeiro dia de aula, mas dessa vez o motivo era bem diferente. Não era ansiedade ou curiosidade, era urgência. Eu precisava falar com Mieruko e convencê-la a encerrar as reuniões das *Cem Histórias*. O problema era que, para ela, tudo aquilo não passava de uma brincadeira inofensiva, algo divertido para os membros do clube. Ela não fazia ideia do impacto real dessas atividades no mundo espiritual, nem de como estavam afetando Yoshiro e os outros fantasmas.

As horas pareciam arrastar-se como se o relógio tivesse os ponteiros congelados. Cada aula se estendia interminavelmente, e durante o intervalo minha cabeça girava tentando planejar o que dizer a Mieruko. Como eu poderia convencê-la sem soar desesperado ou completamente maluco? Quando o sinal finalmente tocou ao fim da última aula, me vi seguindo quase automaticamente em direção à sala do clube.

Cheguei à sala e encontrei Mieruko e os outros membros já organizando o espaço para o evento do dia. Ela sorriu ao me ver e me entregou um bloco de papel adesivo com kanjis impressos, pedindo que eu os colasse no quadro.

— O que são essas coisas? *Ofudas*?

— Sim. Comprei o bloco autoadesivo na internet. Achei que pendurar amuletos pela sala passaria uma imagem de segurança. Depois do incidente com a máquina de bebidas, alguns alunos ficaram meio receosos em participar das reuniões. Assim todos se sentem mais tranquilos, e a sala ainda fica um charme, não acha? — ela falou, com as mãos unidas sobre o peito, os olhos brilhando enquanto me lançava um sorriso singelo.

— Mieruko...

— Sim, Takeru-kun? — respondeu sem desviar os olhos da toalha roxa escura que estava esticando sobre a mesa central.

— Preciso que você cancele, por tempo indeterminado, os eventos das *Cem Histórias*.

Ela paralisou no mesmo instante, como se eu tivesse acabado de sugerir algo absurdo. Lentamente, ela largou a toalha sobre a mesa e virou-se para mim, os braços cruzados e o olhar petrificado.

— Cancelar? Você só pode estar brincando, Hoshino. Estamos no auge! Desde que iniciamos as *Cem Histórias* este ano, as reuniões têm sido cada vez mais populares. Você se lembra muito bem de como esse clube era completamente esquecido no ano passado. E sabe como é difícil manter um clube ativo nesta escola. — Sua voz tinha um tom de incredulidade, como se ela estivesse tentando entender se eu havia perdido o juízo.

Ela inclinou a cabeça levemente, os olhos apertados em minha direção.

— Por que está pedindo isso?

Respirei fundo. Sabia que seria difícil convencê-la, especialmente sem revelar demais.

— Não é seguro, Mieruko. Cada vez que fazemos isso, algo... de ruim acontece. — Eu hesitei, tentando encontrar as palavras certas. — Sei que você não acredita, mas o evento está atraindo fantasmas para a escola.

Ela estreitou os olhos ainda mais, e deixou escapar uma gargalhada.

— Fantasmas? De novo com essas histórias? — Mieruko fez uma pausa, enquanto acendia algumas lanternas de papel na mesa antes de continuar. — Olha, eu sei que você tem passado por momentos difíceis, e não quero entrar nos seus problemas pessoais, mas você não pode simplesmente me pedir algo assim. Baseado em quê? — Ela me lançou um olhar incerto, como se buscasse palavras para amenizar o que estava prestes a dizer. — Eu juro que quero acreditar em você, mas... deixa ver, como posso dizer isso sem parecer rude? Você não anda bem ultimamente, e tudo bem, a escola nos pressiona muito. É normal que às vezes fiquemos sobrecarregados, fraquinhos da cabeça, né? Se quiser te dou uns dias de folga do clube, mas não me peça algo tão absurdo. — Ela parou com as mãos na cintura vasculhando a sala com os olhos como se procurasse algum adereço perdido e tornou a olhar pra mim. — A não ser... que você queira sabotar o clube. — Sua voz mais ríspida do que de costume, mas logo voltou ao tom habitual, como se tentasse aliviar qualquer tensão no ar. — Mas, se quiser ajudar, você é mais do que bem-vindo. Você sabe disso, né?

— Você acha que isso é só diversão, mas não é — insisti. — Eu... eu vi coisas, Mieruko. Coisas em que você não acreditaria. Sei que parece loucura. Mas há fantasmas reais na escola, e eles estão sendo atraídos para cá por causa dos eventos do clube. E, para piorar, o evento está impedindo que os espíritos sigam seu rumo natural.

Yoshiro se aproximou de mim e tocou meu ombro. Sua mão estava mais fria e pálida do que nunca.

— Takeru, não adianta. Ela não vai acreditar. — Sua voz parecia mais fraca.

— Ela precisa! — gritei.

Mieruko se encolheu, dando um passo para trás.

— Tá bom, Takeru, agora você está me assustando. Desde quando você ficou tão... tão estranho assim?

Ela devia achar que eu estava enlouquecendo. Se eu estivesse no lugar dela, provavelmente pensaria o mesmo. Não podia culpá-la por isso.

— Olha, Hoshino — disse ela, levantando as palmas das mãos em um gesto defensivo enquanto recuava. — Cada um tem o direito de acreditar no que quer. Isso inclui a mim também. Então, goste você ou não, o evento vai continuar.

Os alunos começaram a chegar, espalhando-se pela sala e sentando-se em círculo sobre almofadas no tatame. Mieruko e os outros membros do clube os recepcionavam com entusiasmo. Eu, no entanto, permaneci parado em um canto, inquieto, tentando pensar em algo que pudesse fazer. Foi então que percebi Yoshiro me observando. Seu olhar parecia implorar por ajuda, mas ele estava diferente. Seus olhos estavam mais escuros, como se algo dentro dele estivesse se deteriorando.

Mieruko iniciou o evento com sua habitual confiança, se posicionando no centro da sala, a voz ecoando com entusiasmo. Enquanto isso, eu não conseguia desviar os olhos de Yoshiro. Ele estava agachado, como se tentasse conter uma dor invisível. Seus braços tremiam levemente, e algo ainda mais perturbador chamou minha atenção: ramificações sombrias, parecidas com artérias de um tom preto arroxeado, começavam a surgir sob sua pele. Elas se espalhavam devagar, subindo pelo pescoço e se insinuando em direção ao rosto.

Meu peito se apertou de desespero. Aquilo não era normal. Ele precisava de ajuda, e rápido.

— A história de hoje será contada por mim mesma. — Mieruko curvou-se levemente para o pequeno grupo reunido, que a aplaudiu com entusiasmo. Ela pegou uma das lanternas e, com um gesto discreto, pediu para que um dos alunos apagasse as luzes.

O silêncio foi preenchido pela melodia suave de uma música tradicional, tocando em algum celular na sala. Mieruko adotou uma postura dramática, pronta para começar sua narrativa.

— Takeru... — Yoshiro emitiu um lamento, ainda agachado. Ele pressionava as mãos contra a barriga, como se estivesse sentindo uma dor insuportável.

— O que está acontecendo? — perguntei, me aproximando instintivamente. Mas ele ergueu a mão trêmula, como se implorasse para que eu ficasse onde estava.

— Não a deixe continuar. — Ele tossiu, levando a mão ao peito enquanto tentava se recompor. Quando levantou o rosto, percebi que as marcas escuras haviam subido ainda mais pelo pescoço, quase alcançando seus olhos.

A música ficou mais alta, aumentando a tensão no ambiente. Mieruko ergueu um papel com inscrições antigas, sua expressão confiante e teatral.

— Há muitos anos, nesta escola... — começou.

Antes que ela pudesse dizer mais uma palavra, eu a interrompi gritando:

— MIERUKO, NÃO!

Todos os olhares se voltaram para mim, confusos e surpresos. Mieruko me encarou, a expressão inicialmente controlada, mas o canto de sua boca tremia levemente, traída pela irritação que tentava esconder.

— Hoshino... — resmungou entre os dentes, os olhos faiscavam, como se ela estivesse lutando para manter a compostura.

Olhei rapidamente para Yoshiro. Ele estava encolhido no canto da sala, o corpo tremendo visivelmente. As marcas negras haviam se espalhado ainda mais, quase cobrindo todo o seu rosto agora. Parecia que ele estava se desfazendo lentamente, consumido por algo invisível para todos, menos para mim.

— Isso tem que parar. Agora. — Minha voz saiu firme, mas eu podia sentir minhas mãos suando enquanto caminhava até o centro da sala e me posicionava entre Mieruko e a mesa com as lanternas acesas.

— Hoshino, você perdeu a cabeça? — Mieruko avançou um passo, tentando me intimidar, mas eu permaneci firme no lugar. Ela estufou o peito, claramente frustrada, e apontou para a lateral da sala. — Saia do caminho!

— Não posso deixar que isso continue. Você não entende o que está acontecendo! — Minha voz vacilou ligeiramente, quase gaguejando, mas eu me forcei a continuar. — Isso não é só uma brincadeira!

— Não é só uma brincadeira? — Mieruko soltou uma risada nervosa, olhando ao redor para os outros membros do clube, como se buscasse apoio. — O que diabos você está dizendo? Está tentando arruinar o evento porque está com algum problema pessoal?

— Mieruko, isso não é pessoal. É uma questão de vida ou morte! — Eu sabia que estava parecendo completamente descontrolado. Mas era por Yoshiro que fazia aquilo.

— Hoshino, escuta... — Ela respirou fundo, tentando acalmar a si mesma e a situação. Sua voz era mais suave agora, mas ainda havia uma ponta de impaciência. — Conversamos depois. Você me explica essa questão de vida ou morte quando terminarmos. Agora, por favor, saia da minha frente.

— Não vai haver depois! — explodi. — Você acha que sabe o que está fazendo, mas não faz ideia do que está em jogo! Não temos tempo pra esperar. — Meus olhos se desviaram para o canto, embora eles não pudessem ver, lá estava o garoto de quem eu gostava, se desfazendo em dor.

O rosto dela ficou vermelho de raiva. Ela deu um passo à frente, invadindo meu espaço, seus olhos fixos nos meus.

— Eu não faço ideia? — Ela praticamente rosnou, sua paciência finalmente se esgotando. — Você é só um coadjuvante no clube, Hoshino. É assim que funciona aqui. Eu decido o que é importante ou não. Agora, sai daqui!

Uivos de euforia começaram a ecoar pela sala, vindos de lugares que ninguém conseguia identificar.

Mieruko riu, mas havia algo frio em sua risada, algo cortante. Seus punhos estavam cerrados, os nós dos dedos brancos de tanta força.

— Hoshino. Só porque você tem suas... paranoias, não significa que pode estragar o que construímos aqui. Você está jogando tudo por água abaixo.

Ela me encarou, esperando alguma reação, mas eu permaneci imóvel, sem dizer nada.

— Já chega! — ela gritou avançando em minha direção. Com um empurrão forte, tentou me afastar do centro da sala. Meus pés deslizaram para trás, mas não recuei.

— Vão embora! Todos vocês! O clube está cancelado! — ordenei aumentando a voz, enquanto olhava diretamente para os espectadores.

O murmúrio inquieto dos outros começou a crescer, se transformando em um burburinho nervoso. Alguns pareciam confusos, outros irritados.

— Chega! Cansei de tentar ser a boazinha, de ter paciência com malucos como você. — Seu rosto estava contorcido, a raiva acumulada prestes a explodir. Ela avançou novamente, me empurrando com ainda mais força.

Dessa vez, perdi o equilíbrio. Tropecei na mesa atrás de mim. O impacto foi forte o suficiente para derrubar uma das lanternas. O óleo escorreu pelo chão, se espalhando rapidamente. Uma pequena chama se acendeu, serpenteando pelo tatame.

— MIERUKO! — arfei, tentando me levantar depressa, mas já era tarde.

A chama se espalhou com uma velocidade assustadora. Toalhas sobre a mesa e livros empilhados foram consumidos em segundos. O fogo crepitava, ganhando vida própria.

— APAGUEM ISSO! — alguém bradou, mas o pânico tomou conta da sala. Ninguém sabia o que fazer.

Meus olhos encontraram Yoshiro no canto. Ele estava imóvel, envolto por uma fumaça densa e escura, diferente daquela que vinha do incêndio. Era algo sombrio emanando dele. As marcas negras em seu rosto pulsavam como veias vivas, e seus olhos estavam quase completamente tomados pela escuridão.

— Yoshiro! — chamei, mas ele não respondeu. Sua expressão era de agonia, como se estivesse sendo devorado por dentro.

As chamas avançavam implacáveis, engolindo tudo ao redor. O calor era insuportável, e a fumaça começava a sufocar o ar. Tudo parecia fora de controle.

— Mieruko! — gritei, mas ela estava paralisada, as mãos sobre a boca, os olhos arregalados de pânico enquanto encarava o caos à sua frente.

— Olha o que você me fez fazer! — gritou ela, a voz trêmula de culpa e desespero.

Os alunos corriam para fora da sala, tossindo e gritando, mas eu me vi preso no centro das chamas. A fumaça obscurecia tudo, transformando o ambiente em um labirinto infernal. Meus pulmões queimavam a cada respiração forçada, e minhas pernas fraquejavam sob o peso do calor. Estava cercado, sem saída. Não conseguia mais enxergar Yoshiro, e Mieruko era apenas uma silhueta distante, tremendo entre as labaredas.

As palavras dela ecoavam distantes, abafadas pelo rugido do fogo. Eu ouvia meu nome, pedidos de ajuda, mas tudo era engolido pelo som ensurdecedor das chamas consumindo o que restava da sala.

Minhas forças começaram a falhar. Cada inspiração fazia arder meus pulmões, e a dor no peito me fazia dobrar os joelhos. Meus olhos queimavam, lacrimejando sem controle, e o calor parecia derreter minha resistência. Sabia que não havia muito tempo. O medo de morrer ali, sozinho e sufocado, tomou conta de mim. Eu cedi, minhas mãos apoiadas no tatame e minha cabeça já colada ao chão buscando um pouco de oxigênio.

— Takeru. — A voz de Yoshiro ecoou ao meu lado, suas mãos tocaram minhas costas, transmitindo uma sensação fria em meio ao inferno que nos cercava.

Eu o encarei em meio à escuridão. Seu rosto estava deformado pela exaustão, e ele parecia mais um espectro do que um ser humano, mas a voz, essa voz... parecia me puxar da beira do abismo.

Yoshiro se sentou entre mim e as chamas, com as pernas cruzadas em posição de flor de lótus e com os olhos fechados começou a recitar algo. As palavras eram baixas, mas as pude ouvir com clareza.

— Namu Daishō Fudō Myōō... — ele recitava repetidamente. A entonação e o volume aumentando à medida que as ramificações sombrias em seu rosto iam recuando, dando lugar a uma aparência mais viva. As chamas pareciam retornar, como se encontrassem uma barreira imóvel diante dele. Eu já tinha ouvido falar de Fudō Myōō, uma divindade budista conhecida como rei imóvel, meu pai me dizia que no xintoísmo ele era conhecido e venerado como Hachiman, o deus da guerra.

Percebi que ali havia algo a mais que nos ligava.

Eu estava fraco, queria poder fazer algo, mas era incapaz.

Olhei para Yoshiro, e seu corpo brilhava, mas ao mesmo tempo se desfazia numa fumaça etérea, como se estivesse sendo consumido, não pelo fogo, mas pela entrega que fazia ali.

Eu poderia ter me arrastado para fora, onde o fogo ainda era menor, mas não podia abandoná-lo ali. Não depois de tudo o que ele estava fazendo por mim.

Reuni as poucas forças que me restavam e me aproximei dele. Me sentei ajoelhado ao seu lado, as chamas a centímetros do meu rosto, tão intensas que senti o cheiro de cabelo chamuscado. Uni as palmas das mãos, incerto sobre o que fazer, mas movido por uma fé desesperada. Fechei os olhos e murmurei:

— Hachiman-sama, nos ajude...

Abri os olhos e vi que as chamas haviam crescido ainda mais, como se zombassem de minha oração. Ao meu lado, Yoshiro parecia uma sombra disforme, vibrante e instável, mas sua voz continuava a ecoar, cada vez mais alta, o mesmo mantra invocando o grande Fudō Myōō.

Uma lágrima escorreu pelo meu rosto, evaporando instantaneamente ao tocar o ar abrasador. Exclamei novamente, ainda mais alto, minha voz rouca cortando o ambiente como um último pedido de socorro:

— HACHIMAN-SAMA, NOS AJUDE!

No instante seguinte, um clarão ofuscante irrompeu ao nosso redor, tão intenso que me cegou por completo. O calor insuportável que antes nos envolvia desapareceu em um piscar de olhos, deixando apenas uma escuridão absoluta. Quando abri os olhos lentamente, percebi que já não estávamos mais na escola. O ar era frio e pesado, e uma sensação de desorientação tomou conta de mim.

Ao meu redor, um vazio profundo. Não havia mais fogo, nem calor, nem som. Apenas uma escuridão absoluta, tão densa que parecia pressionar meus sentidos. Eu estava em um espaço que não tinha começo nem fim, como se o próprio conceito de direção tivesse sido apagado. Me levantei devagar, tentando me equilibrar em um chão que eu mal conseguia sentir. Era úmido e gelado, cedendo sob meus pés a cada passo. Por mais que eu andasse, nada mudava. Era como se eu não saísse do lugar. Não havia paredes, céu ou horizonte, apenas um abismo infinito para todas as direções.

De repente, uma mão gelada tocou meu ombro, e um arrepio gélido percorreu minha espinha. Reconheci aquele toque antes mesmo de me virar. Era Yoshiro.

Ele estava ali, de pé, sua figura visivelmente mais sólida do que antes. Seus cabelos estavam impecavelmente arrumados, as roupas limpas e intactas, como se tudo o que havíamos vivido momentos atrás fosse apenas uma memória distante. Ele parecia... vivo. Mais do que vivo, ele parecia pleno.

Eu o abracei.

— Yoshiro... onde estamos?

— No anoyo, do outro lado — respondeu ele, confirmando minhas suspeitas.

Respirei fundo, como se temesse a pergunta que faria.

— Então... quer dizer que eu também... morri?

— Ainda não — respondeu, de maneira calma com o mesmo olhar sereno de sempre. — Você quase morreu, mas ainda está vivo. Não se preocupe, você está aqui só porque algo te prende ainda ao mundo dos vivos e ao mesmo tempo te prende a mim. Esse lugar é apenas o limiar entre os dois mundos. Ainda não é o meu destino final.

Ele ergueu a mão direita e, para minha surpresa, uma fita de cetim vermelha, fina e delicada, estava amarrada ao seu dedo mindinho. A fita se estendia até mim, com a outra ponta amarrada ao meu próprio dedo. Meu estômago se revirou com a surpresa.

— O que... o que isso significa? — minha voz saiu trêmula.

— *Akai-ito*... O fio vermelho do destino — ele respondeu sorrindo. — Isso nos conecta, Takeru. Quando duas almas estão tão entrelaçadas, elas se puxam inevitavelmente, como se o destino as guiasse, uma em direção à outra.

— *Musubi*? — observei.

— Sim, o akai-ito é uma das tantas manifestações do musubi no mundo.

Naquele momento, o silêncio do ambiente foi quebrado por passos pesados na água. Uma figura enorme surgiu ao nosso lado. Era Gozu, a mesma criatura sinistra que eu vira no festival, com cabeça de boi.

Yoshiro olhou para ele, mas sua expressão calma fez parecer que o monstro era uma figura esperada.

De perto ele parecia ainda maior. Mais intimidador. Os olhos escuros me encaravam e uma fumaça densa escapava de suas narinas.

Antes que eu pudesse dizer algo, Yoshiro se apressou:

— Não se preocupe. Ele não está aqui para te buscar, se é o que pensa. Está aqui por minha causa. Da mesma maneira que esteve no dia do festival.

Ele carregava uma clava de metal que, ao ser repousada no chão, fez o ambiente tremer sob nossos pés.

— Takeru... você só foi capaz de vê-lo pela forte ligação que há entre nós.

Aquilo confirmou as minhas suspeitas sobre as visões, sobre os sonhos...

O monstro permaneceu imóvel ao nosso lado, nos observando como se nos esperasse terminar aquela conversa.

De repente, o espaço ao nosso redor começou a se mover suavemente, como se o próprio espaço-tempo estivesse se desfazendo. Uma luz etérea preencheu o vazio, como se o mundo estivesse despertando. Acima de nós, o céu se abriu, revelando um mar de estrelas cintilantes e lanternas de papel, flutuando lentamente em tons dourados e laranja suave, que dançavam como pequenas chamas de despedida.

— Você precisa ir agora? — perguntei, a voz carregada de um aperto no peito, temendo o fim daquela conversa.

— Esse é o ciclo da vida, Takeru. Todos têm seu momento. Mas não se preocupe, ainda permanecemos ligados. Este fio... — Ele levantou o dedo mindinho, mostrando a fita que ainda nos unia. — Ele nos manterá conectados, mesmo que você não perceba. Mesmo para além dessa vida.

— Eu não quero que você vá... — afirmei.

Ele sorriu suavemente, com uma expressão que eu só poderia interpretar como de gratidão.

— Você ainda tem muitas coisas a fazer, do lado de lá. E eu tenho minha própria jornada a concluir. Mas nosso vínculo nunca será quebrado. Muito obrigado por tudo...

— Mas eu fiz tão pouco por você...

— Takeru, às vezes, as coisas mais simples são as mais importantes. O que você fez por mim... talvez tenha sido mais do que imagina.

Eu segurei sua mão, ainda unida à minha pela fita, e acariciei-a com carinho. Ele se inclinou em minha direção, os olhos fixos nos meus. Num movimento rápido, ele se aproximou ainda mais e, com uma suavidade quase etérea, seus lábios tocaram os meus rapidamente. E antes que eu pudesse processar, tudo ao meu redor se desfez.

De repente, acordei, meu corpo pulsando, meu coração batendo com força. Respirei fundo, assustado, os olhos arregalados. Eu estava na escola, de volta à realidade. O enfermeiro estava ao meu lado, tentando me ajudar, e eu tive a impressão de que ele acabara de me fazer respiração boca a boca.

Mieruko estava ali perto, sendo amparada por uma professora, os olhos dela cheios de lágrimas. Ela me olhou com uma expressão de alívio.

Procurei por Yoshiro, mas ele não estava mais lá. O cheiro de fumaça ainda estava no ar, mas a sala estava quase intacta, como se o fogo nunca tivesse existido. Tudo ao meu redor parecia em câmera lenta, abafado. Pessoas me pegavam pelos braços e me colocavam em uma maca, as vozes confundindo-se em um murmurinho distante enquanto eu vasculhava a sala tentando encontrar algum resquício da presença de Yoshiro.

Eu não me lembro de mais nada depois disso. Tudo ficou embaçado, até que apaguei por completo.

Quando abri os olhos novamente, percebi que estava no hospital. A luz do sol poente atravessava a cortina fina da janela, projetando sombras suaves no chão. Uma margarida repousava em um pequeno jarro transparente sobre a mesa ao lado da cama. O ar carregava um cheiro característico, algo entre o leve aroma de desinfetante e o frescor de lençóis recém-lavados. O silêncio era quase completo, apenas o tique-taque de um relógio na parede marcava o tempo.

— Takeru. — A voz suave de Tanaka me chamou. Ele estava sentado ao meu lado, com um olhar sereno e preocupado.

— Tanaka-sensei — sussurrei, tentando me sentar. Ele gentilmente me ajudou. — O que aconteceu? — perguntei.

Tanaka deu um leve suspiro, ajustando os óculos.

— Foi apenas um susto, Takeru. Um incidente, nada mais. O fogo se apagou sozinho antes que pudesse causar danos maiores. Seu responsável já foi avisado, tranquilizado e já está vindo para cá.

— E Mieruko? Ela está bem?

Tanaka assentiu, seu olhar ameno.

— Ela está bem. Assustada, mas bem. Insistiu para te dizer que não fará mais o evento das *Cem Histórias*. Acho que o incidente a traumatizou. Mas sua saúde física está intacta. Depois, com calma, vamos ouvir vocês para entender direito o que aconteceu. Não se preocupe, não estamos falando de sanções, apenas queremos entender o que aconteceu, para poder prevenir futuros acidentes.

— E Yoshiro?

Tanaka arqueou as sobrancelhas ao ouvir aquele nome.

— Então ele estava lá?

Concordei com a cabeça.

— Depois gostaria de ouvir a versão completa, se você se sentir à vontade para me contar.

Tanaka se levantou.

— Descanse mais um pouco, Takeru.

Ele saiu me deixando a sós.

Meia-Noite apareceu elegante na janela e pulou no meu colo. Sua cabeça roçou meu peito, como se dissesse que estava feliz por me ver. Ele se ajeitou, enrolando-se confortavelmente enquanto eu acariciava sua pelagem macia.

— Você viu o Yoshiro? — perguntei, minha voz hesitante, os dedos deslizando distraídos sobre seu pelo.

Ele levantou a cabeça devagar, seus olhos encontrando os meus. Parecia ponderar por um momento antes de responder.

— Infelizmente não o vi mais, sensei. — Ele fez uma pausa, inclinando a cabeça levemente para o lado. — Ele deve ter ficado muito fraco ao te salvar.

Baixei os olhos, tentando organizar meus pensamentos. Meia-Noite me observava em silêncio, sua cauda balançando de leve.

— Você... viu o que aconteceu?

— Sim, sensei. — Ele se moveu um pouco no meu colo, ajustando-se novamente. — Eu estava observando do lado de fora, mas eu não podia entrar, você sabe, me perdoe. — Seus olhos se estreitaram ligeiramente.

— Não foi culpa sua, não se sinta mal por isso — respondi.

— Vi que Yoshiro conseguiu reunir forças e invocar um poder maior que o dele. Não só parou o fogo, como o fez cessar completamente... E, sensei, ele não teria conseguido sem a sua ajuda. Suas preces o ajudaram.

As memórias ainda eram confusas, mas algumas imagens permaneciam vívidas. Franzi a testa, tentando ordenar aquilo tudo na minha mente.

— Eu me lembro de estar do outro lado, junto dele... estava tudo escuro. — Isso foi apenas minha imaginação?

Meia-Noite inclinou-se para a frente, apoiando as patas dianteiras no meu peito. Seus olhos brilhavam intensamente enquanto ele me encarava.

— Não temos como saber. — Ele fez uma pausa, piscando lentamente. — Mas é possível que, ao passar por uma experiência de quase morte, você tenha tido um vislumbre de como é o outro lado. É algo bem comum... — Ele inclinou a cabeça me fazendo carinho no rosto. — Ele estava lá com você?

— Sim, e havia uma fita que nos unia. — Levantei o dedo mindinho.

— *Akai-ito* — ele completou imediatamente.

— Isso, foi esse o termo que ele usou. — Sorri de leve, embora uma pontada de tristeza ainda ecoasse no meu peito. Algo como uma saudade que já sentia dele.

Meia-Noite abaixou a cabeça por um momento, como se refletisse sobre o que eu havia dito, antes de continuar.

— Isso só mostra o quanto o *musubi* entre vocês é realmente forte, sensei. O quanto um é importante para o outro.

Havia se passado uma semana desde o incêndio. A noite estava silenciosa e o céu estrelado se estendia acima de nós, nos dando uma amostra de toda a sua infinitude. O som das ondas quebrando suavemente na areia era o único barulho que preenchia o ar. Um grupo de alunos da Yamabuki, a convite do clube de ocultismo, estava reunido na praia, em silêncio, cada um segurando uma lanterna de papel que brilhava fraca e suave aguardando as orientações do professor Tanaka, que se ofereceu para acompanhar o evento. De longe, parecia um grande grupo de vaga-lumes flutuando na praia recém-escura.

Mieruko estava à frente, segurando sua lanterna com firmeza.

— Hoje, vamos celebrar à nossa maneira o Obon — ela disse. — Vamos enviar essas lanternas ao mar para que os espíritos encontrem seu caminho de volta. É apenas uma representação do evento real que ocorre quando estamos de férias. É a maneira que encontrei de homenagear todos os ex-alunos que já passaram por nossa escola, e já não estão mais conosco.

Os outros alunos assentiram em silêncio. Pegaram suas lanternas e, caminhando até a beira do mar, as depositaram, um a um, sobre a lâmina d'água, que estava calma como se estivesse esperando aquele momento. Todos pareciam respeitosos, concentrados no ritual. As lanternas começaram a flutuar sobre o mar, balançando suavemente nas ondas com suas luzes se unindo em um pequeno campo de estrelas na água. Era como se o céu estrelado acima de nós descesse refletido sobre o mar. O rio celestial do qual falava a lenda do Tanabata, repleto de lanternas brilhantes. Ao mesmo tempo aquilo simbolizava as luzes que guiavam os espíritos pelo rio Sanzu, para que eles não se perdessem em direção ao além.

Coloquei a lanterna de papel no espelho d'água pensando em Yoshiro. Fiz uma leve prece com as mãos juntas. Aos poucos, a correnteza levou a lanterna para longe. Mesmo que eu quisesse pegá-la de volta não seria mais capaz. Talvez esse fosse o significado daquela cerimônia. De que não há nada que possamos mais fazer, as pessoas que nos deixam seguem seus rumos, guiados pela correnteza e guiados pelas luzes das lanternas.

Eu ainda não havia conversado direito com Mieruko sobre o que aconteceu na última reunião do clube de ocultismo. Não sabia nem por onde começar. Mas algo nela estava diferente — sua postura, seu jeito de olhar para longe, como se estivesse perdida em pensamentos que não queria compartilhar. Ela estava ao meu lado, mas parecia distante, com a mente vagando além das pequenas luzes que flutuavam sobre as águas.

Dai passou por mim e, sem dizer nada, colocou a mão no meu ombro, sorrindo de leve. Era um daqueles sorrisos tranquilos, carregados de entendimento silencioso, como se ele soubesse exatamente no que eu estava pensando. Talvez ele estivesse refletindo sobre seu irmão naquele momento, um segredo que só ele e eu conhecíamos.

— Mieruko.

— Sim, Takeru? — ela respondeu sem desviar os olhos das lanternas que navegavam lentamente pelo horizonte.

— O que você viu naquele dia?

Ela permaneceu em silêncio por um instante, deslumbrada com as lembranças que acessava na mente. Então, cruzou as mãos atrás das costas e levantou o rosto para o céu, como se buscasse inspiração nas estrelas.

— Eu sei que posso te contar isso porque você não vai me ver como uma maluca. — Ela fez uma pausa breve antes de continuar. — Havia outra pessoa no meio do fogo com você, Hoshino. O mais estranho de tudo é que eu não sabia quem era, mas o rosto me parecia muito familiar... tão familiar que chega a incomodar. Mas, por mais que eu tentasse lembrar, simplesmente não conseguia. E foi graças a ele que o incêndio começou a regredir. Ele parecia aquele monge em chamas daquela foto famosa. Depois disso, ele simplesmente... desapareceu. Talvez fosse um Buda, ou um kami.

Ela finalmente se virou para mim, seus olhos refletindo uma mistura de curiosidade e compreensão.

— Sinto que você sabe quem era, e sei que o que fez aquele dia tem alguma ligação com isso. Mas não vou te forçar a falar a respeito.

Assenti, sentindo um peso invisível sair dos meus ombros.

— Obrigado.

Mieruko sorriu de leve.

— Eu achei que fosse morrer naquele dia, Takeru. Pensei que você também não escaparia. Mas aqui estamos, por algum milagre. Por isso achei importante fazer esse evento como o último do clube.

— Não pretende mais seguir com as reuniões?

Ela balançou a cabeça devagar, seu tom firme, mas gentil.

— Não, Takeru. Pelo menos não daquela maneira. Quando tivermos um tempo, vamos sentar e conversar sobre tudo isso, caso você se sinta à vontade. Tenho muitas perguntas.

Ela se despediu com uma mesura discreta e seguiu em direção aos outros alunos, que agora riam e planejavam jogar algo mais distante na água. Fiquei ali parado por um momento, observando-a se afastar.

Tornei a olhar para as lanternas flutuando no mar. Foi então que eu o vi.

Yoshiro.

Ele estava ali, na areia da praia, do outro lado ao longe, quase etéreo. A lua refletindo em sua forma pálida. Caminhava lentamente em direção ao mar, como se tivesse saído de um sonho. Vestia seu uniforme escolar, mas estava descalço.

A turma estava dispersa, mas ainda sob os olhares do professor. Avisei a Tanaka-sensei que precisava me afastar um pouco mais, ele pareceu entender, me lançando um sorriso compreensível.

Caminhei pela areia molhada da praia. A água fria do mar tocava meus pés, encharcando a barra da calça. Tirei os tênis e os carreguei na mão, dobrando a calça até os joelhos. Com passos rápidos, segui na direção de Yoshiro, que já me aguardava, parado na beira d'água.

Nossos olhos se encontraram. Ele sorriu.

— Takeru.

Me inclinei em uma saudação, tentando conter a emoção.

— Você parece bem — observei.

E ele estava. Seu sorriso era sereno, e o brilho misterioso nos olhos me capturava como sempre. A pele pálida ganhava um leve rubor sob a luz da lua, e ele jogou o cabelo para o lado, daquele jeito que sempre me fazia sorrir.

— E estou. Graças a você. Obrigado, Takeru.

— Não precisa me agradecer. O privilégio foi meu. Eu que te agradeço... por tudo. Por ter me salvado naquele dia, por me ajudar a me entender e a aceitar as coisas que estão além do meu controle. Por me mostrar que o mundo não se limita ao que podemos ver.

Yoshiro entrelaçou as mãos atrás da nuca e ergueu os olhos para o céu estrelado.

— Você acha que ainda se lembrará de mim quando eu for de vez?

Respondi imediatamente.

— Tenho certeza de que sim.

Sequei os olhos com as costas da mão, lutando contra as lágrimas que apareciam.

— E você? Será capaz de se lembrar de nós?

Ele sorriu, virando o rosto para mim.

— Mesmo quando eu retornar a este mundo na próxima vida, ainda me lembrarei. Mesmo que os detalhes se percam, saberei que estamos conectados. Se eu te encontrar novamente, vou reconhecer você. Não se preocupe. Nós ainda nos encontraremos muitas e muitas vezes. Akai-ito. — Ele ergueu o mindinho, como em um pacto silencioso.

— Tive medo de que você fosse embora dessa vez sem se despedir — confessei.

— Achou mesmo que eu faria isso?

Ele segurou minhas mãos com firmeza. Os olhos brilhavam e sorriam acompanhando seus lábios.

— Se eu não fizesse isso, talvez ficasse preso aqui até conseguir.

— Mais um assunto inacabado?

Ele riu baixinho, o som suave misturando-se ao quebrar das ondas.

— Mas ainda tenho um último assunto inacabado — salientou em tom de brincadeira.

Por um instante, ele me encarou em silêncio, e então se inclinou. Seus lábios tocaram os meus. O mundo ao nosso redor desapareceu. O tempo parou. Naquele momento era apenas Yoshiro e eu. Não havia mais som, tempo ou lugar. Só o toque suave de nossos lábios e o calor que preenchia meu peito, tão intenso que parecia queimar. Dessa vez o beijo foi intenso e demorado, como um beijo de verdade. Quando as ondas alcançaram nossos calcanhares, me trazendo de volta à realidade, meu coração ainda pulsava descontrolado.

Yoshiro afastou-se, sua expressão iluminada pela luz cálida da lua.

— Cuide-se, Takeru.

— Eu vou te procurar — respondi, segurando as palavras com um nó na garganta. — Em cada sorriso, em cada abraço. Pode ter certeza disso.

Ele deu um leve aceno e começou a se afastar na direção do mar. A bruma da noite parecia engoli-lo, e as lanternas flutuantes o guiavam rumo ao infinito.

— Até breve, Yoshiro.

Embora eu já sentisse saudade dele naquele momento, e soubesse que esse sentimento não se dissiparia tão cedo, estava feliz por ele, pois sabia que ele estava verdadeiramente livre e, de alguma maneira, estávamos ligados por toda a eternidade.

Epílogo

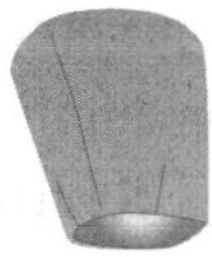

O SOL COMEÇAVA A SE PÔR, TINGINDO O CÉU DE TONS dourados e rosados, enquanto eu ajudava meu pai a preparar o santuário para o *Shichi-Go-San*. Era um dos eventos mais importantes do ano para nós. No dia seguinte, meninos de três e cinco anos e meninas de três e sete anos viriam ao santuário, vestidos em trajes tradicionais, para receber bênçãos pela saúde e crescimento.

Meu pai, como sempre, estava com a energia de alguém muito mais jovem. Ele erguia uma lanterna de papel com destreza, enquanto me dava instruções sobre os arranjos florais e os *shide* (tiras de papel em forma de raio) que decoravam a área principal do santuário.

— Takeru, não se esqueça de amarrar os shimenawa nos portões do torii. Eles precisam estar bem fixos para o vento não levar.

— Sim, senhor — respondi com um meio-sorriso, tentando equilibrar uma caixa de oferendas em uma mão enquanto ajeitava o cordão com a outra. Era difícil fazer aquilo usando o traje cerimonial, mas eu já estava me acostumando.

No meio de tudo isso, Meia-Noite estava, como sempre, relaxando em cima do altar de oferendas, a cauda balançando preguiçosamente.

— Você podia ajudar, sabia? — sussurrei para ele, sem que meu pai percebesse.

Ele ergueu a cabeça, me lançando um olhar felino, e então pulou para o chão, dando um longo espreguiçar.

— Claro, claro, eu ajudo — respondeu com seu tom zombeteiro. — O que precisa? Quer que eu segure as lanternas? Ou talvez limpe o chão com minha língua?

Revirei os olhos, mas antes que eu pudesse responder, ele continuou:

— Na verdade, estava aqui pensando...

— No que você está pensando? — perguntei curioso, enquanto terminava de ajeitar os cordões.

Ele me olhou com aquele sorriso enigmático, típico de quem sabe mais do que deveria.

— Você já parou para pensar por que as empresas de comida para gatos não fabricam sachê no sabor rato? Os bichanos adoram isso, como ninguém pensou nisso ainda?

Parei completamente perplexo, o que me fez soltar o cordão que eu estava amarrando. Olhei para ele, tentando processar aquilo, enquanto Meia-Noite mantinha sua pose de superioridade.

— Eu... eu nem sei o que dizer.

— Diga que eu sou um gênio.

Quase comecei a rir, mas o som da voz do meu pai me chamou de volta à realidade.

— Takeru, precisamos terminar antes que escureça.

— Já estou indo! — respondi, voltando ao trabalho, enquanto Meia-Noite dava um salto ágil para o telhado do santuário, assumindo sua forma humana, vestindo apenas seu short curto, como se aproveitasse para pegar os últimos raios de sol para se bronzear.

Quando terminamos, uma hora depois, o santuário estava perfeito. As lanternas estavam acesas, lançando uma luz bruxuleante sobre o pátio, os arranjos de flores vibravam com as cores do outono, e o cheiro de incenso flutuava no ar. Meu pai me olhou com aprovação, um sorriso discreto nos lábios.

— Bom trabalho, Takeru.

— Obrigado — respondi, sentindo algo diferente no peito. Não era mais o peso de uma obrigação, mas o calor de um pertencimento genuíno.

Enquanto caminhávamos de volta para casa, o som de uma risada baixa alcançou meus ouvidos. Lá no alto, Meia-Noite estava sentado em um galho de árvore, observando tudo com aquele brilho travesso nos olhos.

E, pela primeira vez em muito tempo, senti que tudo estava exatamente onde deveria estar.

Glossário

Akai-ito – Significa "fio vermelho" e é uma crença japonesa que diz que duas pessoas destinadas a ficarem juntas estão ligadas por um fio vermelho invisível, amarrado ao dedo mindinho. Essa ideia é semelhante ao conceito ocidental de "alma gêmea".

Akamane – Um yokai do folclore japonês que habita banheiros e supostamente lambe a sujeira das superfícies com sua longa língua.

Anoyo – Literalmente "aquele mundo", refere-se ao mundo dos mortos na crença japonesa, muitas vezes associado ao submundo budista ou ao além no xintoísmo.

Antoku – Imperador do Japão (1178–1185), que morreu afogado na Batalha de Dan-no-Ura, durante a Guerra Genpei. Ele tinha apenas seis anos e, segundo a lenda, sua avó o levou para o mar, onde se afogaram para evitar a captura pelos inimigos. Antoku é reverenciado em templos xintoístas, e seu espírito está associado ao clã Taira e ao mito dos fantasmas do mar.

Bakemono – Ser sobrenatural do folclore japonês que pode mudar de forma. Diferente dos yokais comuns, os bakemonos são geralmente espíritos ou criaturas que assumem formas assustadoras para apavorar os vivos.

Bancho – Termo que designa o líder de uma gangue de estudantes delinquentes no Japão. Os banchos eram figuras populares em histórias de ação e delinquência escolar, especialmente nos mangás dos anos 1980 e 1990.

Batalha de Dan-no-Ura – Conflito naval travado em 1185 entre os clãs Taira e Minamoto, marcando o fim da Guerra Genpei. A derrota do clã Taira consolidou o domínio do shogunato e é frequentemente lembrada na literatura e no teatro japonês.

Bon Odori – Dança tradicional realizada durante o festival de Obon, dedicado aos espíritos ancestrais.

Botamochi – Doce japonês feito de arroz glutinoso coberto por pasta de feijão-azuqui. Tradicionalmente consumido durante o equinócio de primavera e outono, tem significados espirituais associados ao respeito pelos ancestrais.

Buda – Figura central do budismo, Siddhartha Gautama, que alcançou a iluminação e cujos ensinamentos formam a base da doutrina budista. No Japão, várias representações de Buda podem ser encontradas em templos e estátuas gigantes, como o Grande Buda de Nara.

Budismo – Religião e filosofia oriental baseada nos ensinamentos de Buda, introduzida no Japão no século VI. Coexiste com o xintoísmo e tem grande influência na cultura japonesa, manifestando-se em rituais, festivais e práticas como a meditação zen.

Butsudan – Pequeno altar budista presente nas casas japonesas, onde se prestam homenagens aos ancestrais. Contém imagens de Buda, incensos e oferendas, sendo um importante elemento da espiritualidade familiar no Japão.

Chan – Sufixo honorífico usado para expressar carinho, proximidade ou ternura, geralmente aplicado a crianças, amigos íntimos ou pessoas consideradas fofas.

Donburi – Prato japonês composto por uma tigela de arroz coberta com diferentes ingredientes, como carne, peixe ou vegetais. Exemplos populares incluem o katsudon (arroz com costeleta de porco empanada) e o gyudon (arroz com carne bovina).

Estátua Jizo – Representação do bodhisattva Jizo, protetor das crianças, viajantes e almas perdidas. Frequentemente encontrado em templos e à beira de estradas no Japão, suas estátuas são vestidas com gorros e babadores vermelhos, colocados por pais que perderam filhos.

Estátua Komainu – Leões ou cães guardiões encontrados na entrada de santuários xintoístas. Geralmente aparecem em pares, representando proteção contra maus espíritos e a presença de divindades guardiãs.

Fudō Myōō – Deidade budista associada à proteção e disciplina, muitas vezes representada com uma expressão feroz e cercada por chamas. Ele segura uma espada para cortar ilusões e uma corda para subjugar o mal.

Fujoshi – Termo usado para descrever mulheres que apreciam histórias de relacionamentos românticos entre homens, especialmente no gênero *boys' love* (BL) dos mangás e animes.

Fukinagashi – Decoração tradicional de papel colorido usada no festival de Tanabata. São longas faixas que representam os fios tecidos por Orihime, a princesa celestial da lenda do festival.

Futon – Colchão tradicional japonês, fino e dobrável, geralmente usado sobre um tatami para dormir.

Hachiman – Divindade xintoísta da guerra e protetor do Japão e dos samurais. É um dos kami mais venerados, com inúmeros santuários dedicados a ele por todo o país.

Hakama – Vestimenta tradicional japonesa parecida com uma calça larga, usada por samurais, monges e praticantes de artes marciais como kendô e iaidô.

Hashi – Nome japonês para os tradicionais palitinhos usados como talheres na culinária oriental.

Hitaikakushi – Pequeno véu branco usado em cerimônias fúnebres no Japão, cobrindo parte da testa do falecido.

Hōjō – Título que pode ser usado para se referir ao abade ou mestre de um templo budista, especialmente no Zen. Também pode designar a residência do monge principal dentro do templo.

Hokora – Pequeno santuário xintoísta, muitas vezes dedicado a espíritos locais ou divindades protetoras. Pode ser encontrado em áreas rurais, montanhas e até mesmo em quintais de casas.

Hora do boi – Conhecida como "Ushi no Koku Mairi", é o período entre 1h e 3h da madrugada, tradicionalmente associado a rituais de maldição, como espetar bonecas de palha (*wara ningyo*) em árvores de templos.

Hyakumonogatari Kaidankai – Prática popular no período Edo em que um grupo de pessoas se reunia à noite para contar cem histórias de terror. A cada história narrada, uma vela era apagada, tornando o ambiente progressivamente mais sombrio. Dizia-se que, ao chegar à centésima história, um espírito ou yokai poderia se manifestar, tornando o desafio um verdadeiro teste de coragem.

Idol – Cantores ou grupos musicais japoneses altamente promovidos pela indústria do entretenimento, conhecidos por suas coreografias, aparência impecável e interação com fãs.

Inari – Kami xintoísta da fertilidade, arroz e prosperidade. Representado muitas vezes por raposas (*kitsune*), que são seus mensageiros. O Fushimi Inari Taisha, em Kyoto, é o santuário mais famoso dedicado a essa divindade.

Invasões mongóis – Ocorreram no século XIII, quando o Império Mongol tentou invadir o Japão duas vezes. Foram repelidas em parte devido a tempestades conhecidas como *kamikaze* (vento divino), que afundaram grande parte da frota inimiga.

Jibakurei – Um espírito preso a um local específico, geralmente por conta de emoções ou eventos não resolvidos antes da morte.

Jigoku – O inferno budista japonês, onde as almas são punidas de acordo com seus pecados.

Kanji – Caracteres de origem chinesa usados na escrita japonesa, compondo um dos três sistemas de escrita do idioma, junto com o hiragana e o katakana.

Kaimyo – Nome póstumo dado a um falecido em cerimônias budistas.

Kamakura – Período da história japonesa (1185–1333) marcado pelo estabelecimento do primeiro shogunato.

Kami – Espíritos ou divindades veneradas no xintoísmo. Podem ser elementos da natureza, ancestrais ou figuras míticas.

Kamidana – Pequeno altar xintoísta doméstico, onde são colocadas oferendas e símbolos religiosos para homenagear os deuses (kami).

Kamikaze – Literalmente "vento divino", termo originalmente usado para descrever os tufões que destruíram frotas invasoras mongóis. Durante a Segunda Guerra Mundial, foi usado para designar pilotos suicidas japoneses.

Kannushi – Sacerdote xintoísta responsável por realizar cerimônias e manter os santuários.

Kappa – Criatura do folclore japonês, um tipo de yokai aquático. Diz-se que eles gostam de pepinos e desafiam humanos para lutas de sumô.

Kendô – Arte marcial japonesa de esgrima com espadas de bambu (*shinai*), derivada das técnicas de combate dos samurais.

Kitsune – Raposa no folclore japonês, associada ao deus Inari. Podem ser espíritos travessos ou guardiões benevolentes.

Kōkō – Termo japonês para "escola secundária" ou "ensino médio".

Kuwabara, kuwabara – Expressão usada como encantamento para afastar raios e trovões. Acredita-se que sua origem venha de uma área chamada Kuwabara, que supostamente nunca era atingida por raios. Por isso, repetir *"Kuwabara, kuwabara"* se tornou um costume para afastar tempestades e perigos espirituais. A frase também aparece em contos folclóricos e rituais de proteção, sendo usada ocasionalmente em exorcismos.

Matsuri – Festivais tradicionais japoneses, geralmente ligados ao xintoísmo e realizados em honra dos kami.

Matcha – Chá verde em pó usado na cerimônia do chá e em diversas receitas doces e salgadas.

Missô – Pasta de soja fermentada, muito usada na culinária japonesa, especialmente na sopa de missô.

Musubi – Conceito espiritual xintoísta que simboliza a conexão entre pessoas, destinos e forças naturais. Também se refere aos nós usados em amuletos e rituais sagrados.

Obake – Ser sobrenatural japonês capaz de mudar de forma. O termo pode ser usado de maneira genérica para descrever qualquer espírito ou criatura assustadora.

Obi – Faixa de tecido usada para amarrar quimonos e hakamas, podendo ter diferentes estilos e significados, dependendo da ocasião e do traje.

Obon – Festival budista realizado em julho ou agosto, no qual os espíritos dos ancestrais são homenageados com lanternas flutuantes, danças tradicionais (*bon odori*) e oferendas.

Ofuda – Talismã xintoísta ou budista, geralmente feito de papel ou madeira, que contém bênçãos e serve para proteção espiritual. É comum encontrá-los em santuários e residências.

Okiku – Espírito vingativo de uma famosa lenda japonesa sobre uma serva que foi morta injustamente e assombra um poço, contando pratos.

Onigiri – Bolinho de arroz japonês, muitas vezes recheado com salmão, umeboshi (ameixa em conserva) ou outros ingredientes. Pode ser envolto em alga nori.

Onmyoji – Praticante de onmyodo, uma antiga arte esotérica japonesa que envolve adivinhação, exorcismo e controle de espíritos.

Oni – Demônio ou ogro do folclore japonês, frequentemente retratado com chifres, pele colorida e um porrete de ferro. Podem ser tanto malévolos quanto protetores, dependendo da história.

Onryō – Espírito vingativo da mitologia japonesa, geralmente de alguém que morreu de forma trágica e retorna para assombrar os vivos. Exemplos famosos incluem os fantasmas de *Ringu* e *Ju-on*.

Orihime e Hikoboshi – Personagens da lenda do Tanabata, dois amantes separados pela Via Láctea que só podem se encontrar uma vez por ano, no sétimo dia do sétimo mês.

Papéis shoji – Papel translúcido, usado em painéis para dividir ambientes em casas tradicionais japonesas.

Período Edo – Era da história japonesa (1603–1868) caracterizada pelo governo dos xóguns Tokugawa, pelo isolamento do Japão e pelo florescimento da cultura tradicional.

Período Muromachi – Era da história japonesa (1336–1573) caracterizada pelo governo do xogunato Ashikaga, pelo florescimento das artes e da cultura samurai, e por um longo período de guerras civis que culminaram no Sengoku Jidai, a era dos estados em guerra.

Período Showa – Era do imperador Hirohito (1926–1989), marcada pela Segunda Guerra Mundial, a reconstrução do Japão e o crescimento econômico pós-guerra.

Rio Sanzu – O "Rio dos Três Caminhos", equivalente ao Estige da mitologia grega, que as almas dos mortos devem atravessar para chegar ao além.

Rei Enma – O senhor do submundo na mitologia budista japonesa, responsável por julgar as almas dos mortos e determinar seu destino.

Rōnin – Samurai sem mestre, geralmente por ter perdido seu senhor devido à morte ou à desonra. Durante o período feudal japonês, especialmente no Período Edo (1603–1868), muitos rōnin vagavam pelo país em busca de trabalho como mercenários, guarda-costas ou mestres de artes marciais. Diferente dos samurais servindo um clã, os rōnin eram vistos com desconfiança e frequentemente retratados como guerreiros errantes ou figuras trágicas na literatura e no cinema japonês.

Senpai – Termo japonês para se referir a alguém mais experiente em um grupo, como em escolas ou ambientes de trabalho.

Sensei – Termo honorífico para professores, mestres ou especialistas em determinada área, como médicos e artistas marciais.

Shakujo – Cajado budista com anéis metálicos na ponta, usado por monges tanto como apoio para caminhada quanto para afugentar espíritos malignos.

Shamisen – Instrumento musical japonês de três cordas, semelhante a um alaúde, usado em apresentações tradicionais como teatro kabuki e nô.

Shichi-Go-San – Festival japonês celebrado em 15 de novembro para abençoar crianças de três, cinco e sete anos, marcando seu crescimento e bem-estar.

Shide – Tiras de papel dobrado em zigue-zague, frequentemente vistas em templos xintoístas e presas a cordões sagrados (*shimenawa*).

Shikigami – Espíritos invocados por onmyoji para servirem como guardiões ou mensageiros.

Shimenawa – Corda sagrada de palha de arroz usada para demarcar locais e objetos purificados no xintoísmo.

Sutra – Textos sagrados budistas contendo ensinamentos de Buda, usados em orações e cerimônias religiosas.

Tanabata – Festival japonês inspirado na lenda de Orihime e Hikoboshi, no qual as pessoas escrevem desejos em tiras de papel (*tanzaku*) e os penduram em bambus.

Tanuki – Criatura do folclore japonês, muitas vezes retratada como um guaxinim travesso e mágico, capaz de mudar de forma.

Tambor taikô – Grande tambor japonês usado em cerimônias, festivais e apresentações musicais.

Tanzaku – Pequenos pedaços de papel onde as pessoas escrevem desejos durante o Tanabata.

Tatami – Esteira de palha prensada, usada como revestimento do chão em casas e templos tradicionais japoneses.

Teatro Nô – Forma de teatro tradicional japonês caracterizada por movimentos lentos, máscaras simbólicas e narrativas mitológicas.

Temizuya – Fonte de purificação na entrada dos santuários xintoístas, onde os visitantes lavam as mãos e a boca antes de entrar.

Tenjin – Kami da sabedoria e das artes, especialmente cultuado por estudantes que buscam sucesso acadêmico.

Tengu – Criatura mítica japonesa com traços aviários e uma longa história associada ao budismo esotérico e às artes marciais.

Torii – Portão tradicional japonês que marca a entrada de um santuário xintoísta, simbolizando a transição do mundo profano para o sagrado.

Tsukumogami – Objetos do cotidiano que, após cem anos de existência, ganham consciência e vida própria, de acordo com o folclore japonês.

Uwabaki – Tipo de sapato leve usado dentro das escolas e edifícios japoneses para manter a limpeza dos ambientes internos.

Wara Ningyo – Boneca de palha usada em rituais de maldição no Japão, geralmente pregada em árvores de templos durante a "hora do boi".

Yankii – Subcultura de jovens delinquentes japoneses conhecidos por suas roupas extravagantes, penteados volumosos e atitudes desafiadoras.

Yokai – Criaturas sobrenaturais do folclore japonês, podendo ser travessas, perigosas ou benévolas, incluindo monstros, espíritos e seres mitológicos.

Yukata – Quimono leve de algodão, tradicionalmente usado no verão e em festivais.

Yurei – Fantasmas japoneses que vagam pelo mundo dos vivos devido a emoções intensas ou assuntos inacabados.

Yuzu Cha – Chá feito com yuzu (um cítrico japonês), mel e água quente, popular no inverno por seus benefícios à saúde.

FARO EDITORIAL

ESTA OBRA FOI IMPRESSA EM JULHO DE 2025